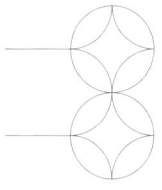

海市

張郅忻

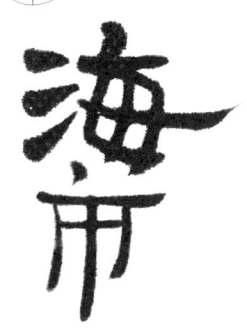

推薦序

北漂少女的泡沫

淡江大學中文系副教授　黃文倩

一九〇〇年，德萊賽（Theodore Herman Albert Dreiser，一八七一—一九四五）出版《嘉莉妹妹》（*Sister Carrie*），描寫一位從鄉下到芝加哥打拚的貧窮女孩，如何藉由美貌依靠男性，並在劇院的工作中慢慢發展出才華和事業，最終成為當紅演員，徹底立足現代城市且毫不感傷地告別了她的情人們。儘管從未幸福，德萊賽惜才之餘，還是要忍不住出場，以全知的角度辯護「嘉莉」們的命運與祕密：「引入歧路的，不常是罪惡本身，而是更通常地是對更美好的事物的慕念。不慣於理性思考的敏感的心靈，受其華美的誘惑的場合，多於受罪惡的誘惑的場合。」[1]

二〇二〇年秋天，張郅忻出版《海市》，故事背景置於上個世紀七〇年代以降至二

1 德萊賽原著，黃蓉譯《嘉莉妹妹》，台北：冠桂圖書公司，二〇〇〇年，頁五三七。

〇一八年，空間放在小鎮「湖鄉」到台北西門町。人物雖然包含三代，但主要角色仍以敘事者的母親「如月」的篇幅最多且相對完整（二、三、四、五、六章都在講述母親），因此與其說小說家想寫的重心，是開篇的二十一世紀二〇一八年的西門町的新網紅少女的「我」，不如說關鍵還是母親的北漂生命史。她年輕的時候有西門「萬年第一美人」的稱譽，如今則是「變胖又變老的小龍女」（小說語）。

像「如月」這一類從鄉鎮為求生存與機會的北漂主人公，在台灣現代文學史上並不少見，但恐怕很少以中產的女性為主體。她沒有李昂《迷園》主人公的機緣與視野，卻也不若顧肇森《曾美月》的孤絕、西化與有「下海」的勇氣。在《海市》中，「如月」雖然到了台北受過一定現代化的教育，但嚴格來說是技術知識（在小說中，「母親」先後念了馬偕護校和明志二專），理性啟蒙的程度不高，她出身的客家背景，也不鼓勵一個可能有才華的女性多讀書與發展藝術能力（在小說中為繪畫），只期望女性對家庭和男性承擔過量的責任，但時代已在發生變化，台灣愈來愈形現代化的社會和世俗資本主義的拜物教，也開了女性的天眼，「如月」對更美好的生活自然有嚮往與追求，愛情、婚姻和台北，都是「如月」般的女性的生命出口。

《海市》無疑地藏詞且暗示了「蜃樓」。「如月」的愛情已經帶有現代精神——自由選擇，且並非被實利所誘，因此她才能放棄成為準醫生娘的愛情，後面的兩段婚姻，也是首先基於感情而非基於物質條件的選擇，這也就使得「如月」並不是在複製第一世界的「嘉莉」——那麼地以個人主義與自我發展為目的。小說家花了非常多的筆墨，來描述母親一生如「小龍女」般的心境與行為，包括身為長女對家族成員北上的提攜、對其他弱勢女性的相濡以沫（如對西門町的公娼和外傭的真誠友誼），對兩段婚姻的孩子，恐怕也都比男人更負責任，雖然由於繁忙和艱辛的生活，母親對二代的陪伴與教養的能力實在有限。但整體來說，「如月」不但曾經有美貌更有道義，多付出且少回收，但這些描述實在過於素樸（雖然這是小說家最大的優點之一）。我認為寫得最好且較有美感的細節之一二，還是跟主人公們所抱持的少女心有關——例如「如月」在知道先生婚前曾為了跟她在一起，間接地拋棄與傷害了另一個女人，甚至導致該女子自殺時，「如月」痛苦到不能接受。小說以全知的方式，加入這樣「人魚公主」的互文：「王保麟的臉、林美娜破碎的雙腳，讓她聯想起人魚公主。……當時，她為人魚公主流下同情的淚水。如今，她竟成奪人所愛的鄰國公主，林美娜是終將化為泡沫的人魚。那麼王保麟呢？在這個故事裡，他為何毫無責任？」同樣的事件，第二章則使用阿姨小玄的青年時期的視角，觀察到姊姊當時的男友／後來的先生王保麟腳踏兩條船的祕密——小玄透過聽到另一位女性的琴聲，感知到對方的存在狀態，同時還注意到她彈奏的曲目，跟王保麟把妹時所唱的曲目的關係，暗示著王保麟一腳才從這個女生身邊聽來〈給你呆呆〉、〈楓林小橋〉及〈微風往事〉等曲子，一腳又能含情脈脈唱給另一個女人聽。但「如月」畢竟跟「嘉莉」不同，她的第三世界現代性，那時還沒有發展出太強的私有慾，男人為他們的愛情畫卷留下污點，就已經是對情感價值的褻瀆，這種本土的現代性雖然有點保守，但卻也是人物尚未完全異化的證據。

另一方面，小說家還寫出了一種台灣客家女性的隱忍謙退的文化主體，在細節掌握上也相當敏銳有代表性。「如月」由於長期被父權體制影響，習慣性地放棄與節制自我，總是以家庭及先生為重，即使日後有機會畫畫——為家庭式的「楓林」牛排館作餐墊紙的圖案，她選擇畫的主體卻僅僅是麻雀。「麻雀」在第三章獨立成一節，因此幽微地可以看作「如月」生命狀態的暗示。如果回溯「如月」小時候曾參加繪畫比賽的歷史，那時的她早已發展出全景的構圖與個別細節的處理能力，還曾得過「中日交流繪畫比賽湖鄉小學生佳作」，但在早年台灣重男輕女、重實用輕藝術的條件下，「如月」就像《魯冰花》的姊姊，即使可能也有才華，卻最早選擇退出，如果說《魯冰花》的弟弟是一種悲劇，姊姊又何嘗不是？小說家用妹妹的眼光和口吻為姊姊抱不平：「阿爸唯一贏過阿母的，不過就是他命好，天生是個男人。」

台北西門町的地景變遷和人事滄桑，與母親的生命史有同構的關係。然而，儘管小說家企圖羅列與表現萬年大樓、獅子林、中山堂、中華商場、美華泰、中山堂旁邊的上上咖啡等等的客觀景觀與變遷，以及它們在新世紀以降愈來愈繁華落盡的命運，但我覺得跟人物命運的整合比較有機的細節，大抵還是集中在主人公無視獅子林的歷史意義的環節上。獅子林現在仍是西門町的一棟住商混合大樓，國府戒嚴期間，曾為台灣省保安司令部所用，保安司令部的職權包含各式或隱或顯的文化管制、郵電檢查與監聽等等，具有特務單位的白色恐怖性質，但在這部小說中，最有意思的地方在於，母親也知道獅子林內曾因白色恐怖死過人，但小說卻不企圖新政治正確地想批判黨國歷史——對許多文化知識人而言，獅子林可以是一種再操作的符號與隱喻，但對「母親」而言，她買下其中一小部分供作已用，純粹只是離工作的地方萬年大樓較近，當然這並不是在批評「如月」的無知或對歷史責任的無感，我認為張郅忻略帶童話性格的現實主義書寫，只是想保留這種客家女性的簡單實際與順應偶然性。類似的互文使用，在文藝資源上，還引入了「蕭紅」和「孽子」，左右立場和國家色彩均被弱化，突顯得更多是女子不得已的逃離與孩子似的糾結心理，這部分或許有張郅忻個人經驗和心理意識的帶入，點到為止處，似乎可作為下一部小說的題材。至於最有象徵意味的互文，應該是母親在萬年大樓的錶行「36度C」的命名，母親早年在台北學護理，知道「36度C」意謂著正常體溫，用作錶店的名字，也有精確之意。然而，依照小說中的時間推算，母親開店的階段可能在上個世紀八〇、九〇年代，那時最有名的法國電影新浪潮的作品之一《巴黎野玫瑰》

的原名，即為37度2（台譯片名為《憂鬱貝蒂》），「37度2」在該作品中，意謂著高溫、真誠的狂熱、蔑視庸俗秩序、激烈且不考慮後果的情慾與愛情等等。但《海市》用「36度C」則給了我們一個二十世紀末、二十一世紀初的第三世界台灣客家女性更精準的象徵與暗示——身為長女的「如月」，無法講究個人與存在的無限豐富性，她的藝術也只能發展成家常日用，但也惟其正常平淡實在可用，母親才能承擔家族、照顧孩子。百無聊賴的網紅二代的孫小漁，似乎也才能藉此得到新生與救贖的契機。

是故，《海市》可以視為一種第三世界的現代女性的「進城」敘事，張郅忻非常具體地掌握部分台灣客家人的古典感性與歷史現場。同時以更有心胸的情懷，試圖超越個人經驗，整合女性主義的同理心及空間地景的觀察，用文學來發現傳統客家女性在現代發展與轉型的歷程和困境，並作為跟網紅二代的敘事者「我」的和解與寬恕的資源；二方面也紀錄與穿插西門町的地景變遷和中小企業的發展碎片，從繁華盛景到衰頹瑣碎，一如母親一生的寓言。是否還有對台灣命運的暗示？目前無法判斷。但我認為張郅忻的創作道路和力求突破的實踐，其嚴肅潛力和直面台灣人生命（包含弱點）的品質，已經明顯超過不少時下同輩作家。

目次

第一章　西門少女

不見

二〇一八年七月十四日，是美華泰營業的最後一天。美華泰是一間兩層樓大型生活賣場，看它外牆上粉紅條紋和粉紅色招牌，就知道它賣的大多是女性用品。從衛生棉到美妝用品，髮圈、飾品和內衣褲，能想到的幾乎都有賣。在熟悉的招牌旁邊，多一塊紅色大布條，寫著「結束出清」四個大字。

我叫孫子漁，大家都叫我小魚。旁邊是我的閨密，黑長直髮挑染紫藍色，穿皮外套的酷妹是藍霓；穿粉紅字母T、緊身長褲和小白鞋的叫吳思芸。我們是國中同班同學，最好的麻吉，以前念書時最愛逛美華泰。我的第一件鋼圈內衣，第一支口紅（我忘了牌子），還有便宜好用的「惹我」粉餅，都是在美華泰買的。每次逛完美華泰，我們會走漢口街轉西寧南路，直到逛遍整個西門町，才願意回家。一下十年過去，高中後，我們比較常逛東區，很少去美華泰。聽說美華泰要收掉的新聞，約好再去逛最後一次。我們都有點捨不得，畢竟美華泰也算我們青春的一部分。

「我們來晚了啦！」思芸指著一個空掉的玻璃櫃說：「這些化妝品都被搶購光光耶！」「我們又不是來撿便宜的。」藍霓不屑的說。「啊不然勒？」思芸嘟著嘴翻揀架子上剩下的東西，想挖到一點寶。

「回憶無價好嗎？」藍霓捏了一下思芸的右臉，思芸痛得拍掉藍霓的手。藍霓就愛欺負乖寶寶思芸。我幫思芸呼呼臉說：「哎呦，撿便宜又怎樣？妳們記得嗎？以前我們在這裡一起買了一條一模一樣的項鍊，一條才五十九。天天戴著上學。」那條項鍊是我們「西門少女」的信物。

「我記得，我的還在喔！」思芸立刻舉手說。「我的也還在呀！」藍霓一副「這有什麼好說嘴」的模樣。「走啦！走啦！一樓也逛夠了，去樓上！」我一手牽思芸，一手勾著藍霓，往樓上走。一上樓右手邊是內衣區，不像一樓化妝品都被掃光光，內衣的貨還算齊。我的第一件內衣，就是藍霓帶我來這裡買的。我還記得，是一件白色棉質內衣，旁邊還繡著一隻小熊。

「欸欸欸，這件怎麼樣？」藍霓拿起一件紫色蕾絲內衣，放在思芸的胸前比著。「這件妳可以，我不行啦！」思芸把內衣推回去。「有什麼不可以？」藍霓拿起一條紫色蕾絲褲，搭配蕾絲內衣。「後！妳又不是不知道我媽，她不喜歡我穿這種啦！」思芸拿起另一件模樣乖巧的粉紅色內衣。

我被最旁邊的一件白色棉質內衣吸引，才剛拿起來，藍霓就念道。「妳馬幫幫忙！都幾歲了還穿這種？乖，回去叫媽媽燉青木瓜排骨湯給妳喝，等妳『登大人』，再來跟姊姊逛內衣店！」「我又沒說要買。妳記得以前妳帶我來買內衣，就是長這樣。」我晃著手上的內衣說。「這麼久的事，我早就忘記了。」藍霓嘴巴這樣說，但看起來很開心。媽媽工作很忙，我第一次買衛生棉，第一次買內衣，陪在我身邊的不是媽媽，而是好姊妹藍霓。

「CHA-LA HEAD-CHA-LA……」《七龍珠》主題曲響起，手機上顯示「媽」，我很想假裝沒看見，但還是接起手機回：「喂，媽喔。」「妳在哪裡？妳哥呢？」手機傳來老媽高分貝的嗓音。「妳要找他，幹嘛不打他的電話？妳不知道，我怎麼會知道？」我把手機拿離耳朵遠一點。早知道就不接了。「我打了！他沒接！」老媽用抱怨的語氣說：「警察打來，說你哥把車子停在巷子口，現在整條巷子塞成一團。」「那叫警察把車拖走啊！」我也生氣了，關我屁事啊？每次都這樣，要找哥哥，卻打給我。哥哥犯錯，卻是我被罵。

老媽降低音量，用哀求的口吻說：「那傢伙不知道又再搞什麼？警察說拖車進不了那條巷子，要有人去把車開走，妳來店裡拿備用鑰匙，去把車開走好不好？」媽媽兇的時候，我雖然生氣。但因為她是媽媽，我最多甩門出去，不跟她講話。我最怕的不是她生氣，而是她拉下臉來求人的樣子。我媽是長女，當慣老闆娘，愛命令人，一副女王的樣子。連對爸爸也是，如果媽媽不對爸爸那麼兇，爸爸也不會走。只有哥哥，媽媽可以為了他做任何事，甚至對別人下跪。如果我開口說：「妳跪在我面前啊！」媽媽說不定真的會跪下。當然，我沒這麼說。我只是不說話。

「妹呀，給媽媽拜託一下。媽媽也是沒有人可以拜託了，才來拜託妳啊。」媽媽使出最後的溫情攻勢。「好啦！妳等我一下，我在美華泰，我去跟妳拿鑰匙。」我掛上手機，心裡幹得要死。我幹嘛接電話？幹嘛好心答應去幫那傢伙？

「孫悟空又闖禍啦？」思芸睜大眼睛問。不愧是我的好朋友，立刻就猜中了。「怎樣？要不要我們陪妳去？」最講義氣的藍霓說。我搖搖頭說：「不用啦！妳們繼續逛，幫我多拍一點照片！」我不想因為我家的事，壞了好姊妹的好心情。我獨自往樓梯走去，走到一半，轉頭向她們揮手，用食指和大拇指比個愛心，努力擠出笑容。

我從美華泰快走到萬年大樓。媽媽的店裡擠滿人，生意難得這麼好。麗娜也在招呼客人。我哥去年突然中風，麗娜是照顧他的看護。

「鑰匙呢？」我走進店裡，翻找抽屜。「這裡！這裡！」媽拿出鑰匙遞給我，不忘催促：「快去！」「他那什麼身體？你還給他開車？」我忍不住念她：「車停在哪裡？」「中山堂旁邊的巷子。這上面有地址。」媽拿給我一張紙，紙上有她潦草的字跡，寫著哥哥停車的地點。

我一路跑到中山堂，腳痛死了。幹！今天本來是拍照打卡的懷舊之旅，我特地選一雙高跟涼鞋，卻沒想到變成「救援行動」，早知道就穿球鞋了。我在心底罵：「臭孫子澤！都這麼大了，還要媽媽和我收爛攤子！」我哥不知道哪根筋不對，竟然把車子停在中山堂旁的巷子裡，自己卻不見了。媽媽老是跟我喊窮，但孫子澤還是要什麼有什麼。如果我是老媽，早就把他這台車賣掉。想到這裡，我忍不住再罵一聲幹。

我一直想不通，哥和我都是媽媽親生的，為什麼媽媽就是愛哥哥比較多？除了哥哥，我還有一個同母異父的姊姊，王可樂。小時候，可樂姊姊會來台北找媽媽，一年來一次，我們跟她不熟。我跟哥哥老是吵架，所以看到可樂姊姊來，我都很開心，黏在她身旁，要她講故事給我聽，帶我去咖啡廳，她喝咖啡，我吃冰淇淋。哥哥恰好相反，他不喜歡可樂姊姊，只要可樂姊姊來，他就會生病。不是肚子痛，就是頭痛。其實，他根本就是裝出來的，他不想要媽媽陪可樂姊姊。

幾年前，還發生一件事。媽媽要姊姊簽一份什麼切結書，證明她跟媽媽沒有關係。那時媽媽因為重度憂鬱症領殘障手冊，如果有那份切結書，哥哥就可以拿照顧媽媽為理由，不用去當兵。老媽這次徹底惹怒向來愛笑的可樂姊姊，姊姊吼媽媽，說：「妳根本不愛我，妳只愛弟弟！」聲音很大，在旁邊的我也聽見了，她掛媽媽的電話，不再接電話。媽媽很傷心，在家裡哭，喝很多酒。我傳訊息給可樂姊姊說：「姊姊，媽媽很傷心，妳可以原諒媽媽嗎？」可樂姊已讀不回，她把媽媽要的切結書寄過來，從此不再來找我們。

我照著地址來到巷口。果然看見哥哥的車，加裝尾翼的黑色喜美卡在巷口。巷子裡的車出不來，外面的車進不去，全塞成一團，喇叭聲此起彼落。幾個警察在現場指揮交通，我低頭快步鑽進車裡。一個警察走來，敲敲車窗，我打開車窗，一臉愧疚。幹！關我什麼事？警察要我看他的手勢，慢慢把車開出去。旁邊很多圍觀的人，一個中年大叔大聲罵：「不會開車就不要開嘛！」我當下只想挖地洞鑽進去，或是乾脆一路開去回收場。臭孫子澤！我在心裡詛咒他千百次。

心裡幹得要死的我乖乖把車子停回獅子林。停好車後，我先去一趟藥局，買一盒最便宜的驗孕棒。我的月經兩個月沒來，我有點擔心，想說自己先驗驗看。依照使用說明，拿紙杯接尿，再用滴管，滴三滴到驗孕棒上。幾分鐘像幾個小時那樣長，驗孕棒中間的顯示區，先是跑出一條明顯的線，沒多久，又再出現另一條淡淡的線。幹！我懷孕了。我把驗孕棒對著廁所的日光燈再看一次，那兩條線變得更清楚。

我在廁所裡發抖，把驗孕棒用衛生紙包起來，丟到垃圾桶裡。今天真是幹意滿天飛。

我有點不知所措，媽為哥的事已經夠煩了，我不想拿我的事去煩她。我打給藍霓，問她回家了沒，還問明天可不可以去她家染髮。藍霓說沒問題，她明天正好休假。藍霓沒有爸爸，她爸幾年前死了，她跟繼母阿美姨住在一起。阿美姨沒生，對藍霓很好。但不知道為什麼，藍霓對她很冷淡。藍霓在刺青街裡的一間連鎖美髮店工作，一星期只能休一天，她通常把休假日排在阿美姨要上班的那天。

隔天，我醒來時已經中午。我在便利商店買個麵包邊走邊吃，到她家門口時剛好吃完。藍霓家在萬華一棟老公寓頂樓。我按門鈴，推開大門爬樓梯上去。雖然是休假，愛美的藍霓還是畫了妝，眼線、唇膏，就差沒戴假睫毛。她的唇膏是現在最流行的霧面橘，蓬鬆長捲髮用魚尾夾夾在後面。身上穿寬鬆的居家服和緊身長褲，一雙腳套在粉紅兔子拖鞋裡。看起來有點慵懶、嬌媚，又帶著一點可愛。不要看她長得一副甜美的樣子，她的脖子後面、手臂和胸部全都是刺青，脖子後刺的是一隻蛇，她爸屬蛇。手臂上是蠍子，她是惹不起的天蠍座女人。至於胸部上刺的面積最大，是個長角女妖。她在刺青街美髮店工作賺的錢，有大半全貢獻給刺青街。我雖然也覺得那些刺青很美，但因為怕痛，我還是不敢試。

「快進來呀！」藍霓推開門，從鞋櫃拿出一雙上面有立體兔耳朵的拖鞋給我。我套上拖鞋，隨口問：「阿美姨今天上班啊？」「明知故問。」藍霓冷冷的說，走到電視機旁的櫃子上準備「家私」。領著我到她的「個人工作室」去。她的工作室就是她的房間。房裡有一張床，床邊放著畫架，畫架上擺著一面大鏡子，鏡子前是一張可以升降的椅子。她說這是她私人「髮型工作室」，只給好朋友預約。她只收材料費，但我們還是會多少貼點錢給她。我坐在鏡子前，看見自己憔悴的臉。幹！我怎麼把自己搞成這副德性？

「想染什麼顏色？」藍霓打開一個黑色大本子，裡頭有各種顏色的假髮，紅橙黃綠藍靛紫，每種顏色由深到淺。「我想染布瑪的顏色。」我指著本子裡的藍綠色髮束說。從小，我爸就叫我布瑪，藍霓、思芸這些從小一起長大的朋友，有時也會這樣叫我。

「哇靠！妳是多想紅？」藍霓知道我正在準備直播。我的代號就是布瑪。她拿到牆壁邊的櫃子調配顏色，把一坨淺綠色糊狀物擠進黑色塑膠碗裡。藍霓拿刷子沾滿藥劑，往我頭上塗抹，刺鼻味道衝進鼻腔，我咳了兩聲。我常染髮，第一次對這味道過敏，難道是懷孕的症狀？

「找到『孫悟空』了？」藍霓問。孫悟空是我哥的綽號。跟我的一樣，都是老爸取的。

「什麼孫悟空？叫『豬八戒』還差不多！不知道跑到哪裡逍遙？幹！」我生氣的說。「你哥真的很敢，把『觔斗雲』放在那裡，說跑就跑。」藍霓用梳子在我沾滿染膏的頭髮上邊梳邊問：「妳說吧，是不是有什麼想跟我講？」藍霓果然是我的好朋友。「妳怎麼知道？」在藍霓面前，思芸和我就像個小妹妹。「我又不是第一天認識妳。每次遇到事情，就要我幫妳染髮。說什麼染髮可以改運，靠！我做這一行那麼久還沒聽過別人這樣說。」雖然在說話，鏡子裡的藍霓還是一臉專注的在我頭髮上仔細塗抹。回想起來，好像真的是這樣，每次跟男朋友分手，或是家裡又發生什麼事（像我哥上次發病），我都去找藍霓幫我染一頭新髮色。

「我好像……懷孕了。」我吞吞吐吐說出口。

「懷孕！誰的？」藍霓停下手邊的工作問。「就上次帶給妳們看的那個嘛！」我說。「那個不是分手了？」藍霓一臉疑惑。「是分手了。」我說。「你們該不會最後還來個分手砲吧？」藍霓瞪大眼睛問。我沒說話，我實在不想再想起關於那個渣男的任何事。藍霓見我不說話，便說：「好，那妳說，妳現在打算怎樣？」

「拿掉啊。還能怎樣？」我裝出一副無所謂的樣子。這次換藍霓不說話。計時器響起，我坐上沖水椅，她拿起蓮蓬頭，用熱滾滾的水把我頭上的染劑沖掉。香噴噴的洗髮精，跟著她的手在我的頭皮上滑動。我閉上眼，享受這舒服的片刻。「身體往上一點啦！」她扶著我的脖子往上提。我睜開眼，看著她霧橘色的唇一開一合說：「靠！說得輕鬆，妳知道墮胎很傷身體嗎？」我小聲念：「妳不是也墮過胎。」「妳這小鬼說什麼？」藍霓用力捏我的耳朵：「我有不得已的苦衷好嗎？」我痛得哀哀叫：「那妳跟我說，到底會怎樣？」

「醫生會先給妳吃一顆藥，過幾天，就像月經來，流很多血，還有血塊。」藍霓說。

「聽起來還好啊！」我揉揉發燙的耳朵。「靠！還好？那是順利的情況，如果流得不乾淨，就要進開刀房，醫生會把一根鉗子放進妳身體裡，把沒流乾淨的刮出來。就像一隻被人抓起來的魚，被幾個戴口罩的人，在好多人面前，刮掉鱗片、剖開肚子。血淋淋的，超恐怖。」藍霓用手比了比，假裝劃一下我的肚子。

「妳不要嚇人啦！」躺在洗髮椅上的我，拍開她的手。肚子覺得很不舒服。

把藥劑沖乾淨後，藍霓又幫我護髮：「妳這頭髮不護髮不行，染太多次，都快變稻草了。」不管染多少次，有藍霓在，我都不擔心。

坐在鏡子前，藍霓用吹風機幫我吹乾頭髮。隨著頭髮變乾，鮮豔綠色也變得更加明顯。藍霓的技術果然越來越厲害，染髮後的我簡直像變一個人。她拿起剪刀修剪髮尾和齊平瀏海，至少有三分像布瑪。

我感覺整個身體都輕了。

我在藍霓家混了一整天，吃她煮的米其林級營養泡麵（加了蛋、青菜和幾顆貢丸），才回去獅子林，到家已經是晚上十一點。我累得只想好好睡一覺，手機響起。又是媽媽！我發誓，這次不管「孫悟空」幹了什麼好事，我絕對不去救他。

「喂？」我接起手機。「妹啊！哥有去妳那裡嗎？」果然又是為了哥哥。「沒有啊，他還沒回去嗎？」我問。「還沒。」我聽出媽媽聲音裡的焦慮。我哥從小就沒什麼朋友，媽媽寵他，他把在家當小霸王的個性也帶去學校。媽媽給他很多零用錢，他有幾個一起打電動、飆車的朋友，也不缺女友。生病後，女朋友離開他，那些「酒肉朋友」也沒出現過。哥哥以前也曾好幾天沒回家，但自從他生病後，從來不曾那麼久沒回家。

「我再打給哥哥看看。妳不要擔心啦！」我安慰媽媽。掛掉手機後，我打開臉書，搜尋我哥的帳號「Son Goku」。他的大頭照是他左手臂上的刺青。那是他十八歲時在刺青街刺的。悟空變身超級賽亞人，雙手掌心向外發出龜派氣功。我不得不承認，那個刺青師傅刺得還不錯。只可惜哥哥左半邊癱瘓後，孫悟空的臉和長滿肌肉的手臂，也變得衰弱無力。跟哥哥生病前拍的這張照片，雖然瘦卻還算精壯的手臂，簡直判若兩人。

我滑著他的臉書，看到他前兩天還在西門町一間KTV包廂打卡，桌上堆滿零食、鹹酥雞和啤酒，貼文寫著：「哥什麼都沒有，就是有錢，要來陪哥嗎？」我翻了個大白眼，這就是他交朋友的方法嗎？點讚的人也只有兩個，可能就是他那些酒肉朋友。我看他不過是跟那些豬朋狗友逍遙去了。

我一直以為，哥頂多明天就回來。但他不見已整整一星期，沒接電話就算了，訊息也不回，我們只好去警察局報案。麗娜被仲介公司介紹到其他地方工作，我搬回六樓陪媽媽。上高中後，哥哥住在八樓套房，媽媽和我住六樓樓中樓。自從哥半癱後，我就和哥交換。現在因為哥哥不見，我又回來這裡。雖然是樓中樓，但空間還是很小。樓上進門左手邊是廚房，右邊是廁所，再來是客廳。旋轉樓梯往下走，有一塊密閉的小空間。這就是我們家的房間。哥哥不方便走樓梯，媽媽在客廳隔了簾子，當作他的房間。麗娜和媽媽睡樓下，中間隔著塑膠摺疊簾子，變成兩個獨立的空間。麗娜睡的地方以前就是我的「房間」。現在麗娜也走了，這裡變得更空蕩。

我擔心哥，也擔心老媽。哥不見後，她還是照常去上班。晚上回到家，就看著窗外抽菸、喝酒，也不回房間睡覺，吃過安眠藥直接睡在沙發上，好像在等哥。隔天醒來，直接去上班，裝作一副什麼事也沒有。但是，她表現得越平常，我越擔心。

「哥，你在哪裡？媽很擔心，趕快回家～～」我用臉書傳訊息給哥。爸媽離婚後，哥和我回宜蘭阿嬤家住一年。那年，爸爸去大陸，媽媽在台北，很想他們的時候，我就會去找哥哥。他總是面無表情看向窗外，我想，他可能也在想爸爸媽媽吧。因為看見哥哥臉上寂寞的表情，我感到不那麼孤單。

悟空

我算是一個小網紅。平時會接一些保養品、連鎖服飾和整形診所的廣告，在臉書和ＩＧ上分享試用心得，賺一點外快。最近，我剛加入直播平台「浪 live」，準備進行我的第一場直播。現在做直播的人很多，要怎麼做出自己的特色，吸引粉絲追蹤，越來越困難。我從小就愛看《七龍珠》，想說用《七龍珠》的梗，結合 cosplay 玩玩看。

你聽過「浪 live」嗎？當你打開 app，會跳出這句話「遇見你是最浪漫的意外」。我是新直播主，編號是 1314251，暱稱「布瑪」。目前家人數量：95人。星期一和星期二下午兩點，是我的直播時間。如果你看到這則訊息，對我有興趣，喜歡七龍珠，請按追蹤，就能成為我的「家人」，跟我一起尋找七龍珠。

2018/7/21 14:00

「安安，看到大家好感動！今天的直播，要帶大家來我家。」我把鏡頭轉向後面的大樓，橘黃色的牆，包圍黑色大面玻璃：「看到紅色的字了嗎？布瑪的家就在裡面！」

比克：「獅子林～」

碩士：「靠！超陰的！」

有什麼好怕的？我都在這裡住二十幾年了！我在心裡ＯＳ。但我沒說出口，假裝沒看見。對著鏡頭露出甜美的笑。希望橘色口紅，蜜桃腮紅，加上美肌，能遮住因為晚睡而浮腫的眼睛和黑眼圈：「我們進電梯囉！聽得到嗎？電梯好像沒訊號。這電梯真的有夠臭！菸味、酒味，吸到飽。幹！」我迸出髒話，這實在有損我氣質美女的形象。我的大頭貼是一張穿低胸洋裝，手上抱書的照片。至於抱的是什麼書？我早就不記得。那是我隨便從誠品書店書架上拿下來的。不過，好像因為沒訊號的關係，沒人聽見我說的髒話。出了電梯，訊號恢復，螢幕跳出訊息。

比克：「幾樓？」

「祕密。來看電梯旁的這面窗戶。看到外面了嗎？」透明玻璃窗因為老舊，變得霧霧的，從這扇窗看出去，外面的世界都模糊了。不過，還是可以看得出對面墨綠色大樓是誠品，我的大頭貼就是在那拍的。我記得很小的時候，那裡是來來百貨，媽媽會帶哥和我去那裡買衣服。大樓的名字經常這樣變來變去，街上的店也換來換去。生意好的繼續開，生意不好只能收攤。這是都市叢林生存法則，我從小就明白。

台北到處都是高樓，你在高樓裡，四周是更高的樓，人變得很渺小，像螞蟻一樣，穿梭在樓跟樓之間。窗邊有個小階梯，我坐下來對著鏡頭說：「小時候跟我媽吵架，就坐在這裡哭。下雨天，覺得天空陪我一起哭；如果出太陽，就覺得是太陽公公在安慰我！不過，今天太陽也太大了吧？昨天明明還下雨啊？早知道就帶大家去海邊了！」我瞇起眼笑。直播的祕訣之一，就是適時勾引觀眾。

碩士：「太陽！海邊！比基尼！」

鮭鮮人：「每到夏天　我要去海邊～」

「先歡迎新朋友『鮭鮮人』！嗨嗨！你好！各、位，現在是冬天，穿太少會感冒的好嗎？」我蹲低，故意把鏡頭照向胸部：「我算有誠意啦！」我今天特地穿黑色馬甲、套上牛仔外套，營造若隱若現的感覺。我的胸部遺傳到老媽，又小又扁，為了「美觀養眼」，我一大早就起床搓胸部、擠奶，再加上 Nubra，好不容易擠出兩顆包子。啊！真希望可以吸引 Nubra 廠商找我業配。

鮭鮮人：「噴鼻血～～」

碩士：「美！美！美！」

碩士是我的第一個「家人」。他的 I G 沒有自拍照，大部分都是拍食物，他的留言都很短，而且都用驚嘆號。這個時間可以 follow 我的，要不是那種還在唸書的，要不就是還在找工作的。我把鏡頭往下拍：「忘了給大家看看，我今天穿的是高筒馬靴，鞋跟很高喔。」再轉向天花板：「你看，我的手是不是快要碰到天花板了？以前，我爸會把我扛在肩膀上，說那是我專屬的駕駛艙。後來我長高了，頭會撞到上面，我爸就不再讓我上駕駛艙。」天花板四周都是黃黃的水垢，要不是這一次直播，我也沒發現這棟樓竟然這麼老舊。

我趕緊把鏡頭轉向走廊，又窄又長的長廊。我彷彿看見穿 **T-shirt**、緊身牛仔褲的老爸，扛著我走過去的背影。但現在，除了我，一個人都沒有。突然，傳來刷啦啦的聲音。「大家有聽見嗎？那是打麻將的聲音喔。這裡很多老人，沒事愛打打麻將。這裡是別人的家。你們看，這大門是紅色的，還生鏽，這家一定在這裡住很久。這間是白鐵，一看就知道是新換的，去年才改裝成民宿。價格不便宜喔，一晚兩千。樓上旅館才一千呢。好啦！要帶大家去我家了。等我一分鐘，不要走開喔。啾咪。」我向鏡頭傳送飛吻。留言裡出現幾個愛心和紅唇。

我遮住鏡頭，打開家門。直播前，我在沙發上擺兩個龜殼抱枕，桌上放著哥最寶貝的銀頭髮孫悟空和超藍達爾的模型，搭出簡單的直播布景。如果被哥看見我私自拿他的東西，他一定會馬上出現，把我痛罵一頓。不過，前提是他得先看到我的直播。我調了調鏡頭，刻意用撒嬌般的聲音說：「到了！到了！請大家稍等一下，我調一下鏡頭。嗨嗨！」

碩士：「**拜見丈母娘！**」

「丈母娘不在啦！」我眨了眨裝上假睫毛的眼睛，神祕兮兮拿出一本一九九五年出版《七龍珠》全彩漫畫，對著鏡頭說：「有它的喊聲！」

碩士：「超強！日文版《七龍珠》！」

「小時候，我每次哭，布里斯夫博士會把我抱在他腿上，一起看這本書。上面是日文，他看不懂，都是自己配旁白。所以每次講的故事都有點不一樣。他說，每次看見小悟空，我就會忘了哭。」布里斯夫博士是布瑪的爸爸，也是我對老爸的暱稱。爸媽離婚後，媽媽把他的東西全丟掉。這本被我偷偷藏起來，才沒上垃圾車。

鮭鮮人：「嗚嗚～～美女的故事好感人～～」

「翻幾頁給你們看！」我把鏡頭固定住，在鏡頭前翻這本漫畫。漫畫不會動，但是，邊翻邊看，它就像有生命一樣，動起來。翻著漫畫時，我看見塑膠透明桌墊下，有一張媽媽、哥哥和我的合照。我感到一陣鼻酸，趕緊把鏡頭對著合照上的哥哥，深吸一口氣，說：「他是我家的孫悟空，不知道踩著筋斗雲跑去哪裡？已經不見一個多星期，如果有人看見他，麻煩跟布瑪聯絡！」

碩士：「！！！」

鮭鮮人：「布瑪小姐，不要擔心！」

「謝謝大家！今天直播先到這！明天我會 cosplay 布瑪，帶大家逛萬年大樓，記得繼續 follow me！」我匆匆結束直播，不想被大家發現即將奪眶而出的淚水。

關掉螢幕，我躺在沙發上。不到一小時的直播，加上剛剛情緒的波動，我累得動也不想動。我摸摸自己的肚子罵：「都是你害的！」俗話說「長痛不如短痛」，我得趕快解決這件事，掙扎爬起來，決定去醫院一趟。

坐上公車，專注看著窗外，一站又一站，一個小時後，我才下車。我沒有特別查哪間婦產科比較好，只要不被我媽發現就好。我不是來生孩子的，拿掉比留下簡單多了。

婦產科在大馬路中間，是一棟四層樓高的房子。沿路掛滿招牌，要不是我用走的，也不會發現它。它的招牌是粉紅色的，自動門上貼著袋鼠貼紙。不知道這間診所的醫生在想什麼？我記得國中生物老師說過，袋鼠是發育不完全的動物，簡單來說，袋鼠寶寶都是早產兒。我的功課不怎麼樣，但老師說的一些有的沒的，我都記得。拿早產兒當診所的吉祥物，真是一點都不吉利。還好，我不是來生孩子的。

自動門打開。很多人坐在靠牆的粉紅色塑膠椅上，有的人自己來，低頭滑手機。也有人跟著先生或男朋友一起來，兩人一起翻寶寶雜誌，笑得一臉幸福。我兩手放進外套口袋裡護住肚子，不想讓陌生人猜測我來幹嘛。掛號後，我找到一個空位，隨手拿起一本雜誌翻閱。封面人物是賈靜雯，她生過三胎，還是蠻美的。如果藍霓看到，肯定會說，有錢誰不美？當髮型助理的她，薪水很少，她寧願不吃不喝，也要把錢拿去刺青、買衣服或是做微整型。這是我們「西門少女」的信念，寧願美死，不為食亡。

「孫子漁。」我聽見自己的名字跳起來。我走進診間，因為冷氣太冷而發抖。一個男醫生坐在大辦公桌後面，戴著口罩，四方眼鏡裡一雙細小眼睛打量著我。我有點後悔，早知道事先爬文，起碼找個女醫生，也許就不會這麼尷尬。

「有哪裡不舒服嗎？」他開口，細小的眼睛望向我的肚子。「我的月經……沒來。」我支支吾吾的說。「上次月經是幾號？」「我……我不記得了。」我垂下頭，像個答錯題、等著被老師處罰的小學生。

「到後面去，我們做進一步檢查。」醫生冷淡的說。我跟著護士到後面的小房間。「鞋子脫掉，躺上去，褲子往下拉。」身材苗條、戴著口罩的護士說。如果不是因為情況有點尷尬，我真想問她的假睫毛是哪個牌子？我躺上去，把褲子往下拉。她抽一張紙巾，塞進我的褲子裡。醫生走進來，在我的肚子上塗抹透明的漿糊，拿著一個儀器，在我的肚子上滑來滑去，好像我的肚子是溜冰場。

「目前還沒照到胚胎，但為了保險起見，妳還是先去驗尿。」醫生說完獨自走回診間。這是什麼意思？難道我根本沒懷孕？

護士等我穿好褲子，推開後面的門，對我說：「這杯子拿去後面的廁所，尿液裝到這條線，再拿給我。」我點點頭，走進診間後面的廁所。護士給我一個紙杯，我把紙杯放在下面接尿。幹！一不注意，我的手被尿濺到。我把杯緣上的尿擦乾淨，再用衛生紙包住杯子，把手洗乾淨才走出廁所。護士就在門口等著，拿出一張試紙放進杯子裡，過了幾秒鐘，把試紙抽出來，像個機器人般對我說：「可以了，把尿倒掉，進診間。」

我聽話照做，再次走進那個冷氣超強的診間。護士關上門，男醫生刻意擠出笑容說：「恭喜妳！是兩條線。我們再做進一步檢查。」護士帶著我走到剛剛那個照超音波的小房間，病床邊還放著另一張造型奇特的躺椅。

「把褲子脫掉，躺上去。」護士指著一旁的三角櫃說：「東西可以放那個架子。」我只想趕快結束這場鬧劇，即使感到不好意思，還是立刻脫下褲子和內褲，躺上椅子。椅子兩端還有兩個半月型的架子。「把腳放上來，屁股往下。」護士說，就像在命令一個三歲小孩子。我通通照做，沒有第二句話。

等一切就緒，醫生大步走來，蹲坐在我「那裡」的前方。我們之間隔著一塊綠布，我看不見他。幹！我真想找個地洞鑽進去。

「放輕鬆。」醫生說。我感覺到他手裡握著一根冰冷的東西，用力塞進我裡面。最好這樣可以放輕鬆！幹！他專注看螢幕，指著一顆圓圓的點說：「這就是妳的，胚胎。剛剛可能是沒有漲尿的關係，沒有照出來。」他迅速抽出那根東西，快步走回診間。我感覺到下面濕濕黏黏的，很不舒服。我把褲子穿上，跟著護士回到診間。

他拿出一張超音波照片，指著一顆紅豆大的圓點說：「這是妳的胚胎，目前大概四週。我們要安排下一次就診的時間，做進一步檢查……」還沒等他說完，我就打斷他說：「我要拿掉。」

醫生看著我微微皺眉，像背稿般毫無表情的說：「很多人都生不出孩子，要不要再考慮看看？」「不用。」我一口回絕。沒什麼好說的，我跟那個男的已經分得一乾二淨。我可不認為那個渣男會為這個孩子負責任。走出小房間，醫生坐在辦公桌的另一邊，從抽屜拿出一顆白色藥丸，用細細小小的眼睛問：「妳確定了？」我想起藍霓告訴我那幅血淋淋畫面。「孫小姐，要不要，再考慮一下？」醫生再問一次。「啊？」我回過神。醫生冷靜的說：「沒關係，妳可以回去和父母商量一下再決定。」「我……我不能讓我媽知道。」我一臉驚慌，卻沒有勇氣伸手接住醫生手中的藥丸。醫生把藥收回去，推了推眼鏡說：「妳回去考慮考慮吧，最好儘早做決定。」我摸著肚子，像個打敗仗的士兵，垂頭喪氣走出婦產科。被看光光，還被一根東西插，卻什麼目的也沒達到。幹！

我的鼻子變得比從前靈敏，以前路人就是路人，現在有人經過我身邊時，我立刻就能聞到他們身上的氣味。甚至，我可以打包票，剛剛那個經過我身邊，戴墨鏡的男人剛剛一定吃完一大份鹹酥雞。天啊！以前我超愛鹹酥雞，現在一想起那油膩膩的味道就想吐。最慘的是，我想吐卻吐不出來，只能乾嘔。我的腹部悶悶的，像月經要來卻沒來。

我的腳比平時腫脹。每次想到，我現在不是一個人，是兩個人，就讓我煩得想隨便找人揍一拳。憑什麼？到底憑什麼？那個男的可以射後不理，我偏偏要承受這一切？這世界對女人真的太不公平了！

我搭上221在中華路公車站牌下車，往西門町走去。滿滿的人群從捷運西門站不停湧出，看得我都暈了。騎樓裡，除了店家，走道旁還擺滿攤位，有賣飲料、手機殼和飾品的，加上來來去去的遊客，擠到不行。我刻意避開騎樓，走在人行步道區。這裡人也很多，但至少不像騎樓那麼擠。我像一隻缺氧的魚，努力呼吸難得的空氣。當我稍微感到放鬆時，一股濃濃的香水味撲來。幹！簡直比餿水更噁心。我跑到牆角，在水溝邊吐起來。

短短的西寧南路，突然變得好長。好不容易走到獅子林，我走進電梯，捏起鼻子，盡量不要大口呼吸。當電梯到達六樓時，我像逃難般逃出去。經過長廊，走到家門口。打開鐵門，按下電燈開關，點亮這鳥籠般的房子。終於到家了，我重重喘口氣。長這麼大，第一次覺得回家真好。至少沒有外面那些怪味道。

我走到窗邊蹲下來，看看陶缸裡的魚。每次跟我媽吵架，或者心情不好，我就會去看牠們。我的魚是孔雀魚，身材很迷你，公的比母的豔麗，尾巴張開時，像孔雀開屏般在水中搖擺。我是在夜市花二十元撈到牠們，養在我爸留下的陶缸裡。他以前用那只陶缸來種花，種什麼死什麼，後來就拿來當菸灰缸。大陶缸放在窗邊，爸常拉一把椅子坐在陶缸旁抽菸，把菸灰彈進陶缸裡，看起來有點孤單。爸走了以後，留下這個陶缸。菸灰沉澱太久，積成一攤爛泥。我清掉菸灰，把陶缸從頭到尾刷洗三次，才倒入清水和孔雀魚。

我從沒想過孔雀魚生命力這麼強。我把飼料灑進陰暗的缸子裡，飼料很細小，就像是菸灰一般灑在水面上，兩隻小魚從底部浮上來，一口一口把飼料吃光。老闆說，牠們剛好是一公一母。公的我叫牠阿倫，我爸的小名，母的叫亞亞。亞亞不是我媽，是一個阿姨。我爸的皮夾裡，有一張亞亞姨的照片。我見過亞亞姨幾次，她的臉蛋圓圓的，有兩顆圓圓的眼睛，長相普通，身材稍胖，但說話的聲音很溫柔。跟我媽簡直是完全不同類型，我媽的臉又長又瘦，四十幾歲以前從沒超過五十公斤。聽說她從前有個響噹噹的綽號，叫做「萬年第一美人」。只可惜，隨著年紀越來越大，不但身材發福，嘴巴也越來越刻薄，罵起人來毫不留情面。我爸好幾次被我媽當眾數落。如果我是我爸，也會想跟媽離婚吧。

我知道我這樣想實在很不孝。但如果你也跟我媽生活過，你就會知道我的感受。每次跟我媽吵架，我就來這裡看看阿倫和亞亞。但我絕不在我媽面前喊出牠們的名字。雖然我媽個性很差，但畢竟是我媽。況且，背叛婚姻的人不是媽是爸。但我就是無法討厭爸爸，也無法討厭溫柔的亞亞姨。從這點來說，我背叛了媽媽。而哥哥站在媽媽那一邊，他再也不跟爸爸說話。

還是來說說阿倫和亞亞吧。我是說，孔雀魚。牠們不僅活下來，還生下很多小魚。那些細小透明的魚從亞亞身體裡冒出來，我還來不及感受新生命的驚喜，就發現不管是阿倫還是亞亞，牠們竟然追逐小魚，張開嘴把那些小魚吃掉。我發誓，我絕對有按時餵飼料。我實在不知道搞不清楚，為什麼牠們會吃掉自己的孩子？現在還活著的都是當時沒被吃掉的。

現在的我回想起那幅景象，不但不覺得害怕，反而有點安慰。大自然的規律，不只「虎毒不食子」這一條，生下來再把牠們吃掉，也是一種自然法則。有時，媽媽對我們發脾氣時，也會說出「早知道就不要生你們」這種話。我曾想過，倘若殺人不犯法，社會也沒那麼多倫理規範，老媽說不定也想把我們吃掉。

奔波一天的我累得躺在沙發上，摸著肚子，不知不覺睡著了。

「孫子漁，妳給我起來，妳起來！」媽媽尖銳叫喊。「幹嘛啦？再睡一下就好了。」我轉身繼續睡。「妳跟我說這是什麼東西？」老媽往我身上丟了一個東西。我揉揉眼睛爬起來，撿起地上的東西，是我去看婦產科拿回來的藥袋。我假裝鎮定回：「經痛，去看醫生啦！」

「妳還騙我，經痛？妳根本沒來，浴室裡的衛生棉好好的，動都沒動。」老媽大聲吼：「妳最好不要騙我。我在垃圾桶裡看見那東西了。」我想起自己驗完孕後，用衛生紙把驗孕棒包起來丟到垃圾桶，還多丟了好幾張衛生紙掩蓋。我實在沒想到，老媽居然那麼變態！翻垃圾桶？

「孫子漁，我警告妳，家裡沒錢再養一個了。妳哥這樣，妳也這樣，我到底造了什麼孽，要把你們生下來折磨自己？」媽氣得像要把我給吃了：「小孩的爸是誰？」她的聲音因為剛剛的吼叫，變得乾啞。「分手了啦。」我低頭不敢看她的眼睛。「拿掉了沒？」「會拿啦。」我從沙發站起來，溜進廁所，把門鎖起來。老媽用力敲門，大吼：「我笨，妳也那麼笨！趕快拿掉，聽見沒有？」

我坐在馬桶上，摸著肚子說：「聽見了啦。」我媽的兩段婚姻都沒有好結果，所以她也不希望我們結婚、生孩子。早知道會被她發現，那時就把藥丸吞了，她或許就不會那麼生氣？我沖過澡、換上寬鬆的衣服，爬上床，現在只有平躺，才能減緩關節的痠痛。這也是懷孕的症狀嗎？

我蓋上被子，摸摸肚子。就再陪你一個晚上吧。

隔天一大早，老媽說要帶我去診所。我跟她說，下午要直播，結束以後再去。她搞不清楚什麼是直播，她是那種活在很久以前的人。很久以前，她可能曾是時髦的都會女性。但是，她一直活在那個時候，小龍女一枚。不過，是變胖又變老的小龍女。人家小龍女住在古墓，才不食人間煙火，我媽生活在流行中心西門町，居然不跟流行，實在太奇怪了。

打開手機，我簡直不敢相信自己的眼睛，短短一個晚上，我的「家人」又增加三十幾個人。看來這個直播主題可以繼續下去。我又點了臉書和ＩＧ訊息，大部分是「可以跟妳交朋友嗎？」這類訊息，沒一個和哥哥有關。這是第一次，我渴望知道哥哥的消息。

說好今天要 cosplay 布瑪。為了扮布瑪，我上網找很久，最後跑去 cosplay 服裝工作室，好不容易找到一件粉紅色條紋洋裝、皮帶和腰包。我對自己的胸部沒什麼信心，但遺傳自老爸的一雙長腿，我倒是挺有自信的。不過，不知道為什麼，穿上去還是少了一點什麼。我在鏡子前擺幾個 Pose，對了！布瑪的脖子上都會圍一條領巾，如果有一條好看的領巾，就會更像了。只是，臨時哪來的領巾？

我先去翻媽媽的衣櫥，年輕時的她還挺愛打扮的。但這幾年，人變老又變胖，精神、體力都不好。加上生意越來越差，從前到百貨公司買名牌衣，現在只去廉價賣場，超過三百塊就嫌貴。我打開媽媽的木衣櫃，寬大的 T-shirt、長版罩衫、長裙，沒一件我看得上眼。媽媽生意還可以時，常帶我去百貨公司買名牌衣服。二十歲後，除了偶而凹老媽買專櫃化妝品，衣服都是我用自己賺的錢買的。我賺得不多，買的大多是地攤貨，但只要好好搭配，再搭個不錯的包，發幾張美照，獲得幾百個讚不成問題。

我的餘光瞄到老媽衣櫥旁的老木箱，那是外婆過世前留給她的。現在上面堆著塑膠箱，塞滿雜物。我記得外婆以前開布行，說不定木箱裡可以撈到什麼寶貝？趁老媽不在，我來幫她整理整理。哈！我真佩服自己隨機應變的能力。

老媽個性迷糊，以前都是外婆替她收東西、留東西。木箱上有一個鎖，有點生鏽。鑰匙，鑰匙，老媽都把貴重東西放在衣櫥抽屜角落的餅乾盒裡。我打開衣櫃，拿出紅色餅乾盒，裡面有好幾本銀行存簿、印章，還有十幾支鑰匙。我打算每支都拿來試試看。真不曉得老媽留這麼多鑰匙要幹嘛？這支太大，那支又太小，更不用說旁邊那支生鏽到不行，我懷疑它一插進鑰匙孔就會碎掉。就在生鏽的鑰匙下方，我發現一支十字型的鑰匙，大小和形狀似乎都蠻符合的。果然，一插就進去。但因為鎖頭生鏽，我費了不少力氣才轉開。

把鎖頭解開後，我用力打開木箱。混著檀木、樟腦丸和肥皂的香味立刻衝進我的鼻腔，是外婆的味道。外婆死的時候，我才三、四歲，沒太多記憶。但這股味道卻讓我漸漸想起外婆的樣子。我記得，她有一張圓圓的臉蛋，叫我小魚的時候，臉上都掛著笑容。她做的東西超好吃，我最喜歡她做的燒肉吐司。每天下午，外婆只要有空，就會帶哥和我去新公園。我們一邊吃吐司，一邊撕小塊的吐司邊餵池塘裡的鯉魚吃。這是每天我最期待的時刻。

我對外婆最後的記憶，是她的喪禮。她的喪禮在湖鄉老家舉行，我阿嬷是道士，特地從宜蘭趕來誦經。媽媽抱起我，看外婆最後一眼。她躺在棺木裡，穿著銀白色古裝，很像武俠片裡才會出現的人物。她死時才五十九歲，身材保養得不錯。只有臉因為生病吃藥，看起來有些浮腫。大家都在哭，我沒有。我知道外婆還在。

我看不見外婆，但哥哥看得見。他偷偷告訴我，外婆站在對面的馬路上，看著我們笑。可樂姊姊聽了很害怕，叫哥哥不要亂說。哥哥很生氣回她：「我才沒有亂說。」我相信哥哥。外婆最疼他，所以只有哥哥看得見。

棺材放在一樓，廁所在陰暗的二樓，可樂姊姊想上廁所，卻不敢上樓，也不敢跟大人說。她站在樓梯轉角，急得快哭出來。我走過去，握著姊姊的手說：「我陪妳去。」姊姊像遇見救星，感激的看著我，牽我的手上樓。大概因為這件事，可樂姊姊雖然不理媽媽，還是加了我的 I G，偶而還會按幾個愛心。

這個木箱差不多到我膝蓋，裡面塞滿東西。最上面是個大紙袋，裝著幾本相簿，我隨手翻翻。大本相簿裡是老媽年輕時的照片，還有老媽和老爸結婚的照片，她穿著紅色旗袍，盤起來的頭髮別著一朵大紅花，臉上畫著大濃妝。她舉杯向客人敬酒，笑得很開心。我沒想到她居然還留著這些照片，我以為她早就丟光光了。還有幾本小本的，是照相館給的相本，這種東西可以算得上古董了吧。我打開小相本，大部分是老媽抱著哥哥的照片，少數幾張是我坐在椅子上的獨照。這些都是爸爸拍的吧？我記得，爸爸肩上老是背著一台單眼相機，走到哪裡拍到哪裡。我年紀比哥哥小，但老媽很少抱我，她的懷裡只有哥哥。老爸就不一樣，他常把我扛在肩膀上，讓哥哥在一旁自己走。老爸在的時候，我覺得很幸福。而我的幸福，跟著老爸一起走了。爸爸走了以後，我們就很少再拍照。以前常當老爸模特兒的我，沒想到現在居然把拍照、錄直播當工作。

相簿下面有一張泛黃的素描，是一個女人的畫像。仔細看，精巧的瓜子臉、小巧的嘴和長長的睫毛，畫中人不就是年輕時的老媽嗎？難道是老媽特地找街頭藝人畫的？可是不像啊，畫裡的媽媽靠著椅背睡著了。旁邊是車窗，幾筆線條勾勒出樹和稻田流動的樣子。從走道和連排的座位可以看出這是火車。坐在火車上的媽媽，要去哪裡呢？大家都說，我長得很像年輕時的媽媽。我想，她不愛我，可能是我太像她。

還有個木盒。一打開，裡面有五卷錄音帶，每卷都有手寫的編號，旁邊有一封信，用老式紅直條信紙。我知道偷看信是不對的，但我實在忍不住，想知道到底是誰寫給媽媽？畢竟當她的女兒雖然已經二十五年，我還是一點都不了解她。反正，就算我看了，媽媽也不會知道，就算知道了，大概也不會怎樣。現在的她光是煩惱哥，好吧，還有我，就夠煩了。哪有時間管這種小事？

姊，

如果可以，我真不想寫這封信。

這幾卷錄音帶算是我的臨別禮物。半年前，我發現自己出現跟阿母一樣的症狀。胸悶、不停咳嗽，帶動唱時有時幾乎發不出聲音。馬偕醫院確診是肺癌，和阿母一樣。我不甘心，我還那麼年輕。這是老天在開我玩笑吧？

我離開台北，回到湖鄉，住在跟阿母同一間安寧病房。病房窗外是公園和高樓，以前全是稻田。那些景物，熟悉又陌生，常讓我想起一些往事。我想拿筆記下。但寫字太累，才想到用錄音的方式。

每當我躺下，閉上眼，只剩一片黑暗。嗎啡讓人昏沉，我很怕再也醒不來。只有錄音時，我才感覺到自己還活著。我一點也不堅強。我很怕死。這世上有太多我眷戀的事物。妳還記得第一次帶我去西門町，買給我的那件衣服嗎？我掛在宿舍曬衣場，不知道被誰偷走？我到現在還不能原諒那個小偷！還有，從前老家頂樓那棵阿母種的土芭樂樹嗎？結出來的果實明明又乾又澀，我好想再咬一口。

妳一定會笑我，都什麼時候還想著這些事？我也想笑自己，但我卻笑不出來。我只想抱著妳痛哭一場。最叫我放心不下的，就是妳。我唯一的姊姊，從小一起長大的姊姊。珍重。再珍重。

妹玄

字跡越後面越潦草。有些字，我幾乎是用猜的。這是小玄阿姨寫給媽媽的信，信沒有寫完。我記憶裡，小玄阿姨是個很有活力的人。外婆走後沒多久，她也走了。但我沒有印象曾見過病中的她。我記得阿母說，小玄阿姨不希望我們看見生病的她，所以選擇獨自在醫院度過最後的時光。我只記得，在小玄阿姨的葬禮上，媽媽不停哭。那個在湖鄉殯儀館舉辦的簡陋喪禮，小玄阿姨沒發訃文，所以除了家人，幾乎沒有別人來。只有一個長得很高大、臉上有痘疤的大叔。他走進來時，媽媽似乎有點訝異。但還是替他點香，他上香後，走到靈堂前，看著小玄阿姨的遺照很久很久。照片上的小玄阿姨剪著短髮，笑容燦爛。那時我還很小，趴在媽媽的懷裡，盯著他帽子上的大象圖案看很久，後來不知不覺睡著了。醒來時，那個男人已經走了。大人們也沒再提到那個男人，就像他從來沒來過一樣。

後來，我記得曾跟媽媽去過一個空曠的地方。媽指著一棵不起眼的小樹說：「妳阿姨在這裡。」那棵樹很矮小，卻長出很多圓圓的果實，風中飄著淡淡的香氣。媽摘了一顆，吃一口遞給我。那顆果實好硬，我好不容易咬下一小口，只覺澀澀的，一點也不好吃，就全吐掉了。媽看著我笑，一手壓著自己被風吹得亂七八糟的長髮，一手把我吃進嘴裡的頭髮往耳後撥。比起冷冰冰的寒風，媽媽的手真是溫暖。

這封信讓我更好奇錄音帶的內容，但我一時找不到錄音機，加上等等還要直播，我得趕緊找到適合的絲巾。

木箱裡留著幾件外婆的衣服。聽說，外婆的衣服都是自己做的。一件毛線鉤的紅色背心，一件淡綠色碎花洋裝，還有深藍色旗袍。我拿起旗袍，在鏡子前比著，乾脆換上，沒想到居然挺剛好的。只是，外婆比我矮，開高岔的地方接近我大腿上方。平常穿出去有點短，用來開直播倒是蠻適合的。太好了！下次可以拿來扮琪琪！

旗袍下放一條深紫色緞面絲巾，帶著一股檀香味。我記得外婆圍過，我趴在她的肩膀上，在這股香味裡睡去。不如拿這絲巾來搭配布瑪的粉紅洋裝，一定很適合！我脫掉旗袍，穿上粉紅洋裝，再把媽媽的皮帶綁在腰間。頭髮紮成馬尾，繫上紅緞帶，圍上絲巾。我在鏡子前擺幾個Pose，這就是我心目中的布瑪！就算沒有十分像，也有八分像。

直播前半小時，我從獅子林穿過金園排骨旁的巷子，再經過峨嵋停車場旁的小路，來到萬年大樓。我對著玻璃窗撥撥瀏海，ok的，我為自己打氣。接著打開手機，進入浪。

安安，大家好！我是新直播主，編號是1314251，暱稱「布瑪」。目前家人數量：199人。星期一到三，下午兩點，是我的直播時間。如果你看到這則訊息，對我有興趣，對七龍珠有興趣，請按追蹤，就能成為我的「家人」，跟我一起尋找孫悟空。

我把「尋找七龍珠」換成「尋找孫悟空」。希望越來越多的「家人」，可以幫我找哥哥。「嗨嗨！大家安安！」我盡可能用最溫柔甜美的嗓音說話。

碩士：「超美的！」

鮭鮮人：「說好的胸部呢??」

我把鏡頭對著大腿，沒有胸部，穿短裙也夠有誠意了。叮咚，有新家人加入。「哈囉！歡迎里布里安！」看過《七龍珠超》就知道，里布里安變身會變成胖嘟嘟的愛情戰士。大頭照上的「里布里安」卻是個纖瘦的美女，但誰知道呢？第一，她用的可能是別人的照片；第二，就算她用自己的照片，加上修圖軟體、美肌模式，誰又知道她本來的樣子？我也是那些軟體的愛用者。眼睛放大，鼻頭嘴巴縮小，膚色變好，進入美顏程式，人人都可以變成大美女。

「今天要帶大家來的地方，是西門町的老商場，萬、年、大、樓！」我搭手扶梯往樓上走：「我的第一個名牌包，就是在這裡買的二手貨喔。」我指著電梯旁一間名牌店說。「四樓到了。動漫迷聖地。」

穿粉紅色洋裝、騎粉紅色腳踏車的小女孩衝過來，喊：「小魚姊姊！」「琪琪！妳這麼早就來啦！」她是四樓小霸王，手機店牛魔王的女兒，今年四歲，自從她出生後，四樓就歸她管。

鮭鮮人：「小蘿莉！」

「喂！她才四歲！」我把鏡頭從琪琪移到自己身上。「這間模型店，我從小逛到大喔！」我爸有時把我抱在手上，有時把我扛在肩上，他最喜歡這一間模型店，可以跟老闆打屁。「每次，我說我想要……，我爸就會說：『爸爸整間都買給妳！』但他從來沒有買過。」

碩士：「靠！整間！」

鮭鮮人：「嘴砲王！」

說的沒錯，媽媽也常說，爸爸只會出一張嘴。這間店挺有名的，東西便宜，大家說老闆跟演員馬如龍長得很像，老闆乾脆把店名改成「萬年馬如龍」。大家稱他「馬叔」，不記得他的本名。我走進馬叔的店，馬叔坐在櫃檯裡打瞌睡。店裡被模型堆得滿滿的，有些模型乾脆疊在地上，旁邊用透明膠帶固定。兩個年紀跟我差不多的男生，站在走道上，對著牆上的模型指指點點。光是他們兩個人，就把走道佔滿了。

突然，我眼睛瞄到旁邊層層疊疊的模型盒裡，出現小悟空駕著觔斗雲的帥氣模樣。我一時忘記還在直播，大叫：「哇嗚！紅衣服孫悟空！」我在地下街找了很久，都只有藍色衣服的。我可不想錯過它。我的右手伸出去，想把模型拿出來。「要拿什麼跟我說，不要自己動手！」中氣十足的聲音從櫃檯裡傳來。他手拿剪刀，走出來說：「是妳啊！內行喔！這個很少見。」馬叔剪開膠帶，三兩下就把盒子從整疊玩具裡拿出來。趁著馬叔在忙，我小聲對鏡頭說：「他就是萬年馬如龍！」

鮭鮮人：「我去過這間店！」

馬叔皺了皺眉頭，說：「在幹嘛？拍照喔？要把馬叔拍得帥一點啊！」

「不是拍照啦！直播！」我說。

「難怪妳穿成這樣！不怕被妳媽念。」馬叔把小悟空塞進我手裡。

我把小悟空放在我的臉旁邊，對鏡頭說：「沒想到第一間模型店，就找到紅衣服小悟空，大家有空多來西門町挖寶！記得要來萬年馬如龍喔。」馬叔聽見我的話，笑得合不攏嘴。我低聲在馬叔耳邊說：「我晚點來買，幫我留著。這張幫我貼一下。」我拿出腰包裡的一張紅色宣傳單，遞給馬叔。馬叔念：「這什麼東西？欸，這不是妳哥？」「晚點跟你說。」我說完走出店外，繼續對著鏡頭說：「我們接著到樓下，36度C錶店。」

老媽正在顧店，沒有客人，她單手托腮，靠在櫃台上發呆。用保麗龍刻的「36度C」有些地方已經剝落，看起來像「30度C」。不知道老媽有沒有發現？

我從背包裡拿出藍霓幫我印的紅色宣傳單，最上面有四個字「尋找悟空」，中間是我哥的照片和一張悟空的圖片，下面有我的IG和臉書帳號。這是一張尋人啟事，我不想做得跟外面一樣，那些尋人啟事裡的人像照，看起來沒有靈魂。好像根本還沒找，就預告永遠找不到。「麻煩各位，幫我一起，尋找孫悟空！下次見！掰掰！」我說完，關掉直播。

老媽斜眼瞪我，問：「妳穿這樣幹嘛？」「幫妳招攬生意啊！」我邊說邊把「尋找悟空」的尋人啟事，貼在老媽店門旁邊的柱子上。「妳在幹嘛？」老媽問。「幫妳找兒子。」我看了她一眼。我知道她很想哥，只是沒有表現出來，每天還是照常去店裡上班。跟老爸走的時候一模一樣。

抓寶

我從小愛吃甜食，卻不愛刷牙，前排有幾顆蛀掉，咬合不齊。媽媽老是看著我的牙齒搖頭，說都是她不好，忙著顧店，沒注意我的牙齒。拍照時，我從來不張開嘴巴，或是故意用手遮住嘴。上高中，看不下去的媽媽砸了十二萬，帶我去矯正牙齒，還做假牙和美白。現在我的牙齒看來還算整齊。不過，拍照時，還是習慣用手遮住嘴。

我仔細看著鏡子裡的自己。我跟哥哥都遺傳媽媽的瓜子臉。眼睛也像她，睫毛特別長。很多人說我的眼睛很美，我自己也知道。哥哥的眼睛原來跟我一樣，但小時候動過刀，變得有點怪，像割失敗的雙眼皮。這件事讓媽媽一直耿耿於懷。哥哥從小黏媽媽，想獨佔媽媽。所以，他不喜歡可樂姊姊來，看到我也沒給過我好臉色。這也是沒辦法的事，誰叫我們只有一個媽媽，而媽媽卻生了三個孩子。

媽媽說，她本來不想生我的。可是，爸爸想要女兒，她想，生一個女兒給他，他會更有責任感（她想說的，應該是有了女兒，老爸或許會多愛她一些）。這讓我覺得，哥哥是在爸媽最相愛的時候誕生，而我只是討好爸爸的禮物。爸爸不在，我這禮物也沒用了。從一開始，媽媽給我的愛就比哥哥少。反正我也習慣了。媽媽說，我從小外向、愛撒嬌，外面的叔叔阿姨都喜歡我。出門時，大人們會主動牽我的手或抱抱我，連可樂姊姊也偏愛我多一些。至於哥哥，從來不讓媽媽以外的人碰他。

回想起來，我一點都不了解哥哥。有段時間，媽媽叫我到店裡幫忙，哥哥卻叫我去別的地方找工作，說有能力就靠自己，不要花媽媽的錢。拜託！花得最兇的人是誰？還好意思說我。

說實話，我們學歷不高，就算出去找工作，也只是幫另一個人顧店。這兩年好一些，我的臉書、IG追蹤的人破萬，有廠商會請我業配，也會去展場擔任show girl，賺外快。

除了女朋友，哥哥沒別的朋友，頂多兩、三個在酒店認識，只要有酒有肉就會出現的豬朋狗友。我可不一樣，除了藍霓和思芸兩個死黨，現在還有小模圈。我們會去買同款或同色系的衣服，拍團照。那些衣服有的露腿，有的露奶，發在臉書IG或PTT上，自然就有廠商找上門。

我躺在沙發上，一手摸肚子，一手滑手機。追蹤我的粉絲和「家人」大部分是年輕人，如果知道我懷孕，有些粉絲可能會退讚。不過，也有直播主懷孕不像懷孕，腿瘦得跟竹竿一樣，反而人氣更高。很多孕媽咪、寶寶用品找上門。哎！想那麼多幹嘛？下午不就要跟媽媽去診所嗎？

說老實話，其實我一點也不想去。最好有什麼大事發生，什麼事都好，比如哥哥出現，讓媽媽暫時忘記我肚子裡的傢伙。我不是不想拿掉，只是，腦袋裡有個聲音，叫我等一等。等什麼呢？等那傢伙過一陣子自動消失嗎？還是，再晚幾天，哥哥就會出現？

老媽請阿紫姊姊幫忙顧店。阿紫姊姊是媽媽以前的店員，後來嫁給一個送貨司機。

她的先生賺的錢付完房租就所剩無幾，可是他們還有兩個孩子要養。學歷不高的阿紫姊姊只好四處打零工賺生活費。以前，打扮時髦的阿紫姊姊是我的偶像。現在的她老是一臉疲憊，再多的粉也遮不住熊貓眼，一副好幾天沒睡的樣子。一頭漂染的金髮掩不住白髮，眼角魚尾紋更是不留情的在她的臉上留下痕跡。除了身材沒發胖，眼前的阿紫姊姊和從前簡直是兩個人。

阿紫姊姊看見我，用唇語問：「妳、又、闖、禍、啦？」我拚命搖頭，其實超心虛。還好老媽動作快，打開抽屜，拿了鈔票塞進皮夾，立刻拉我出去。看來她沒把事情告訴阿紫姊姊，大概是覺得丟臉吧。

媽媽帶我坐上計程車。不得不稱讚一下台北市的計程車，當我搭過別的縣市的計程車後，才發現台北的不但乾淨、便宜，司機也比較老實，不會隨便給你繞路，跳錶速度也不會突然加快。我已經很久沒跟老媽一起搭計程車了。小時候，我們蠻常搭計程車，因為老媽不僅不會開車，還是個大路痴。後來，家裡經濟越來越緊，老媽才重新學著搭公車，看捷運路線圖。但今天，她大概是想趕快把這件事「解決」，才願意花錢搭計程車。

「媽！」我喊。「幹嘛？又有什麼理由？我告訴過妳，小心一點，不要生，不要結，結果妳把自己搞成什麼樣子？」我才開口，就被老媽的口水淹沒。我決定先發制人，還沒等她說完就打斷她的話：「去診所前，我們先去一下植物園好不好？」媽媽愣了幾秒回：「看醫生都沒時間，跑去那裡幹嘛？妳不知道我還要趕回店裡嗎？」

小時候，媽媽很忙，難得的假日旅行，就是趁開店前的一大早去植物園。因為停車不方便，我們會一起搭計程車過去。爸爸坐司機旁的副駕駛座，媽媽、哥哥和我擠在後座。我們在植物園的後門下車，從一條小巷子鑽進去，那是我們的祕密通道。經過小門，可以看見實驗菜園。小小一塊地分成好幾塊，有的種菜，有的種稻。爸爸說，宜蘭故鄉有很多稻子。媽媽也說，湖鄉有很多稻子。但要在地價昂貴的台北看見水稻，可能只有這裡了。稻子成熟時，金黃色稻穗垂下來，幾隻小老鼠啃著稻穗。牠們前腳握著稻米，吃得很專注，根本沒發現有人來了。稻田旁有個涼亭，放著兩張石椅。媽媽哥哥坐一張，爸爸和我坐一張，吃便利商店買的零食。哥哥愛吃可樂果，我吃大亨堡，媽媽吃茶葉蛋配黑咖啡，爸爸喝台啤。只有在那裡，媽媽不會大聲對爸爸說話，爸爸不會甩門就走。「植物園的祕密基地」是我們的暗號，當我很傷心時，也會一個人來這裡。

爸爸走了以後，她就再也不去那個地方。現在哥哥也走了，她怎麼可能願意和我一起去？一個勾起她很多回憶的傷心地。但我就是想去，總覺得有什麼在那裡等著我，會告訴我該怎麼做才好。

被媽媽拒絕後，我們各自看著窗外的風景沉默。計程車東繞西繞，我也不知道究竟到了哪裡？終於，在一間婦產科診所停下來。這間診所被兩棟超高大樓包圍，像小矮人站在兩個大巨人中間。診所不大，但候診的病人還不少。等了一小時，才叫到我的名字。我拖著沉重腳步走進診間，就像走上斷頭台的刑犯。說上斷頭台也沒錯，只是沒命的不是我，是我肚子裡的那傢伙。所以說，醫生雖然叫醫「生」，有時也得充當劊子手。

劊子手比我想像溫柔，是個跟媽媽年紀差不多的阿姨，兩頰因為笑而突起，頭髮燙得非常捲，就像《我們這一家》裡的花媽。前面程序跟上次一樣，驗尿、照超音波。她很乾脆，問媽媽和我打算怎麼處理，我還沒說話，媽媽就搶著說：「拿掉。」我想點頭附和，假裝沒關係，但不知道為什麼掉下眼淚。

醫生用關愛的眼神看著我說：「妹妹，有準備結婚嗎？」我搖頭。她微微一笑，兩頰露出兩團肉球，說：「其實，那只是一顆胚胎，拿掉沒關係的。」「沒關係。」我重複她的話。她拿出一顆藥，溫柔的說：「吃下去，前幾天血會流比較多，下星期再約時間過來給我檢查。」我接過藥丸，遲遲沒放進嘴裡。心想，如果她們反過來叫我把孩子生下來，拿出一堆大道理勸我，說不定我立刻就把藥吞了。就像老媽說的，我從小就愛唱反調。但現在的狀況偏偏不是這樣，我的腦袋我的手，彷彿都不是我的。我把藥丸放在桌上，完全不顧站在一旁的媽媽，往診所外走去。

「站住！孫子漁，把藥吃下去！」老媽突然發瘋似抓住我，想把藥塞進我的嘴巴。

我緊閉雙唇，不給她一點機會。

「孫媽媽，孫媽媽，診所還有其他病患，請妳們不要這樣。」護士走出來阻止媽媽。連花媽，喔不，我是說醫生也走出來說：「我看妹妹還沒下定決心，妳們回去考慮考慮，再來找我。」媽媽拿我沒辦法，只好放開我。我整理整理衣服，走出診所。她攔下計程車，搭車回獅子林，我們整路沒有說話。她拿錢給司機，快步往萬年大樓的方向走去，一刻也不想看見我。站在獅子林樓下的我，突然覺得孤單，不想回到只有一個人的家。我沒有上樓，只是在西寧南路上漫無目的走著。

我做過對不起媽媽的事。和爸爸一起。

有陣子，媽媽剪了爸爸的信用卡，她說：「是個男人就自己去賺！」爸爸把他的車子改裝成計程車，當時我才四、五歲，老爸有時會載我一起去。爸的車坐起來像船，在城市漫無目的巡遊。那時，西門町有很多穿得誇張的阿姨（我懷疑，有些是男人扮的），有唱紅包場、穿閃亮亮禮服的歌手；也有做妓女，露肩、露奶、露大腿的阿姨。她們人都不錯，會給我糖吃，看見我，還會多塞一點計程車費給老爸。

亞亞姨曾說：「妳爸長得沒很帥，但很有魅力，吸引女人的魅力。」亞亞姨說的我不明白，因為他是我爸，我很難用單純欣賞男人的角度來看他。我爸不愛說話，但眼睛深邃，好像藏著無數祕密，很有神祕感。這是那些對爸爸有意思的阿姨告訴我的，有的阿姨甚至當他的面問我：「小妹妹，阿姨當妳的媽媽好不好啊？」「我有媽媽了。」我清楚告訴那些阿姨，不讓她們抱著希望。老爸只是笑一笑，繼續開他的車。不過，無聊時，我會想像後座阿姨真的是我媽。我爸不是開計程車，而是全家搭遊艇出遊。

一開始，爸爸的生意蠻好的，出去吃飯時，都是爸爸付錢，不是媽媽。他載那些阿姨去酒店、跑旅館。有人說，她們對恩客都是逢場作戲、虛情假意。我不這樣想，對她們來說，這一切都是為了生存。一不小心投入真感情也是常有的事。亞亞姨就是這樣。

我還記得第一次看見她。她站在路邊攔車，眼睛哭得腫腫的，全身上下只用旅館白色浴巾包住身體，腳上穿旅館的紙拖鞋，塗紅色指甲油的手緊抓著一個半開的方包。老爸問她要去哪裡，她不說話，只是哭。老爸沒辦法，只好載她去一間廉價賣場，幫她買件特價洋裝。阿姨換上洋裝，標籤沒剪，腳上穿著紙拖鞋，帶著爸爸和我去麥當勞吃東西。阿姨說什麼都要請我們，說要謝謝我們，她還說了自己的故事。她叫亞亞，我猜那不是本名，只是綽號。她們做這一行都會取花名，也沒人在乎她們真正的名字究竟是什麼。亞亞姨的故事有點老套，她愛上某個恩客，被正宮發現，正宮帶人到旅館，在男人面前狠狠揍她一頓，還拿走她的衣服。口口聲聲喊愛她的男人，連屁也不敢放，任由正宮欺負她，最後跟著正宮屁股後面走掉。她邊說邊哭，有時還大笑，像在說別人的故事。一頭燙壞的金黃色頭髮半乾，濕答答的髮絲黏在臉上，像隻落難的黃金獵犬。

那陣子，老爸的生意變差，大半天都沒人叫車，他不再開計程車。算起來，他開計程車的時間不到一年。不是他不繼續開，而是他的客人，那些站在街道旁、打扮豔麗的阿姨們，像被魔法棒一揮，忽然消失在這世界上。

只剩亞亞姨。

爸爸在外面找地方給亞亞姨住。一個比獅子林還老還舊的破地方。我知道，可是我沒跟媽媽說。

「早知道就不要生你們。」爸媽吵架的時候，媽媽會這樣對我說。「你以為我想被妳生下來嗎？」有一次，我反問她。我想不通，如果她不想生，為什麼不一開始就拿掉？沒想到，現在自己竟遇到同樣的難題。

我打 Line 給藍霓。藍霓一接通就問：「解決掉了？要染別的顏色嗎？」「我還沒拿。」我小聲說。「靠！妳媽怎麼說？」藍霓驚呼。「還會怎麼說？妳又不是不了解她，她最討厭我們生小孩，而且，我賺的那一點錢，給我買幾件漂亮衣服還可以，要養一個小孩，怎麼可能？」我嘆口氣。「妳既然都知道，幹嘛不拿？」藍霓反問我。「我……我不知道。」我很沮喪。明明把那顆藥丸吞下肚，一切問題就可以解決，我到底在猶豫個屁？幹！

「不然，妳生下來啊！以後剪頭髮都免費！」藍霓說。我笑出聲，當藍霓說「妳生下來」，我居然有鬆口氣的感覺。「哇靠！妳該不會真的想生吧？」藍霓叫道。「有什麼不行，他有乾媽可以靠耶！」我回。「什麼乾媽？我只說免費剪頭髮。如果生女的，我才願意考慮考慮，男的吃大便。」我們一搭一唱，就像，真的要把「他」給生下來一樣。

掛掉手機，我發現自己站在一間放滿夾娃娃機的店前面。這條西寧南路，從小到大我走過N遍。前面那間小火鍋店在我小時候就有了，明明不怎麼好吃，卻一直開著。這間夾娃娃機店原來是義大利名牌鞋店，叫做貝里什麼的。媽媽很喜歡他們家的鞋子，常常同一款買兩雙。那時媽媽生意還不錯，一雙鞋花幾千塊也不心疼。從小在這條街長大的我，每天看到都是最流行的東西，只要喜歡，告訴媽媽，她就會掏錢買下來。現在不行了，她沒那麼多錢，就算有錢，也是花在哥哥身上。我賺的錢也不多，所以我寧願餓肚子，也要穿得體面，不被朋友笑。

來過西門町的人都知道，這裡最多的就是戲院。我曾經看過一個節目介紹西門町，說是一百多年前的日本時代，這裡就有戲院，我還記得那間戲院的名字叫「東京亭」。聽起來比較像賣日本料理的餐廳。西門町三步一間戲院，但我們家很少去戲院看電影，除非遇到哥哥很喜歡的迪士尼卡通片上映。媽媽比較常帶我們去MTV。像KTV一樣，有個包廂，可以點食物、飲料，不同的是，KTV是唱歌的地方，MTV則是看電影。我們幾乎看遍裡面所有的卡通。媽媽最愛看卡通了，她說，人生這麼苦，不要再看悲傷的電影，看卡通最開心。小時候我有過這樣的念頭，會不會我們都只是某個人（也許是外星人）導的一部電影？

媽曾告訴我，就在我出生前一年，西門町旁有個叫中華商場的地方被拆了。台北最新最好的名牌店、娛樂場所都轉到東區，西門町沒以前熱鬧。還好後來有捷運，人又漸漸回來了。我很感謝捷運，要是沒有它，西門町沒落了，我會覺得是我出生帶屎。

街上有很多餐廳，但我們最常吃的是巷子裡的小店。媽媽最愛吃的酸菜麵就在一條無尾巷裡。有一陣子，我們的早餐天天都是酸菜麵配蛋包湯。酸酸辣辣的口感，真的很好吃。別看我這麼瘦，我可以一個人吃掉一大碗。對了！美味小館也在巷子裡，哥哥最愛吃他們的砂鍋獅子頭，我們不知道多久沒一起去吃飯了？

很多觀光雜誌會把西門町最美的一面拍出來，不像我認識的西門町。我認識的西門町住著很多老人，巷弄老舊。像獅子林大樓有很多梳油頭、穿花襯衫的老爺爺。萬年大樓以前常有個瘦小的老婆婆，蹲坐在門口賣口香糖。媽媽常跟她買，說她也是辛苦人。還有早上的西門町，會出現一個老爺爺騎著三輪車，撿回收的紙箱。

這個看起來光鮮亮麗的地方早就老了。不過雜誌不會把老的、醜的那一面拍出來，除非像紅樓被「活化」，才可能被人重新看見。至於那些狹小凌亂的巷子、老舊大樓，每天在西門町生活的老人和老鼠，根本沒人會在意。

住在西門町很容易覺得「老」。國中時，我常跟藍霓、思芸去逛美華泰，買這買那。誰知道，我們的友誼還比美華泰長。這間店開、那間店關，走在街上的我覺得自己好老。比西門町的店都老。

不知不覺到萬年大樓，媽媽就在裡面。這裡大概是世界上除了獅子林之外，我閉眼也能走一圈的地方。我不想走進去，我可不想看到我媽的屎臉。

我繼續往前走，轉進成都路。街角是一間名牌運動鞋店，我很喜歡這牌子的運動鞋，有很多別家沒有的顏色，又好搭衣服。可是我現在一點逛街的心情也沒有。再往前走，是香火鼎盛的天后宮。天后宮夾在糕餅店和飲料店中間，要不是騎樓上有兩隻石獅子，絕不會發現裡面居然別有洞天。假山假水，還有古色古香的宮廟。小時候，媽媽曾帶我來拜拜。媽媽拜拜時，我就在門口陪兩隻小石獅。祂們一隻吐著小舌頭，一隻露出尖牙，是我見過最萌的神獸。我站在門口，雙手合十向媽祖拜了拜，祈求哥哥平安回家，媽媽生意變好，還有，我找到辦法解決肚子裡的怪獸。我的願望這麼多，媽祖一定覺得我很貪心吧。

我穿過塞成一團的馬路，走到對街。這裡有兩間老咖啡館，一間是南美咖啡，另一間是蜂大咖啡。小時候，媽媽只要心情好，就會帶我去喝咖啡。她喜歡喝熱曼巴，我愛喝漂浮冰咖啡。雖然大家都說不要給小孩喝咖啡，會影響發育。但我從小就愛喝這種特調的甜咖啡，再加一球冰淇淋。媽媽也不管我，她說，反正又不是天天喝。那是我和媽媽最親密的時光。

我穿過中華路，左手邊是中山堂，小時候我跟著哥哥到廣場上騎腳踏車，或是玩鬼抓人。經過好多銀行、高樓，我看見二二八紀念公園。每次來，我就會想起外婆。她以前最愛帶哥哥和我來這裡。外婆走後，我們就很少來了。我走過大半個公園，來到台灣博物館後面的池塘。我走進涼亭想休息一下。懷孕讓我特別容易累，才沒走多久，腿就痠得不得了。我滑了滑手機，還是沒訊息。

我打開寶可夢。自從孫悟空不見後，我就沒在玩了。熟悉的音樂響起，一隻螢光魚出現。這隻螢光魚是普通的水系寶可夢，身上是藍色的，尾巴和身體有紫紅色條紋。反正沒事，乾脆來抓牠。牠會用發光尾鰭引誘獵物。白天待在海面，到了晚上就游向深海。我丟出寶貝球，被牠搖擺的尾鰭拍掉，真是可惡！我餵牠香蕉，再丟出一球，竟又被牠逃出去。看來這隻螢光魚不好抓，我只好拿出超級球，用旋球，這招是哥哥教我的，說是可以增加寶貝球的威力。沒有朋友的他，最愛打電動，至少那個世界有「人」理他，也因此練就打電動的好身手。

果然，靠哥哥教的招式，馬上抓到螢光魚。牠的樣子讓我想起媽媽養的紅龍。紅龍很貴，媽媽特地買了一個超大魚缸，放在已經很擠的房子裡，還養蟋蟀餵牠。這點哥哥和媽很像，喜歡養東養西，跟前女友在套房養過狗，後來養蛇。為了養蛇，又養小白鼠餵牠。我幫媽媽餵過那隻紅龍，把掙扎的蟋蟀丟進水族缸，紅龍會不動聲色游過來，扁平的身體靜悄悄在水中移動，一瞬間，張開大口，把蟋蟀吞了。在紅龍身上，我領悟到身為一隻魚，最厲害的本事，也可以說是身為魚的悲哀。牠從不闔眼。當我靜靜看著紅龍，不知道牠是睡是醒？也可能牠從來不睡。睡不著時，我從床上輕輕爬過媽媽的身體，蹲坐在魚缸前看紅龍。窗外城市暗下來，只有魚缸發出藍色螢光。彷彿只剩紅龍和我還醒著。

有次上國文課，我滑手機。黑長直髮的國文老師說了一句話電到我，我拿筆抄在課本上。我記得那句話好像是這樣說的：「只因為我活在水中，所以你看不見我的淚。」

我是魚，沒人看見我的淚。

那隻紅龍會死，都是老爸害的。有一年暑假，媽媽帶我們和舅媽去香港玩，吩咐老爸照顧紅龍。老爸卻調錯魚缸的溫度，把那隻紅龍活生生煮熟。媽媽很生氣，狠狠罵了老爸一頓。我猜，那個時候，爸爸的心就游走了。

老媽因為我不吃那藥，兩天不跟我說話。我變得懶懶的，什麼事也不想做。直播台沒進度，也沒回「家人」的留言。我的ＩＧ顯示紅色符號，有人傳訊息給我。我點開來，是「里布里安」，那個一臉整過形的女人。

「小魚，我是安琪。」里布里安說。我嚇了一跳，安琪是哥的前女友，哥生病後沒多久，她就離開哥了。媽沒有怪她，畢竟她也才二十幾歲，不需要為了一個吃軟飯、半邊不能動的媽寶，賠上自己的後半生。換作是我，我也會走。只是，我竟然沒能從照片上認出她。她原來的鼻子比較扁，嘴唇薄薄的；照片裡的女人山根隆起，嘴唇豐滿。我認識的安琪姊算清秀型的鄰家女孩，照片裡的女人卻是豔麗型，難怪我認不出。

「安琪姊，真的是妳？妳有哥的消息嗎？」我傳訊息。心裡不免懷抱希望，我知道哥哥一直對她難以忘懷。哥哥是固執的金牛座，認定一個人，就是長長久久。「他真的不見了？」安琪姊反問我。「是真的，已經半個多月了。」我回傳。過了幾分鐘，才聽到訊息傳來：「妳有空嗎？我們見個面。」

安琪姊跟我約在中山堂旁邊的上上咖啡，小時候，媽媽會帶我們來這裡吃飯。媽媽喜歡喝冰特調咖啡，哥哥喜歡羅宋湯，我喜歡奶油吐司。我的肚子微微凸起，內褲變得太緊。我換上一件高腰白蕾絲娃娃裝，想遮住肚子。再套上一雙平底白涼鞋，手提編織包。安琪姊本來就長得不錯，現在更會打扮，我可不想被比下去。

我推開咖啡館的門，安琪姊已經坐在角落。她低頭對著一面鏡子塗抹口紅，一抬頭，見我走來，向我招手。安琪姊的鼻子、嘴巴都變了，只剩眼睛沒變，一雙眼角上揚的丹鳳眼。她一見我，就把桌上的「道具」收進包包。她穿粉紅色露肩上衣、迷你短裙，露出一雙長腿，腳踩米色高跟鞋。才一年不見，她變得成熟不少。以前她跟哥還在一起時，常穿卡通圖案的 T-shirt，下半身搭緊身牛仔褲和球鞋。

「妳還認得我？」安琪姊笑了笑。我不只認得她，也認出她剛剛塗的是現在最流行的變溫口紅。口紅顏色會隨不同人而改變。「妳剛剛低頭，眼睛沒變。」我邊說邊在她對面的位置坐下。「老實說，我有想過要不要去割雙眼皮，但妳哥常說我的眼睛很好看。想說就算了。動那麼多刀，也很貴。」安琪姊眨眨眼睛說。

「這段時間，哥還有跟妳聯絡嗎？」既然她先提起哥哥，我就直接問了。「我看到妳的直播，好奇追蹤，才知道妳哥不見。」聽安琪姊這樣說，我不免有些失望。老闆娘走來，遞給安琪姊一碗羅宋湯配奶油吐司。「我也一份。」我對老闆娘說。老闆娘點點頭，走進吧檯裡。

安琪姊拿起手機，在上頭滑滑點點，遞給我說：「我跟你哥以前有一個共通的

e-mail，那時是為了要註冊電玩用的，後來，我們吵架，如果我不接他的電話，他會用這信箱寄東西給我。」我接過安琪姊的手機。手機裡跳出的一封信，是一年前，他們剛分手時寫的。其實也不算是信，因為裡面只有一段歌詞，張學友的〈吻別〉：

總在剎那間有一些瞭解
說過的話不可能會實現
就在一轉眼發現你的臉
已經陌生不會再像從前
我的世界開始下雪
冷得讓我無法多愛一天
冷得連隱藏的遺憾都那麼地明顯
我和你吻別在無人的街
讓風癡笑我不能拒絕
我和你吻別在狂亂的夜
我的心等著迎接傷悲

我忍不住笑出來。因為我想起哥唱這首歌的樣子。小時候，每到過年，爸爸會開車載我們回宜蘭。年紀比較小的我一個人坐在後座，哥哥則是跟媽媽一起坐在副駕駛座。爸爸很喜歡張學友，常放他的專輯。整個車子裡迴盪著張學友低沉充滿感情的嗓音。每次播到這首歌，哥哥都會大聲跟著唱：「我和你吻別……」每次唱到「別」字都會破音。媽媽會抱緊他、親吻他說：「好好聽！」其實，我也有跟著唱，只是沒人聽見。

爸爸開計程車時，車上也會放張學友的歌。他不太說話，偶而跟著CD一起唱。聲音很小的他經常走音或唱錯，但只要認真聽，還是可以聽得見。看著安琪姊手機裡的歌詞，我彷彿聽見還小的哥哥唱破音，也聽見爸爸小聲哼歌，不知不覺濕了眼眶。懷孕真的很糟，對氣味敏感就算了，情緒也容易起起伏伏。

「我覺得很抱歉，我沒有勇氣，陪你哥一起度過……」安琪姊一臉欠疚。

「不會啦！」我說：「如果是我，不管我哥有沒有生病，我都會甩了他。」安琪姊聽了微微一笑，露出兩顆虎牙。哥向來喜歡有著小虎牙的女生。他房裡寫真集上的女孩，都有一對小虎牙。

「妳說，他會去哪裡？」安琪姊說。我搖頭，低頭喝湯。「小魚，妳是不是懷孕了？」安琪姊突然問。我瞪大眼睛看著她，難道我一臉孕婦樣？「妳一直摸肚子。我懷孕的時候也是這樣。」安琪姊指著我的肚子說。既然被看出來了，我只好點頭承認。

「墮胎，會怎樣嗎？」我問。我知道她有過經驗。「如果不特別去想，就沒什麼。」安琪姊說：「但看到你哥不見的消息，我有想過，如果那時候，把孩子生下來，會怎樣？」「孩子」兩個字說得特別小聲，幾乎只剩氣音。她說完笑了笑，那真是我看過最苦的笑容。接著，她忍不住哽咽：「我只是想想而已啦，結局應該也好不到哪裡去！說不定是我們一起死。」那個「死」字從她不小心染上口紅的牙齒間迸出時，我打了個寒顫，總覺得她似乎在暗示著什麼。

她把面紙摺成三角形，用尖端的地方小心擦拭眼角的淚水，盡量不弄花眼妝。她放下面紙，輕聲問：「懷孕多久了？」「兩個多月吧。」我低頭看著肚子，老實說我沒有清楚計算過。

「準備拿掉嗎？」安琪姊又問。我搖搖頭說：「我不知道。」「我已經，不能懷孕了。」安琪姊好不容易平靜下來的情緒，又開始激動起來。

「什麼意思？」我瞪大眼睛看著她。

「我吃了藥，小孩沒拿乾淨，又動手術，傷了子宮。醫生說，我很難再懷孕了。這也沒什麼，現在很多人也都不生……」安琪姊嘴巴上說沒什麼，眼眶卻泛淚。

「我媽知道嗎？」我問。

「她知道。她陪我去醫院的。她跟我說了很多次對不起，還給我很多錢，叫我離開妳哥，走得越遠越好，叫我好好把日子過下去。」安琪姊說：「我很感謝她，但也恨過她。如果不是她叫我拿掉孩子……但是都過去了，妳哥也不見了。」

「我……我很抱歉。」除了這句話，我不知道能說什麼？

「這不關妳的事。要不要生，還是要看妳自己。那是妳的身體，妳自己決定。」安琪姊說。

本來以為可以在安琪姊的身上找到一點線索，離開咖啡店後，卻更煩了。現在不但找不到哥哥，我也不知道該不該把小孩拿掉？雖然醫生說只是胚胎，但我清楚看見「他」在我肚子裡，像宇宙裡一顆遙遠的星星，對我發著光，好像想告訴我什麼事。如果拿掉，「他」是不是就死了？我想起安琪姊說出「死」字時，那哭喪的表情。

事情一團亂，我不知道自己是怎麼走回獅子林。躺在床上的我，明明累得要死，卻怎樣也睡不著。餘光看見外婆留下的大木箱，想起小玄阿姨留下的錄音帶，我打開木箱找到木盒，重讀一遍阿姨寫給媽媽的信。阿姨到底想跟媽媽說什麼呢？那個時候的媽媽又是什麼樣子？她也曾經跟我一樣不知道接下來該怎麼走嗎？

我想起藍霓有一台隨身聽。有次去她家，她拿給我看過。她說，那是她爸留給她的。我打手機給她，確認她在家，也不管渾身痠痛，走去她家跟她借。「欸，不要弄壞啊！」藍霓拿給我時還特別交代，一副比她性命還寶貝的模樣。「說不定它本來就是壞的。」我說。「不管啦！妳要好好愛惜，用完記得還我。兩顆三號電池。」藍霓吩咐。

我在獅子林樓下的便利超商買了電池，電池裝好後，將編號1的錄音帶放進隨身聽。我把木盒和錄音帶放進被子裡，怕老媽等一下下班回來發現。我躺下，把耳機塞進耳朵，按下 Play 鍵。錄音帶開始轉動，小玄阿姨略帶沙啞的聲音從耳機傳來，好像她就在耳邊對我說話。

第二章　湖鄉畫夢

Tape 1

A面

姊，妳還記得那時的月台嗎？連個像樣的盆栽都沒有，只有幾張椅子。水泥鋪的地有的地方凹凸不平，月台下還有一個只容一人通過的小洞。前站的人要去後站，只需跟站務員打招呼，越過鐵軌，穿過月台下的洞，就可以到後站，很少人會傻傻繞一大圈走平交道。沒人時，整個月台空蕩蕩的，只剩風吹動樹葉的沙沙聲。

車站有兩層樓高，牆面貼滿褐色馬賽克磚，比較顯眼的地方是頂樓，有一條菱形相連的白色水泥裝飾。直到現在，仍然只有普通車、電車和少數班次的莒光號會停站。也多虧有車站，站前的街才可以繁榮起來。這條叫中正路的大街，以車站為頭、鄉公所為尾，大約十五分鐘就可以走完。那時，街道兩邊都還是兩層樓高的房子，一樓是紅磚屋，二樓是木造房，房子裡充滿木頭的香氣。我還記得，我們在二樓玩得太大聲，阿爸在樓下隔著木板大罵，聲音震得木頭吱嘎作響。

離車站最近的三角窗是間制服行，櫥窗裡有不同尺寸的白襯衫制服、藍紅雙色的運動服堆疊，牆上掛著書包和雨衣，角落堆著整疊學校規定的橘色帽子，男生的是鴨舌帽，女生的像漁夫帽。這裡的孩子幾乎都是穿他們家的制服長大的。制服行隔壁是雜貨店，店門口放著一台直立冰箱，裡面有蘋果西打和養樂多，最前面一排貨架上有青箭口香糖和森永牛奶糖。好幾次，我拿著好不容易存下的五塊錢，癡癡望著透明冰箱，才忍痛掏錢買下一瓶養樂多，躲在牆角偷喝，不讓妳和弟弟們發現。妳常說我很小氣，確實，我不像妳有什麼就會跟大家分享。但那是因為排行老二的我擁有的總是比妳少。妳想想看，光是阿爸額外給妳吃紅的那些錢，我就要存好幾個月了。

我從小就貪吃，偏偏我們家就住在雜貨店隔壁。我常想，如果我們家不是一間布行，而是雜貨店就好了。小叮噹一定有這種道具吧。只是，我現在還真想念我們小時候的家。進門右手邊是一張大木桌，桌上放著阿母的量尺、剪刀和用來記錄尺寸的畫餅。靠牆的木櫃裡，疊滿各種花色的布。阿母很會做衣服，湖鄉的人常來我們家買布，請阿母做衫。擺在一樓的裁縫車，從早到晚噠噠噠運轉。阿母不只幫別人做衫，我們的衣服也全是阿母做的。阿母做的衣服真的很耐穿，我手邊還留著幾件她做的衣服呢。

從我們家往鄉公所的方向看，可以看到銀樓、診所、五金行、米店和大眾飯店。說它是飯店，其實就是有店面的麵攤。牆壁是藍色的，透明冰櫃上層放著筍子、大腸、小腸，有時會出現現釣的鮮魚。下層是整排台灣啤酒，還有黃色鋁罐裝的蘋果西打。阿爸最愛去那裡跟朋友喝酒，我很想跟，卻一次也沒去過。阿爸只肯帶妳。妳從小就長得漂亮，阿爸說帶妳出門最有面子。我永遠只能吃你們帶回的剩菜。但即使是剩菜，大眾飯店的小菜實在無敵，滷得入味的滷蛋和海帶，散發晶瑩的光澤，還有口感Q彈的粉腸。阿爸曾說：「就算阿共啊打來，有食到大眾的菜，也毋須驚啦！」阿爸說話總是有些誇張。但如果大眾飯店現在還開著，讓我可以再吃一碗湯麵、一顆滷蛋，該有多好？

阿爸除了愛和朋友喝喝小酒，最大興趣就是跳舞。他每天一大早起床，梳油頭，穿花襯衫、西裝褲，走路去郵局旁的小公園，跟一群阿叔阿姨跳國標舞。剛上小學，老師要大家填父母的工作，我在「母親」一欄寫「裁縫」，「父親」那欄想了很久，最後填上「跳舞」。老師把我找去問話，阿爸知道後很生氣罵我說：「畜到一个錐嫲[1]！」到現在我還是覺得很無辜，難道要我填喝酒還是賭博嗎？

每到假日，阿爸出門去跳舞。阿母就會找理由，叫我拿東西去公園給阿爸。其實都不是什麼重要的東西，有時是毛巾，有時是水壺。與其說是她擔心阿爸沒水喝，倒不如說是要我在一旁監視他。

小公園在郵局旁，不在大街上。我沿著大街走，經過市場口，右轉進小路，幾分鐘

1 錐嫲：客語髒話。錐：男人性器官。形容別人蠢到極點。罵男性用「錐子」，罵女性用「錐嫲」。

就到了。它原先是塊空地，上面鋪水泥。附近鄰居在馬路邊種盆栽，讓空地和馬路可以區隔開來。後來，又有人把家裡不用的舊椅子搬來，像單人沙發、藤椅、木製餐椅，它們不是哪裡破洞，就是少了塊板子。雖然可以坐，但擺在家裡不好看，扔掉又可惜，於是它們來公園作伴。

放學後，我們常來騎腳踏車，玩警察抓小偷。這裡空地大，但沒什麼遮蔽，我們有時還會跑更遠，到街尾鄉公所前玩，那裡有許多裝飾用的水泥塊，正好可以玩躲貓貓。一到晚上，附近媽媽們會聚在小公園跳韻律操，阿母去過一兩次就不去了。她嘴巴上說沒空，但實際上，我覺得她打從心底嫌棄那些媽媽的穿著品味，一點也不想和她們站在一起。

至於一大早的小公園，當然是屬於國標社。我聽阿爸說過，國標社是一個退休國小老師創辦，免費教大家跳國標。阿爸最早加入，也待最久。初加入的社員，基本舞步都是阿爸負責帶。國標社偶而有聚餐活動，也都由阿爸統一收費、訂餐廳。大家暱稱他「班長」。阿爸很喜歡這個稱號，阿母說：「你阿爸該種愛面子的人，當然愛去。」阿爸不愛唸書，不像阿伯從小功課好，一路讀到台北商專，畢業到銀行工作。大家稱讚阿伯又緣投又聰明，卻沒人稱讚過阿爸。不過，我們都知道，阿爸愛跳舞還有其他原因。

國標舞是雙人舞，舞伴不固定。阿爸身為班長，其中一項工作是幫沒舞伴的人找伴。當然，還要幫自己挑伴。這些阿姨有的是家庭主婦、有的是在市場做生意的，平時穿得隨便，但來小公園跳舞就會特別打扮。比如市場賣魚的阿卿姨，每次來跳舞，上半身都會穿色彩鮮豔的緊身上衣，搭配飄逸裙子，看起來像隻胖金魚。阿爸嫌阿卿姨腿太粗腰過肥，從不挑阿卿姨當舞伴。

妳可能不知道吧？阿爸最愛的其實是阿婉姨，但阿婉姨的老公是阿爸從小到大的好朋友阿榮叔啊！人說朋友妻不可欺，反正只是跳舞，阿爸才沒管那麼多。阿婉姨跳舞時最愛穿蕾絲上衣，胸前扣子每次都故意少扣一格，讓兩團白白胸脯呼之欲出。不只阿爸盯牢牢，其他阿叔阿伯也愛看。阿爸常說：「恁靚的細妹嫁分該憨牯，可惜啦！」我猜阿母早就發現了，才會要我假日跑來這裡「盯場」。

某天早上，我又「奉命」過來。我來的時候，阿爸正在裝喇叭、試音響，經驗告訴我，最好等他試完音再靠近。我挑一張椅腳前後不平的藤椅，一屁股坐上去，藤椅前後搖晃，像搖搖椅般。阿婉姨坐在隔壁沙發上，用畫藍色眼影、刷睫毛膏的大眼看我一眼，好像我不應該在這。我不理她，坐在藤椅上雙腳故意晃得更用力。我偷瞄她，她正在換低跟舞鞋。她的黑色短裙只能遮住半條大腿，露出一雙粗壯的小腿，就像阿母過年灌的香腸。

「阿玄啊，妳阿母又派妳來？」阿婉姨扣上鞋帶，發出「噠」一聲。「阿爸又忘記帶水壺了。」我把水壺抱在胸前當作證據。

「毋係講過了，這下全有準備茶水，帶麼个水？倨又不係細人！」阿爸不知何時走到我面前，皺著眉看著我胸前的水壺。「哎呦！」阿婉姨張著鮮紅嘴唇，刻意提高聲音說：「金蓮也是好心啊，哪位去尋恁樣的餔娘[2]。」

「好了！好了！絡[3]妳母講倨收到了！」阿爸接過水壺放在地上，對我揮揮手，想打發我離開。接著轉身對阿婉姨笑，伸手做出邀請的動作。阿婉姨將右手疊上阿爸的手，從沙發起來，扭著那兩顆渾圓的屁股，和阿爸手牽手往空地中間走去。

「我的心裡只有你，沒有他，恰恰恰。」阿爸一手抓著阿婉姨的手，一手攬著她的腰。他們隨著音樂跳得越來越起勁，阿爸攬腰的手繼續往下摸，搓著阿婉姨那兩顆屁股蛋。阿婉姨也沒閒著，不停朝阿爸拋媚眼，笑得像隻狐狸精。兩人隨音樂節奏越貼越近。前前後後，我看不清楚是阿爸往阿婉姨貼近，還是阿婉姨那兩團大肉包往阿爸身上靠？我看著他們越靠越近的身影，咬了咬嘴唇，想著待會阿母問起，該不該說實話？

「細人有耳無嘴。」阿母老是這樣告誡我們。不只是有耳無嘴，有目珠也無嘴。倘若把這些告訴阿母，阿母肯定會氣得離家出走，到時候可憐的還是我們幾個小孩。因此，雖然很對不起阿母，我還是決定什麼都不說。

每天早上都是這樣。

阿爸出門跳舞，阿母在家裡整理家務，幫阿爸做早餐。阿爸習慣跳完舞，回家沖澡、換上乾淨衣服，才開始吃第一餐。他的早餐必備一碗熱豆漿，另外搭配肉包子、蛋餅或稀飯。阿母會為他準備一份報紙，放在豆漿旁邊。阿母也對每天的新聞感興趣，但她絕不會在阿爸之前讀報。阿爸喜歡當第一個讀報的人，由他打開報紙，判定當天什麼是重要的新聞。他會選擇其中一、兩則新聞，在晚餐時高談闊論他的看法。我們除了吃飯外，還得不時點頭回應。

等阿爸看得差不多，阿母把亂糟糟的報紙收拾整齊，拿到廚房裡看。阿母不只看，也會把她覺得不錯的文章剪下來，貼上剪貼簿。有的是食譜，有的是時裝照，也有少數阿母覺得特別的事件，想把它保留下來。

那天的新聞頭條就是特殊事件。

我記得，那天是平常日，我們都去上學了。一直到晚上，阿爸對我們發完脾氣後，阿

2 餔娘：客語，老婆、妻子。

3 絡：客語，跟。又作「摎」。

母才拿剪報到我們房間，把早上發生的事告訴我們。我想，那時的她大概是想安慰妳吧。

阿母說，那天一早阿爸跳舞回來後，把濕透的襯衫換成白汗衫。坐在藤椅上，骨碌碌把豆漿喝光。接著拿起報紙，翻開頭條新聞。「創舉！美國阿波羅十一號成功登陸月球」，標題下方搭配一張凹凸的月球表面照片。照片上，最明顯的是美國國旗，紅白條紋，藍底白點，它看起來在飄。一個穿銀白色太空裝的人，並肩站在國旗旁。光禿禿的月球表面上有幾個大腳印。阿爸把報紙貼近看，放下報紙說：「這根本騙細人！」這句是阿爸的口頭禪，只要他不相信的事，他就會說那是用來騙小孩的把戲。阿母正好端著一碗剛炊好的碗粿走出來，聽見阿爸的評論，回：「這美國的新聞，無可能係假的吧？」「妳細妹人知麼个！」在這個家，雖然由阿母打理一切，但做主的是阿爸。阿爸想讓我們知道這個家是他當家時，就會用這句話來壓阿母。我一直很不喜歡阿爸這樣說，細妹又怎樣？

「恁早吵麼个？」這時，宏亮的聲音從門口傳來。原來是阿榮叔光腳從門口跑進來，手裡拿著報紙，笑得露出一口黃牙，說：「你看！你的妹仔正經當慶[4]！」不等阿榮叔說完，阿爸就帶著嫌棄的表情說：「拜託你，阿榮，毋絡侄屋家的地泥蹬[5]骯髒了。你接你爸的五金行恁久了，算這條街路的頭家，出門要著鞋好嗎？又毋係細人。」哎！阿爸就是這樣，喜歡以貌取人。

「唉呦，著毋著鞋有麼个要緊？無要像你，逐日著靚靚，尋細妹跳舞、摸人尸朏[6]喔？」阿榮叔不甘示弱的回。阿母講到這裡時，模仿阿榮叔憨傻的表情，想要逗妳笑，但我想當時妳可能一點心情也沒有。我倒是嚇了一跳，想起前幾天在小公園看見阿爸和阿婉姨跳舞的畫面，心想該不會阿榮叔都知道吧？知道阿爸的手老是不安分的放在阿婉姨的屁股上。

不知情的阿母繼續說：「當時妳阿爸聽到，氣到面紅紅，罵：『佢做麼个干你消事[7]？實在懶頭和你講！』」我低下頭，不敢看阿母的表情。「好得阿榮人好，無絡妳阿爸計較。」如果阿榮叔真的知道，還願意把阿爸當朋友，那他的人真的是好過頭了。

阿榮叔一屁股坐到阿爸身邊，拿起報紙指著上面的新聞說：「你看啦！你大妹仔，如月，上新聞啦！」阿爸瞪大眼，一把搶走阿榮叔手上的報紙，想看個分明。「報紙寫明明，還有相片，你自家看！你大妹仔，人又靚，還曉得畫圖，實在有慶。」阿榮叔

4 當慶：客語，很能幹，形容人很有能力。
5 蹬：客語，踩。
6 尸朏：客語，屁股。
7 干你消事：客語，關你屁事。

說。阿母湊過去看，妳的新聞被放在「地方新聞」，標題好像是這樣「中日交流繪畫比賽湖鄉小學生得佳作」。新聞旁還有一張妳的大頭照，齊耳的短髮，標準的瓜子臉、柳葉眉。阿母說，阿爸很震驚，轉頭像審犯人那樣問她：「毋係和如月講過，細妹人有書好讀好好讀，去畫麼个圖？」

「佇日本得獎欸！當然要畫！」阿榮叔想幫妳說句話，誰知道阿爸反而更生氣，說：「畫圖做得食飽係無？妹仔大了，就係別人的，好好讀書，下擺嫁分好人家，就盡會了。」「算了，算了，絡你講，對牛彈琴啦！」阿榮叔嘆口氣走了。阿爸把阿姊的新聞丟在一旁的椅子上，面無表情的看著登陸月球的新聞。

阿母把妳的新聞偷偷拿到餐桌邊，用平常慣用的裁縫刀，瞇著眼小心翼翼沿著字句邊線，貼上剪貼簿。除了妳的新聞，她也把登陸月球的新聞一併剪下，貼在同一面。對阿母來說，妳得獎的消息跟登陸月球一樣了不起。當然，她沒有告訴阿爸。

妳從小愛畫畫，沒事的時候就拿著筆在廣告傳單背面塗鴉。我常想，妳畫畫的天分應該是遺傳阿母吧。阿母從小會念書，常代表班上參加才藝比賽，什麼畫畫、作文或是字音字形都難不倒她。可是，不管阿母表現得多優秀，還是敵不過重男輕女的觀念。小學畢業後，外公對她說：「細妹人大了要嫁人，讀恁多書要做麼个？」阿母只好放棄升學。阿母曾說，她算幸運的，她有很多朋友連字都不認識。沒讀國中，看不懂ABC，阿母還是覺得自卑。每次面對阿爸，她就覺得矮他一截。就算她國小成績比阿爸好又怎樣？阿爸至少有國中畢業，而她沒有。也許，阿爸知道阿母如果有機會，發展得肯定比他好，才會常常在我們面前展現他的權威。不過對我來說，阿爸唯一贏過阿母的，不過就是他命好，天生是個男人。

阿母做衫之所以人人愛，我想，大概是因為她把讀書的專注轉移到做衫上。她固定去新竹的舶來品店，請店家幫忙帶回日本時裝雜誌。有人要做衫，阿母就把雜誌圖案拿給對方看。阿母的雜誌貼滿密密麻麻的便條紙，寫滿她對每個細節的建議和改良。她常坐在櫃子後面研究哪裡可以多做一些皺摺遮住肥肉，哪裡可以增加暗扣，讓客人不會因為身材變胖或變瘦就沒辦法再穿。

妳也許沒發現，其實妳畫圖專心的樣子，跟阿母做衫的神情簡直一模一樣。

阿母會做衫，妳會畫畫，我卻什麼好的也沒遺傳到。還記得有一次，我學妳拿筆在廣告紙背面畫圖，卻把獅子畫成狗，美女畫成猴，阿爸見了笑我說：「妳去學畫符好了。」氣得我整整一星期不跟他說話。

我也記得，妳的書桌裡有個抽屜專門拿來放畫具。有粗細不一的水彩筆、一盒用了一半的水彩顏料，還有一盒蠟筆。一向大方的妳，唯獨對這些畫具寶貝得很，碰都不讓我們碰。我讀小三時，暑假作業有一項是要畫「田園風景」。我寧可算數學題，也不想畫畫。拖到暑假結束最後一天，才哭著拜託妳幫我畫。

「受不了妳耶，只有這次喔。」妳說。妳拿出抽屜裡的水彩顏料，我還記得水彩盒是黑色的，用紅色橡皮筋捆著。妳打開盒蓋，裡面有十二種顏色，顏料有的只剩一半，有的幾乎用光了。妳拿一個黑松沙士汽水瓶做的小水桶叫我去裝水。我把水裝好時，妳已經在圖畫紙描好輪廓，中間靠左的地方用幾筆勾勒出三合院，旁邊再刷上細長的線條。妳拿水彩筆沾兩、三種顏料，在調色盤上混色，往白紙上塗抹，像個魔法師拿著魔法棒，變出細長的竹子。接著一筆一筆慢慢加上去，一幅田園風景就出現在白紙上。妳把畫紙遞給我，我拿著還有點濕的圖畫，看著看著，我又哭了起來。

「怎麼了？不是畫好了嗎？」妳一副不解的問。「畫好了。可是畫得太好了。」我一定會被老師發現的。「真是的！我幫妳描邊啦！」妳搖搖頭，拿出另一張圖畫紙，描出和剛剛一樣的三合院和細長的竹條。「不會畫，著色總會吧！」妳說。看妳拿筆輕輕鬆鬆，自己拿起筆，不是下筆太重，就是太輕。三合院的顏色越塗越髒，如果不是妳出手相救，我的紅磚牆三合院就變成一座廢墟。看著最後的成果，我畫的當然沒妳好，但起碼看起來是我畫的。

有一個會畫畫的姊姊真好，我那時是這樣想的。

後來，妳因為畫畫得獎，還上報。老實說我一點也不意外，只是覺得有點嫉妒。我清楚記得妳得獎的那天早上。朝會時，教務主任特別叫妳上台。我是朝會司儀，站在司令台旁邊。我看見妳從隊伍中出列，跑著上司令台，所有人的目光都在妳的身上。那天風特別大，妳用手努力壓著百摺裙。我喊「頒獎，奏樂」，樂隊開始演奏。妳一步一步走上台去，可能因為妳是第一次上台，有點太緊張，一個不注意絆到腳，還好妳反應快，立刻伸手扶著前面的階梯，才沒當眾出糗。上台後，妳走到司令台正中央，向校長敬禮。校長穿著筆挺的中山裝，把獎狀頒發給妳。台下的學生賣力鼓掌，突然人群中有個男生大喊：「陳如月，我愛妳！」有人開始鼓譟、叫囂，訓導主任一把拿走我手上的麥克風說：「同學們，安靜！」站在台上的妳有點尷尬，不知道該繼續站著還是走下台去？妳看了我一眼，向我求救。等到訓導主任把麥克風交給我，我馬上喊「禮成，奏樂」，只見妳鞠了躬，快步走下台去。

那一天，妳變成新聞焦點。每個同學都在討論妳，看到我就說「妳姊好厲害喔」，我煩都煩死了。從小妳功課普通，最常被大家稱讚的就是長得漂亮。那些話我聽到耳朵都長繭了。漂亮有什麼用？人重要的是內在。我一直這樣安慰自己。我站在妳身邊，就像站在天鵝旁的醜小鴨。這也是為什麼我特別用功念書的原因，只有當我拿前三名獎狀回家時，阿爸才會多看我一眼。但是，那一天，站在台下的我，看著台上的妳，覺得自己裡裡外外、完完全全被比下去了。

放學後，妳在學校前門等我，一見到我，就開心的拉著我去對面雜貨店，大方的說：「今天，我請客！」看著玻璃瓶裡擺滿各式各樣的糖果，草莓棒棒糖、豬肉片、梅子糖，若換作平常，我一定開心的東抓一把西抓一把。但那天我的心情有點複雜，只是隨手選了一根草莓口味棒棒糖和幾顆足球巧克力。妳付完錢，拉著我穿過馬路，走回校園。我舔著手裡的棒棒糖問：「不是要回家嗎？」「對啊，」妳說：「我們今天從後門走回去。」「幹嘛又要繞遠路啦?!」妳不管我的抗議，繼續往後門走去。我們家明明離前門比較近，但上個月，妳卻走一個月的後門。

我們穿過校園，從後門的小路離開。這裡的路面還是泥土，不像前門已經鋪上柏油。我小心踩著石頭較多的地方前進，怕布鞋被泥沙弄髒。學校旁是眷村，眷村入口有座紅色鐵門，平時都是開著的。眷村外圍被灰牆包圍，上面塗滿塗鴉，大部分是髒話，也有少數歌詞。其中一個特別醒目的圖案，畫著一支雨傘，傘下寫「陳如月，張英國」。張英國是妳那屆「最大尾」的，布告欄上常常可以看到他的名字，通常是被記幾個小過、幾個警告那種。

我們經過一個大下坡，穿過大水溝和菜市場。早市已經結束，街道還留著一些腐爛的菜葉和垃圾。大部分的攤子都收得差不多，只有大水溝橋上賣楊桃汁和賣豆花的還開著。穿過市場是中正路尾，妳得獎的畫就是從街尾看向整條街。說實話，那真是很棒的畫。背景是紫紅色彩霞，一樓紅磚房、二樓木造屋，整條街有米店、五金行、小吃店和布店，最遠處是湖鄉車站。可惜那幅畫被主辦單位拿去收藏，如果那幅畫還在，我一定可以想起更多童年的回憶。

回家的路上，妳高興的告訴我目鏡牯鼓勵妳繼續畫畫，以後可以考美術班。「目鏡牯」是妳們班的代課老師，他的臉色很蒼白，眼睛和嘴唇薄薄的，戴一副厚厚的黑框眼鏡，長相還算斯文。沒開口時很嚴肅，一開口就破功。他有口吃。如果他是賣小吃的，這可能不算什麼嚴重的毛病。可是，他是老師，大部分的學生很難接受老師上課結結巴巴。目鏡牯是妳升六年級那一年才接手妳們班，代課半學期。聽說他以前是美術系高材生，後來不知道什麼原因沒畢業，在不同學校當代課老師。

妳告訴我，第一堂課時，他站在教室後面盯著布告欄看很久，那裡貼著幾張學生作品。構圖都是一樣的，用鉛筆勾勒雪景，圖畫紙左側是一棵樹，右邊有個池塘。一看就知道，大家都是臨摹同一張畫作。即使這樣，每個人表現的線條感、明暗還是不一樣。目鏡牯指著其中一張素描問：「這張……這張是……是誰畫的？」大家忍住笑意，直到一個同學忍不住噗哧一笑，大家跟著笑成一團。當班長的若涵姊制止同學，目鏡牯也沒生氣，只是努力從口中說出完整的句子：「這……這張是誰畫的？」妳看我模仿得像不像？

有人伸手遮住嘴巴竊笑，有人乾脆大聲笑出來。坐在若涵姊後面的妳，半舉右手。目鏡牯看著妳，笑笑稱讚：「畫得很好。妳叫什麼名字？」「陳如月。」妳說，頭低低的，有點不好意思。「妳學過水墨嗎？」目鏡牯繼續問。妳搖搖頭，頭垂得更低了。「妳很有天分。」目鏡牯說完，往黑板前走去，寫下自己的名字「李蘭生」。妳說，他的板書很好看，「李」像棵大樹，樹幹筆直；「蘭」像朵蘭花伸展；「生」像藤蔓繞得很有韻味。妳從沒見過哪個老師的字寫得這麼好看。

大家很愛模仿目鏡牯說話的樣子。第二次上課，目鏡牯告訴大家一個他的童年故事。他說，他以前說話是正常的，因為玩伴有口吃，他覺得好玩，就模仿玩伴說話，沒想到再也改不回來。我不知道目鏡牯說的是不是真的？但大家從此不敢模仿他說話。加上他關心學生，不像其他老師老是一副高高在上的模樣，就算學生一時調皮做錯事，他也只是好聲好氣勸說，大家越來越喜歡他，常在下課圍著他問東問西，直到下一堂課鐘聲響起。

目鏡牯對每個學生都好，但大家都看得出來，他對妳特別好。先是讓妳參加學校畫畫比賽，明明沒得獎，他還是力排眾議，派妳代表學校參加校外比賽。妳還是沒得獎，一臉沮喪。目鏡牯卻當著全班的面稱讚妳的畫，還拿梵谷當比喻，說他到死都沒賣出任何畫，死後卻成為舉世聞名的畫家。

妳以前雖然愛畫畫，但也就是喜歡，從不覺得自己多會畫畫或是可以靠畫畫活下去。妳特別去圖書館借了一本《梵谷傳》，想知道梵谷的一生。妳看完後對我說：「誰要當梵谷啊？這麼慘！」說是不願意，妳的嘴角卻帶著笑。

我是不知道妳有沒有想過要當梵谷？但目鏡牯一定很想當梵谷的弟弟西奧。他不知從哪得知中日合辦繪畫比賽，鼓勵妳去參加。他要妳放學後，留在教室畫一小時。我放學後，還得留在學校陪妳。目鏡牯把辦公室的工作處理完，就會到教室指導妳。有次，我寫完作業，看妳還在畫，我就趴在桌上睡覺。突然被目鏡牯嚴厲的聲音吵醒，我聽見他說：「不行！不行！不行！妳……妳住那麼久，對這條街一定很有感情，但……但妳的畫沒有表現出來！」他越急結巴就越嚴重。妳也沒有反駁，整間教室安靜到可以聽見窗外麻雀的叫聲。「妳再想想吧。」目鏡牯說完離開教室。

妳眼睛紅紅的，把桌上散落的畫具收好，背起書包快步離開教室。我追出去，想著妳一定不想再畫了，這樣最好，以後我可以早點回家。正當我這樣想時，妳沒走離家近的前門，反而往學校後門走去。

「阿姊，等等我！」我在後面一面追一面喊：「妳走錯門了吧？」妳停下來，轉過頭對我說：「妳要回家先回去，我想再走一遍。」我當然可以不管妳掉頭回家，但我又好奇妳到底想幹嘛？所以，我乖乖閉上嘴，跟在妳後面。

從背後看妳，才發現妳又長高了，乾扁的身體漸漸有女人的弧線。阿母常說，女人最美的是腰，最難維持的也是腰。阿母做衫時，最煩惱的就是讓那些沒腰的女人，穿上衣服後可以展現曲線美。妳天生腰細，配上小而翹的臀部，像隻女王蜂飛出校園。我踩著妳細長的影子，穿過媽祖廟、菜市場，走到大街上。妳突然停下來，打開書包，拿出本子。本子是阿母做的，她蒐集不要的廣告紙，把它們剪成相同大小，再用鐵夾固定住。

站在金香行前的妳掏出鉛筆，一筆一筆速寫對面轉角的米店。米店牆壁邊堆滿一包包米，中間有一座半人高的鐵磅秤。頭髮全白的老頭家娘坐在門口前板凳上揮扇。

我們後面是開金香行的阿春姨，她留著一頭長捲髮，前額瀏海吹得老高，見我們站在門前不走，大聲喊：「妳毋係阿東的妹仔嗎？天暗囉，還毋遽轉去食飯。」阿姊完全沒聽見阿春姨的叫喚，專注埋頭畫著。我只好回：「阿春姨，我姊在……做學校的作業啦！等下就轉了。」阿春姨朝我揮揮手，拉上木推門。天色越來越暗，街上店家一一打烊。我忍不住催妳：「很晚了，我們先回家，明天再畫啦。」但妳聽不見我說話，埋頭畫著，我真怕妳就這樣變成一座雕像。

一直到米店也關了，妳才像夢醒般大喊：「這麼晚！妳怎麼沒叫我？」說完，拉著我往家裡的方向跑去。「我明明就提醒妳好幾次了！」我邊跑邊抱怨。街上的店幾乎都關門了，只剩阿爸最愛的大眾飯店還開著。店裡飄出濃濃的滷味香，害我肚子不停咕嚕咕嚕叫。

好不容易跑到家門口，卻誰也不敢進去。妳畢竟是姊姊，我看妳深吸一口氣，踏進大門。房子裡不見阿爸洪亮的嗓門聲、弟弟們的吵鬧聲，安靜得令人害怕。妳推開客廳珠簾，廚房傳來碗筷碰撞聲。我們小心翼翼穿過天井旁的走道，不敢發出一點聲響，明明是我們家，我們卻像個小偷。一到廚房，阿爸坐在圓桌最內側，一旁是兩個弟弟，阿母正在餵小弟吃飯。我們低著頭喊：「阿爸，阿母。」

阿爸一見到我們，鐵青著臉，把筷子放下。我們低著頭，不敢直視阿爸的臉。阿母放下碗筷，說：「還不快來洗手，菜都涼了！」我們就像看到救兵般，往流理台走去。碰一聲，阿爸放下碗筷。所有人停下動作。「妳兩个走去哪位？仰這下正轉？」阿爸走到我們面前，右手抓著乾枯的竹修仔。妳跪下去解釋：「係𠊎不好，畫圖畫到無注意時間……」妳話都還沒說完，阿爸就賞妳一巴掌，留下火辣辣的五指印。妳眼睛含淚，卻咬著嘴唇，死命不讓淚水落下。「書不好好讀，畫麼个圖？」阿爸邊罵邊拿竹修仔往我們身上打。妳拚命護在我前面。大弟小弟哭起來，阿母抱起小弟，勸：「好了啦！好了啦！嚇到細人了。」阿爸還是繼續罵：「妳該不知哪來的代課先生，要妳去畫圖，𠊎阿東的妹仔還毋須賣畫食飯！侄稍早就去尋該先生！」阿爸像一頭發狂的野獸，嚇得我躲在牆角發抖。

阿母放下小弟，衝到阿爸面前，張開雙手護著我們。阿爸狠狠瞪我們說：「妳知哪種細妹恁暗轉屋家？就該白玉樓……」「好了！」阿母大叫，想制止阿爸說下去。「哼，妳自家看，妳教的好細妹！」阿爸說：「下擺忒暗轉，打斷妳的腳！」我的眼淚不停流，而妳咬著嘴唇，一滴淚也不肯掉。阿爸把竹修仔往牆邊丟，抓起外套就出門去。

阿爸走後，阿母裝了兩碗飯，要我們趕緊吃。妳全身是傷，臉上的五指印越來越紅，小腿布滿竹條劃破的血痕。我們坐在餐桌前，配著冷冷的菜，明明肚子很餓，卻一點胃口也沒有。阿母嘆口氣說：「你阿爸也是為妳們好，細妹人恁暗轉當危險。」我好不容易止住淚水，聽阿母這麼說，反而更想哭。我不明白阿爸為什麼那麼生氣？不過就是晚點回家而已。那些放學後在學校打球的男同學，都可以留到七、八點再回家。難道就因為他們是男孩子，所以晚回家也沒關係？

我也想著阿爸那句沒講完的話，我知道阿爸接下去想說的是什麼。

「白玉樓」是家妓院，離我們家只有兩條街，它是蓋在鐵路邊的雙層樓房，門口有打扮花枝招展的阿姨坐在一樓門口招攬客人。二樓有長長的露天陽台，有天下午，我遠遠看見一個穿細肩帶洋裝的阿姨在欄杆邊抽菸。阿母看不起她們，常罵她們不檢點，不許我們靠近。但我太好奇，有次放學，故意拉妳從白玉樓對面的騎樓走回家。恰好看見有人從屋裡走出來，他梳著旁分油頭，穿絲質襯衫和西裝褲。當他抬起頭來，我倒抽一口氣，要不是妳摀住我的嘴巴，我早就叫出聲來。那男人不是別人，正是阿爸。我們躲到騎樓店家的柱子後面，等到阿爸離開才敢走出來。「細人有耳無嘴，不要告訴阿母。」妳望著白玉樓說。

阿爸比我們都熟悉那裡，卻把那些女人當作罵人的髒話。我想起那個站在陽台抽菸的阿姨，不禁同情起她來。

隔天，阿爸沒有去學校找目鏡牯，但妳去了。妳刻意穿及膝白色長襪，遮住被阿爸打傷的痕跡。妳沒有告訴目鏡牯阿爸打我們的事，妳只告訴他，妳需要更多寫生的時間，在天黑以前。妳和目鏡牯說好，讓妳不用上最後一堂課，可以提早離校去中正路寫生。等到正常放學時間，我再去找妳一起回家。這樣的日子，整整持續一個月，妳終於把那幅畫完成了。妳的本子裡全是商店街的風景，那些我們從小到大熟到不能再熟的店，全被妳畫進本子裡。最後，像拼圖般，把店家組裝在同一條街上，因為每間店都素描過，細節掌握得更完整。在這幅畫裡，每間店都有屬於自己的顏色。金香行是紅色的，打扮美豔的阿春姨，百無聊賴靠在櫃檯前等待客人，背景全是紅豔豔的金香蠟燭。

大眾飯店是水藍色的，老闆娘在煮麵，鍋子裡冒出白白的蒸氣。阿榮叔家的五金行是深咖啡色的，各式五金掛在深色檜木的天花板上，我彷彿聽見風吹來，它們彼此碰撞發出叮叮咚咚的聲響。顏色最豐富的是我們家，不同花樣的布擺在櫃子裡，一個短捲髮女人低頭裁布。

目鏡牯看著妳的畫，竟然哭起來，不停說：「好……好！」妳露出笑容，掉下眼淚，趴在桌上哭起來。目鏡牯不知道妳怎麼了？以為是妳給自己壓力太大，還安慰妳說：「創作本來就是痛苦的，痛苦會過去，美會留下，畫完就好了。」目鏡牯哪裡知道阿爸差點衝到學校扁他一頓？我看，要等阿爸真的揍了他，他才會明白「創作」究竟有多痛。

妳的神經向來很粗，老是把事情想得太簡單。就在妳領獎這天，妳興高采烈從中正路尾跑回街頭的家。「等等我。」我在後面喊。我想起上個月，因為晚回家被阿爸揍的那天。我突然有種不安的感覺。

「阿爸！阿母！」妳衝進家門，阿母正在量布，一看見我們，趕緊伸出食指放在嘴巴上，要我們安靜點。但來不及了，坐在藤椅上打盹的阿爸，被我們的聲音驚醒，大聲罵：「細妹人講話恁大聲做麼个？市場喔！」

妳沒意識到阿爸心情不好，反而跑到他前面，翻著桌上的報紙，問：「爸，你有看到佢上新聞無？」阿爸的臉色本來就不好，像一顆未爆彈隨時要爆炸。妳翻動報紙的動作，根本就是火上添油。只見阿爸用力拍桌，站起來大吼：「這有麼个好歡喜的？佢和妳講，細妹人有書好讀就好好讀，下擺分佢聽到，妳無好好讀書，走去畫圖，就毋須去學校！有聽到無？」「得獎也毋係壞事情，你發閼[8]做麼个？」阿母走出布櫃想幫妳說句話。「妳細妹人知麼个？」阿爸又用這句話想堵住阿母的嘴。

阿母走到妳身邊小聲說：「先去樓頂，教妳小弟寫字。」我跟著妳上樓，發現妳的肩膀在微微顫抖。這棟房子蓋了半世紀，隔音不怎麼好，我們在房裡聽見阿爸大聲責備阿母，好像一切都是阿母的錯，害妳做出失面子的事。仔細想想，妳的確讓一個人失面子，那個人不是別人，就是阿爸。阿爸不希望妳畫圖，妳沒聽他的話就算了，還得這麼大的獎，搞得全湖鄉的人都知道。他們見到阿爸，一定會大聲恭喜他：「妹仔盡會！」但他們哪裡知道，妳受的那些傷。

8 發閼：客語，發脾氣。

即使後來，阿母拿著剪貼簿給妳看，告訴妳阿榮叔一早就來報喜的事，妳還開心不起來。那一晚，妳幾乎沒睡，躲在棉被裡偷哭。隔天起床，眼睛腫得像核桃。阿母特地準備水煮蛋，好像早就知道妳哭了一晚。她叫妳把蛋敷在眼睛上消腫。等妳的泡泡眼稍微消一點，我們才去上學。我很後來才知道，妳整晚沒睡，是因為妳做了一個困難的決定。

教師辦公室在學校最前排大樓的一樓，妳們高年級的教室在學校最後一棟三樓。妳選在倒數第二堂課下課的打掃時間，拜託若涵姊替妳擦窗戶，讓妳可以去辦公室一趟。

辦公室是兩間教室打通，窗戶都是長方形，有的學生擦得很仔細，連窗框都擦，有的學生只是胡亂在玻璃上揮兩下。辦公桌則完全反映老師們的性格，目鏡牯的辦公桌是所有老師裡最亂的。上面永遠有還沒改完的作業、喝到一半的茶杯和一大堆畫具。

妳站在辦公室門口，深吸一口氣喊：「報告。」就往最角落目鏡牯的位置走去。目鏡牯當時正在專心改作業，辦公桌前的小書架上，還放著昨天的報紙。

目鏡牯一見妳立刻眉開眼笑說：「爸爸媽媽有沒有很高興，老師覺得妳素描水彩不錯，可以試試看水墨，之後參加全國比賽……」「老師，我不想畫了。」妳沒等目鏡牯說完，就打斷他。「什麼？」目鏡牯一時不知道怎麼反應，好像妳說的是外星語。「我不想畫了。」妳再說一次，拳頭握得更緊了，因為，妳一直忍耐，不想在老師面前哭。

目鏡牯不放棄，追問：「是爸媽不贊成嗎？老師可以去妳家拜訪，跟妳父母說，妳天分很好……」邊說邊推了推滑下來的大眼鏡。也許多年來，他之所以在不同學校代課，為的就是尋找像妳這樣的璞玉。他自己沒辦法變成梵谷，但至少可以成為支撐梵谷的西奧。

妳還是拒絕了他。妳知道如果再違背阿爸的意思，阿爸不知道會做出什麼事來？目鏡牯露出失望的表情，嘆口氣，打開木桌抽屜，拿出一個長形紙袋交給妳，說：「這本來是要獎勵妳的禮物。以後想畫，隨時可以再畫。」妳接過禮物，頭垂得低低的，快步離開辦公室。鐺、鐺、鐺、鐺，上課鐘聲響起，妳從第一棟樓穿過中間棟的走廊，跑回最後排的教室。妳邊跑邊舉起袖子擦眼淚，手裡緊緊抓著他送妳的禮物，一支全新的羊毫筆。就在妳收到禮物沒多久，目鏡牯代課結束，離開學校，沒人知道他後來去了哪裡。

「像做了一場夢一樣。」妳說：「他走了，我的夢就醒了。」

B面

妳把羊毫筆帶回家，放進放滿畫具的抽屜，不時拿出來看，又放了回去。那個抽屜，我們的房間，像一個一個俄羅斯娃娃，把妳的夢埋在最深的地方。

妳收到羊毫筆的隔天，起得很晚。我刷完牙洗好臉回房間時，看見妳還躺在床上。我本來想叫妳，但我猜妳昨天大概沒睡好，就自己下樓吃早餐。下樓時，阿爸像往常那樣去公園跳舞。阿母坐在餐桌翻看服裝雜誌，是最新一季日本流行女裝。我裝好熱騰騰的稀飯，坐在阿母旁邊，配著桌上的川燙高麗菜、豆腐乳和醬油煎蛋吃著。

「妳姊還沒醒？」阿母問。「嗯。」我邊吃邊點頭。「細妹人睡恁晝！」阿母念，嘴巴抿成一條線。雖然阿母還不至於會揍人，但若生起氣來，也非常可怕。妳曉得，她有話都不直說，念妳睡得晚，其實是叫我上樓去叫妳起床。我快速扒完飯上樓。打開門時，發現妳已經醒了，坐在書桌前，手握毛筆在日曆紙上塗鴉。妳很專心，連我進來也沒發現。「姊，妳怎麼沒下去吃早餐？」我坐在床邊問。「吃不下。」妳說。

「麼个食毋落？妳千金小姐係無？食朝還要妳母來喊！」阿母不知什麼時候上樓，站在門邊，腰間還繫著那條紅色圍裙，腳上穿著塑膠拖鞋。妳把筆丟進抽屜，站了起來，椅子向後推時摩擦木地板，發出咿的一聲。「俚正經食毋落。」妳說。「管妳要食毋食。」阿母板起臉：「等下，妳爸要去王醫師該位食喜酒，妳遽遽打扮，陪佢去。」「俚食毋落，毋想去。」妳說。「喊妳去妳就去。」阿母提高音量，語氣強硬。

「阿母，俚也要去。」小弟從阿母身後冒出來。「你還小，做毋得去。」阿母摸摸他的頭，愛憐的撫摸他的小臉。小弟跟妳都長得比較像爸爸，鼻子挺、嘴巴小。可惜小弟天生眼睛小得像米粒，被阿爸說是「老鼠目老鼠面」。「侄要去！侄要去！」小老鼠坐在地上耍賴。

「你噭也無用啦！」我對地上的小老鼠說：「除非你像大姊生得靚，阿爸帶出去有面子，正可能去啦。」小老鼠聽了哭得更大聲。阿母一把將小老鼠攬在懷裡，拍拍他的背，瞪著我說：「妳講該麼个話？」「侄講實在話啦！」反正既然都說出來了，我乾脆說個痛快：「妳好的全生分大姊，毋好的全生分侄！」我那時真不知道哪來的勇氣，居然敢這樣跟阿母頂撞？但我說的是事實，妳遺傳阿爸的瓜子臉，我卻像媽媽臉頰圓潤；妳的眼睛像核桃，內雙長睫毛，我的眼睛卻跟小弟一樣是單眼皮小眼睛。除了胸部發育比妳好之外，我真想不出自己身上有什麼優點。每次出門，大家的焦點都在妳身上。

咳……

「人靚有麼个用？」阿母說：「要命靚正好。」她抱起小弟，轉身離開房間。又想起什麼，轉頭交代：「著上擺侄做該青色的裙。有聽到無？」

「聽到了啦！」妳心不甘情不願的說。

妳脫掉上衣，露出剛發育不久的乳房，小小的、隆起在纖瘦的身體上。妳從衣櫥裡拿出一件水藍色洋裝。這件新衫是阿母上個月做的，有兩片小圓領，襯得妳的鎖骨彎彎像月牙。阿母嘴巴上說「人靚不如命靚」，卻常常做衣服給妳。沒辦法啊！妳生得靚，把阿母做的衫襯得更美麗，妳像她的行動模特兒。還有，每次阿母做新衫給妳，阿爸就會讚美她的手巧。不管阿母煮多好吃的東西，把我們照顧得多無微不至，阿爸都不會稱讚她。只有看見妳穿阿母做的衣服時，會誇讚她幾句：「手盡會，做的衫恁靚！」講來衰過[9]，他們做了十幾年夫妻，阿母只能靠幫妳做衫，得到阿爸的一點讚美。我想，阿母做衫給妳時，心情一定很複雜。

不過，最衰過的是我。從小和妳用同一個衣櫥，新衫是妳的，穿不下的舊衫才會變成我的。連過新年，我穿的還是妳去年除夕穿過的衣服。有次過年，阿母做一件碎花洋裝給妳，我說我也要。「妳姊先著，過一年，妳就做得著啦！」阿母安撫我說。「𠊎毋要，𠊎也要新的。」我哭喊。「過年啦，過年做分妳。」阿母哄。「你兜全惜阿姊較多啦！」我生氣跑上樓，從抽屜拿起美工刀，在妳的新洋裝上劃出一道又一道傷口。

妳回房看見破掉的洋裝，一把抓起它向我丟來，罵：「陳如玄，妳是怎樣？」「怎樣？我就是討厭妳，如果沒有妳就好了。」我大吼。我被自己的話嚇了一跳。妳也不說話，只是默默把破洋裝塞進衣櫥裡。

「妳仰無去投[10]阿母？」我問。「投麼个？妳恁想分人打喔？」妳關上衣櫥說：「下擺𠊎會絡阿母講，做新衫要做兩領啦。」「𠊎正毋須妳可憐！」我說完躲進被子大哭。我寧可妳衝上來跟我打一架，也不要可憐我。

妳的外表看起來柔弱，其實個性硬得很。我記得更小的時候，隔壁雜貨店的阿明欺負我，把我推倒在地上，妳衝上去狠狠甩他兩巴掌，一連踹他好幾腳，瞪著他說：「看你下擺還敢欺負阿玄無！」妳發狠起來像隻抓狂的母獅子，阿明嚇得尿都屙出來，哭著跑回家。阿明的媽媽生了四個妹仔，好不容易有倈仔[11]，疼得不得了，一見阿明被打得臉都腫了，生氣的跑來跟阿爸告狀，一把鼻涕一把眼淚，哭訴：「阿明有三長兩短，佢也要跟佢去！」真是有夠誇張！但阿爸什麼都不怕，就怕我們瀉佢面子[12]，拿起竹修仔在阿明媽媽面前狠狠打妳一頓，罵：「無人的細妹恁壞，下擺仰嫁的出去？」阿明先動手打我，阿爸卻要妳向他道歉。妳說什麼也不肯低頭，被阿爸關進廁所，罰妳不准吃晚飯。妳從頭到尾一滴淚也沒掉，阿明再也不敢欺負我。我以為，妳看到破洋裝會像揍阿明那樣揍我。可是，妳只是坐在床上，把衛生紙塞進被子裡給我。

9 衰過：客語，可憐。
10 投：客語，告狀。
11 倈仔：客語，兒子。
12 瀉佢面子：客語，丟他面子。佢，人稱代詞「他」。

我不知道妳最後怎麼解決那件破衣，大概是趁阿母不注意時扔掉了。那一年，我還是沒收到阿母做的新衫。我再也沒向阿母要了。

妳不想陪阿爸去喝喜酒，但又不敢違抗他，最後還是去了，並且穿上阿母要妳穿的水藍色洋裝。唯一的條件是要帶我一起去。妳幫我挑一件橘紅色洋裝，搭配雪白針織外套，把我當成洋娃娃打扮。

喜宴辦在大窩埕的三合院前，是王醫生的老家。王醫生是湖鄉最有名的小兒科醫生，診所就開在我們家斜對面。只要是湖鄉長大的孩子，一定都被王醫生看過病。王醫生大兒子討媳婦，當然是湖鄉大事。他席開六十桌，藍色塑膠帳罩住天空。大紅桌鋪上一層薄到近乎透明的塑膠桌巾，桌子事先灑一點水，好讓桌巾牢牢黏貼桌子，不被風吹走。靠三合院那頭是臨時的「灶下[13]」，掌廚的阿叔揮著大鑊子炒菜，其他阿姨們有的切菜備料，有的忙著裝盤。

這是我第一次跟著阿爸來喝喜酒，興奮得像初次進城的鄉巴佬。我站在入口處，看阿伯用長竹筷伸進鐵桶，把客家粢粑捲一大團放進上滿花生粉的鐵盤，再用筷子左右交叉，把它「剪」成更小的團狀。這些粢粑都是早上剛做好，熱呼呼的冒著煙。我拿筷子夾起一小塊粢粑，沾了沾花生粉，放進嘴裡，軟Q帶勁的粢粑在口裡化開，讓我感動得想哭。以前，我都是吃妳和阿爸帶回來的，雖然好吃，但畢竟放了一段時間，變得冷硬，沒有剛做好的口感好。

棚子最前面有一座臨時搭的舞台。舞台背後掛著長燈管排成的「囍」字，亮著粉紅色的螢光。一個身穿黃金緊身短裙的阿姨走上台，她畫著藍色眼影、嘴巴塗成大紅色，年紀大概跟阿母差不多。她拿起麥克風，隨音樂扭腰擺臀，風情十足的說：「各位鄉親父老兄弟姊妹，大家好！今晡日，非常恭喜王先生討心臼[14]，新娘還佇打扮，俚上台前去偷看，哎呦，真識有靚！這下，先由阿妹帶來一首『十八的姑娘一朵花』！」舞台下口哨聲此起彼落，舞台上的阿姨扭得更賣力。節奏一下，她邊跳恰恰邊唱：「十八的姑娘一朵花，一朵花；眉毛彎彎眼睛大，眼睛大；紅紅的嘴唇雪白牙，雪白牙；粉粉的笑臉，粉粉笑臉賽晚霞……」所有的男人牢牢盯著舞台，兩手跟著節奏打拍子。

「阿東啊！這位坐啦！」是阿榮叔的聲音。即使那麼吵鬧，還是蓋不住他洪亮的大嗓門。阿榮叔坐在中間的一張圓桌旁對阿爸招手。阿爸領著我們，擠過人群，往阿榮叔

13 灶下：客語，廚房。
14 先生：客語稱醫生為「先生」；心臼：客語，媳婦。

的方向走去。阿姊緊緊牽著我的手，彷彿怕我走丟。桌邊還有三個空位，阿爸望了阿榮叔旁邊一眼，假若無事的問：「你阿婉無來喔？」說完坐下來，我們也在一旁坐下。阿榮叔撿起一顆瓜子說：「細妹人毛病多，今暝講麼个腰痛毋要來，哎！」阿榮叔說完搖搖頭。「喔。」阿爸點點頭，儘管他表面裝作沒事，我還是發現他眼神裡的失望。

這時，坐在阿榮叔旁身材圓滾滾的大箍叔笑說：「唉呦！兩个妹仔恁大了，全部生到恁靚！」大箍叔嘴上說兩個女兒都漂亮，眼睛卻只看妳。「阿玄面圓圓，真識生到當得人惜。」坐在我身邊的阿慧姨說。阿慧姨是大箍叔的老婆，即使有點年紀，身材仍纖細，甚至有點瘦過頭。沒人回應阿慧姨的話，他們的注意力全放在妳身上，像玩接力賽，一個一個輪流稱讚妳。

「這一定係金蓮做的衫，正經靚！」全桌最老的福伯說。

「如月大了做得去拍電影！」阿榮叔說。

「到時佢一定會去戲院看！」大箍叔說。

「變大明星的時節，要記得恩兜喔。」福伯笑說。

「做麼个明星？細妹人嫁分好人家就好了！」阿爸笑著敬大家，對妳使眼色。妳熟練的倒滿一杯啤酒，向叔叔伯伯敬酒。大家見妳喝酒，大聲稱讚：「酒量恁好！大了毋驚分人欺負！」阿爸聽了笑得很開心。我偷偷倒半杯啤酒，用舌頭嚐一口。好苦啊！我趕緊把酒吐回杯子裡。還好大家都在看妳，沒人注意我。

間奏時，舞台上的阿姨走下台來，奮力扭腰。阿叔阿伯的目光轉而被她吸引，目光如火，雙手用力跟隨節奏鼓掌。我們這桌特別大聲，只見那個阿姨往我們走來，阿叔阿伯高聲歡呼，甚至還吹口哨。「十八的姑娘一朵花啊一朵花……」她邊唱把手靠在福伯身上，把麥克風放到他嘴邊，福伯用不標準的國語唱：「每個男人都想她都想她……」阿姨朝福伯拋了一個媚眼，走回舞台上。

其他男人，包括阿爸，全都對福伯投以羨慕又嫉妒的眼光。我發現，他們看那阿姨的眼神，跟打量妳時有點像。差別只在妳沒有露出兩粒大奶。當妳舉起第二杯酒要敬他們時，我把酒奪過來，大家被我的舉動嚇到，愣愣看著我。手握酒杯的我一時情急，一口氣喝光整杯酒。「不得了啊！阿東你不只大妹仔會食酒，小的酒量也恁好！」不知道是誰說了這句話。接下來發生的事，我也沒有太多印象。只記得，一回家，我立刻跑進廁所吐。喝得醉茫茫的我，不停抓著人說故事。別人不想聽還不行。

咳咳……，哎！那種丟臉的事一次就夠了，從此以後，不管是多豪華多澎湃的喜宴，我再也不想去。

Tape2

A面

姊，不知道妳有沒有這種感覺？小時候只是隱隱約約覺得，為什麼阿母只叫我們兩個做東做西，弟弟們什麼都不用做？以前還可以說他們還小，但當他們也不小了，這種狀況卻還是持續，而且似乎大家都覺得理所當然時，我漸漸感覺到一個細妹在家裡是沒有位置的。我變得討厭回家，寧可留在學校，能待多晚就待多晚。

我沒膽子離家出走，「離家」對我來說最簡單的辦法，就是考上一個離家遠的學校。妳知道，我一直很用功，功課向來也不錯，不過，阿爸不希望我讀高中，他說：「念高中就要念大學，細妹人讀那麼多書要幹嘛？」阿爸常說最好妳和我都去考護校，以後當護士，最好認識醫生、成為醫生娘。可是，他對弟弟們的期望恰好相反，他希望他們認真讀書，考上國立高中、讀醫學院。我猜，他心裡一定很羨慕王醫生，去到哪裡講話都有分量。只是，弟弟們的功課簡直是慘不忍睹，有學校願意收他們就很不錯了，根本連國立的邊都勾不到。阿爸發現，與其期待弟弟們成為醫生，還不如期待我們成為醫生娘。尤其是妳。

對我來說，讀哪裡都無所謂，重要的是可以離家，上台北。

很久以前，我就下定決心要去台北。但不是因為台北是首都，很熱鬧很新鮮，而是因為一個兒時的回憶。我跟阿母的祕密。好幾次，我都想告訴妳，卻不知道該不該說？加上那時我也只有五歲，每次回想，都覺得那段記憶說不定只是我做的一場夢而已。

我不知道妳記不記得，那時弟弟們還沒出生，阿爸阿母有一次吵得很兇，阿爸向來就兇巴巴的，但那天他不只兇，還打了阿母。阿爸的怒吼和阿母的哭聲隔著木頭地板，從樓下傳到樓上。我嚇得躲在棉被裡不停發抖，妳抱著我，叫我不要怕。我不知道我們是什麼時候睡著？只記得，天色還暗暗的，我就感覺到有人在搖我，我揉揉眼睛，看見是阿母。她左邊的臉頰還腫腫的。她把食指放在嘴唇上，叫我小聲，然後一把把我抱起來，幫我換上一件洋裝，套上一件外套，拿著手提包就帶著我出門。

我覺得很奇怪，阿母怎麼沒帶妳一起去呢？可是她的臉色很不好，所以我也不敢多問。時間太早，月台上只有我們母女，等了好久，才有一班淡藍色普通號緩緩停靠月台邊。我們上火車，因為還是很睏，我趴在阿母腿上，天花板上綠色電風扇不停轉著，不知不覺睡著了。我記得，那時阿母肚子裡剛懷上大弟，我的後腦勺頂著她圓滾滾的大肚子。那一趟路，是我這輩子最親近阿母的一次。我當時心裡想，真希望這班火車永遠不要停下來。

火車停停走走，過了好幾站，阿母搖搖我說：「下車了。」我實在捨不得離開她的懷抱。阿母有點緊張，緊緊拉著我往車門走去，她太過用力，把我的手都捏紅了。一下車，我忍不住驚呼，我第一次看到這麼大的車站，少說是湖鄉火車站的十倍以上。人好多好多，到處都是人，換我緊緊抓牢阿母的手，怕一個不小心就跟丟了，再也找不到回家的路。

「這係哪位？」我害怕又興奮的問。「台北啊。」阿母說。我唸了幾遍這個名字，心想回去一定要馬上告訴妳，我去了一個不得了的地方。

出站後，我們走了好長一段路。那時的台北還沒有那麼多摩天大樓，路邊的商店街很多只有兩層樓高。街道上除了汽機車，還有不少三輪車。「我行毋動了。」我抬頭喊。「乖，再行一點路就到了。」阿母哄我。恰好路過一間雜貨店，阿母那麼省的人，居然破例買給我一瓶養樂多和一袋汽水糖。我握著冰涼的養樂多，邊喝邊走，腳步變得輕快多了。遠遠的地方有一座大樓正在蓋，少說有十幾層樓高。

「小姐，要搭車嗎？」一個沙啞的聲音從路邊冒出來。一個黝黑乾瘦的男人戴斗笠、騎著三輪車，停在我們旁邊。三輪車最前面是一般腳踏車，後面拖著兩輪車篷。「不用了，謝謝。」阿母擠出幾句國語回絕他。「懷孕不好走太多路，聽妳口音，外地來的吧，幫妳打折。」那男人還不放棄。「不用了，謝謝。」阿母還是同一句話。他本來笑得露出雪白的牙齒，見阿母這麼堅決，沉下臉繼續往前騎，消失在轉角。

不知走多久，阿母終於停下來。我發現我們正站在一棟雙層水泥大樓前，門口兩側各插一支青天白日滿地紅國旗。樓房上方中央鑲著徽章，底是紅色的，裡面有隻展翅的金鴿子。我認得這標誌，是警察局。我倒抽一口氣。不乖時，阿母常威脅我們：「警察會抓毋乖的細人去關。」但是，我明明就沒有不乖啊。我躲在阿母身後，急得快要掉下眼淚喊：「阿玄不要去警察局！阿玄有乖！」阿母牽起我的手說：「莫驚[15]，阿母去尋个阿舅。」我從來沒聽說有哪個阿舅在警察局工作，但來都來到了，只好跟著阿母慢慢走上階梯，踏進警察局。

警察局大門口有張木頭大桌，一個穿著深藍色警察制服的值班員警立刻站起來，問：「請問有什麼事嗎？」「你好，你好，」阿母有點緊張，手心都冒出汗來。她慢慢的說：「請問鄧鐵生在嗎？」「請問妳是？」警員問。「我是他的堂妹。我叫鄧金蓮。」阿母回。「請稍等一下。」警員說完，轉頭交代另一個警員。

幾分鐘後，一個同樣身穿警察制服的壯碩大漢跑下樓來。「金蓮，仰沒講就來？」他看著阿母，一臉擔憂。接著摸摸我的頭，問：「妳是阿玄？變恁大了，阿舅上擺看到

15 莫驚：客語，別怕。

妳，還是嬰兒仔。」我有點害羞，躲在阿母身後。「還毋喊人？」阿母說。「阿舅。」我從阿母雙腿間的隙縫偷看他。突然，阿舅繞到阿母身後抱起我：「來，阿舅摘[16]，行恁遠腳骨一定當疲。侄帶妳兜去食點東西。」被一個陌生男人抱起來，我起初覺得很不自在。阿爸從來不抱我們。阿舅的肩膀很寬，他單手抱我，我感覺到他強壯的手臂，還有頭髮傳來的熱氣和汗味。被他抱著，我才感覺兩隻腳超級疲，有人抱著不用自己走，感覺實在不賴。

警局旁是整排鐵皮搭建的矮房子，其中有間小麵館。一個穿白汗衫、圍圍裙的老闆低頭煮麵，蒸氣從鍋子裡不斷冒出來。「老闆，兩碗湯麵，十顆水餃，再幫我切一盤滷味。」阿舅抱著我靠近木頭櫥櫃，問：「阿玄，愛食麼个？」「滷蛋。」我說。「好，老闆，再來三顆滷蛋。」阿舅帶我們坐在靠近門的座位，把我放在靠牆的椅子上。接著去冰箱拿出三瓶彈珠汽水，我們一人一瓶。

妳記得嗎？以前家裡隔壁雜貨店和大眾飯店的冰箱裡，也都放著整排彈珠汽水。好幾次，我拜託阿爸買，阿爸想都沒想馬上拒絕：「細人食水就好。」我握著玻璃瓶，對著日光燈，看彈珠在瓶子裡閃閃發光。心想，我要把每件事情都記牢牢，回去以後好跟妳炫耀。

「金蓮，好惦惦仰來台北？」阿舅問。阿母一副欲言又止的樣子。阿舅嘆口氣說：

「算了，妳毋講俚也知，阿東又去搞細妹？」我聽見「搞細妹」三個字，翻成國語就是「玩女人」，我當時似懂非懂，只能感受到阿母不喜歡阿爸這樣做。阿母常說，細人有耳無嘴。我繼續搖晃彈珠，發出匡啷匡啷的聲音。「好了啦！無過毋去的事情。」嗓門很大的阿舅壓低聲音，溫柔的安慰阿母。那一刻，我心底冒出一個奇怪的念頭。如果阿舅是阿爸就好了。

「來，兩碗湯麵。」老闆端麵上桌。綴著小紅花的白碗公上灑滿蔥花，滷蛋切半泡在熱騰騰的湯裡。我聞到香味，肚子發出咕嚕嚕的聲音。阿舅聽了大笑，我的肚子應和著他，叫得更大聲，連端水餃走來的老闆也大笑。只有阿母的眉頭還是緊緊鎖著。

阿母向老闆要了一個小碗，夾起麵條。細白麵條在半空中晃蕩，落進小碗裡。阿母用筷子交叉把麵斷碎，好讓我可以用湯匙吃。吃到一半，阿舅拿出一個紙袋塞給阿母。「做麼个啦！」阿母把紙袋推回去。「拿去用啦！俚兜從小共下大，這點錢算麼个！」阿舅說。

吃完麵，阿舅回警局換衣服，他把制服留在警局，換成白襯衫和卡其褲，整個人看起來年輕多了。「阿舅帶妳去動物園好無？」他蹲下來問我。阿母曾帶我們去過新竹動物園，但我太小，什麼印象都沒有。我好幾次拜託阿母再帶我們去動物園，阿母都回等有空再說。但阿母的工作永遠做不完，我們一直沒機會再去動物園。聽到阿舅要帶我去，我看了阿母一眼，見阿母沒有反對，便立刻點頭說好。

那天不是假日，動物園人潮不多。園區外圍聚幾攤小販，他們蹲坐在路邊，賣冰飲、茶葉蛋和風車。風吹來的時候，五顏六色的風車隨風轉動。阿舅買了門票，帶我們進去。

我看到好多動物，躺在樹枝上懶洋洋的花豹，背對人群坐在大石頭上的黑熊，還有七彩的孔雀。其中我印象最深刻的是大象林旺和馬蘭，因為牠們有名字。

林旺和馬蘭住在拱形山洞裡，隔著鐵柵欄，我努力墊起腳尖，想看見大象的長鼻子。阿舅毫不費力的把我舉起來，放在他的肩膀上，說：「阿玄，妳看，牠就是林旺。」我順著阿舅手指的方向望去。好大啊！我心中既畏懼又崇敬。牠的牙齒細而長，額頭高高突起，灰黑色皮膚充滿皺摺。牠將長鼻子向上昂起，並往前走幾步。我這才看到牠後面還有另一隻大象。「這是馬蘭。林旺的老婆。」阿舅笑著說。馬蘭沒有林旺那樣的長牙，個子比較嬌小，像個小媳婦躲在林旺身後。阿母趴在欄杆上伸長脖子望向馬蘭，馬蘭卻始終被林旺龐大的身軀擋住。離開林旺和馬蘭時，我不停揮手，向牠們道別。「我還會來看你們的。」我在心裡說。

阿舅扛著我，阿母在一旁，我們沿著動物園的石頭步道慢慢走著。在陌生人眼裡，我們是一個幸福的家庭吧。

走了一小段路，我看見石頭溜滑梯，長長的滑坡像林旺的鼻子一樣。「我要玩那個！」我大聲喊。阿舅放我下來，我往溜滑梯跑去，慢慢爬上滑梯高處，從上面溜下來。我沒溜過這麼高的滑梯，玩好幾次都不覺得膩。爬上高處的我，遠遠看見阿舅和阿母坐在不遠處的石椅上。阿母低頭啜泣，阿舅輕拍她的背，似乎在勸她。忽然，阿母把頭埋進阿舅的臂彎裡，哭得像個孩子。

這是我第一次親眼看見阿母哭。就算阿爸大聲兇她，阿母仍舊面無表情，手裡繼續做家事。就算哭也是一個人躲在房裡偷哭，從沒在我們面前掉下一滴淚。這一點，妳倒是很像她。大哭的阿母嚇壞了我。我從高處溜下去，想假裝沒看見。

回程時，阿舅陪我們一起搭公車，他小心攙扶有孕在身的阿母坐在內側，自己抱我坐在外側，他還要回去警局值班，得早我們一站下車。下車前，他小聲在我耳邊說：「下擺來，阿舅再帶妳去動物園好無？」我拚命點頭。阿舅下車後，位置變得有點空。我挨在阿母身上，眼睛望向一旁街道。寬闊馬路的兩側有整排商店街，街道上穿梭著穿著時髦的女人，有的穿著連身洋裝，也有人穿旗袍。她們就像從阿母的時裝雜誌裡走出的模特兒。

突然，一棟大樓背後竟伸出長長的象鼻。我揉揉眼睛，想看個清楚。公車恰巧停在大樓前，我這才發現原來長鼻子只是垂吊的水管。

「阿母，倨下擺還要來台北。」我說。「麼个？」阿母沒聽清楚，來往車聲掩蓋我的聲音。「倨講，倨要來台北。倨還要看大象。」也不知道阿母究竟有沒有聽見，她攬著我說：「今晡日來台北的事情，做毋得絡別人講喔。」「阿姊也做毋得喔？」我問。「做毋得。」阿母的語氣很堅決。「喔。」我點點頭。右手伸進口袋裡，掏出三顆彈珠，這是彈珠汽水瓶裡的。我用力握著三顆彈珠，把阿母和我的祕密緊緊握在手裡。

阿母吩咐我不可以說出去，祕密埋久了，簡直分不出是夢還是真實發生過？後來有幾次，我向她提起這件事，但我才剛說：「四、五歲的時候……」阿母便查覺我想說什麼，立刻打斷我，叫我去買東西或幫忙做家事。阿母不想提起那天發生的事，她想保守這個祕密。我猜，這可能就是阿母帶我去卻沒帶妳的原因，她覺得，我年紀比較小，就算看見什麼也記不清楚。

還好，我有三顆彈珠為證。我用養樂多瓶裝三顆彈珠，藏在抽屜裡。有次小弟找出來玩，被我狠狠罵一頓。我一直沒再見到阿舅，但我常想起動物園，想起高大的林旺和矮小的馬蘭，玩溜滑梯的我和坐在石椅上的他們。

B面

懷著台北夢的我從來沒想過，最早離家到台北的會是妳。

從小到大，妳一直是我們四個裡最聽話的。阿爸希望妳讀護校，妳就真的去考護校。只是，阿爸本來希望妳讀湖鄉附近的學校，妳卻偏偏考上遠在淡水的學校。阿爸高興也不是，不高興也不是，只能默默同意妳去那個遙遠的地方。

妳離家那天，只背了一個後背包，裡面裝滿盥洗用品和幾套換洗衣物。本來還有一條厚重的棉被，已經提前寄去學校宿舍。阿母說，淡水靠海，冬天比湖鄉還冷，棉被一定要夠厚。她特地去訂做一條手工被，好讓妳帶去。但被子實在太重，改用郵寄。

妳是第一個離家的小孩。妳離開後，阿母回房間打開收音機，聽鄧麗君唱的〈獨上西樓〉。阿母最愛她了，做衫也常放她的歌。「無言獨上西樓，月如鉤；寂寞梧桐，深院鎖清秋；剪不斷，理還亂，是離愁，別有一番滋味在心頭……」鄧麗君的嗓音甜，唱起悲傷的歌卻更顯哀愁。我猜，阿母一定躲在房裡邊聽邊哭吧。

我沒哭，有什麼好哭？又不是生離死別，而且妳說過有空就會回家。只是，當我回到房裡，還是感到空虛。妳的東西都還在，我甚至還能聞到妳身上淡淡的肥皂香。但房間卻變得好空。十幾年來，我們一直睡在一起。妳知道我所有的習慣，我也知道妳的。

比如妳喜歡洋娃娃。偏偏我對洋娃娃過敏，每次有新的洋娃娃，我就會打噴嚏。所以，雖然妳收藏很多洋娃娃，大部分都放進塑膠袋裡。只有床頭放了三個短毛洋娃娃。其中兩個是綿羊，粉紅色的比較大，白色的比較小，我還記得，她們有一雙圓圓黑黑的無辜眼睛。另一個比較大是頑皮豹，妳愛他無厘頭的反應和搞笑的動作。因為背包空間有限，妳只帶走白綿羊。我總覺得粉紅色那隻的表情有點落寞。

我一個人躺在雙人床上，睡不著也不想睡，想知道妳到底還帶走什麼？就起來翻找妳的書桌抽屜。妳的日記整齊的擺放在一起。其實，我早就偷看過，妳的日記不一定有字，有時只是幾筆塗鴉。突然，不知怎麼我又想起那支羊毫筆，想起那段和妳「共患難」的記憶。它一定還在放畫具抽屜裡吧。

我打開抽屜，妳以前幫我畫暑假作業的水彩顏料還在，但早變得僵硬。還有一盒蠟筆和一捆素描專用的鉛筆。雪白櫻花狀水彩盤上，殘留著洗不乾淨的顏料。我找了很久，就是沒找到目鏡牯送的羊毫筆。我記得妳的確是放在這個抽屜啊，怎麼可能找不到？我上上下下裡裡外外再找一遍，連衣櫃也翻了，還是沒有。難道妳把它丟掉了？還是，妳送給別人了？又或是妳把它帶去台北了？我關上抽屜，躺回床上，想起我們被阿爸狠狠揍一頓的那一晚，妳用萬金油輕輕幫我塗擦傷口，整個房間都是萬金油的味道。

一年後，我考上台北工專。看到榜單時，我激動得掉下眼淚，我也可以去台北了。咳……那年代的鄉村小孩，都盼望有天可以上台北，見識這個花花世界。也許因為是第二個孩子離家，阿母的反應沒有妳離家時那麼不安。她給我一些零用錢，讓我到台北再買缺少的東西。

湖鄉車站月台比我印象中還小還破舊。好像一陣大風吹來，它就會自動解體。直到坐上火車，我才有一點點不捨，但很快就被對未知的期待沖淡。我要去台北，離開阿爸阿母，離開這個小小的地方。

台北站到了。我聽見廣播聲，走下火車。雖然距離上次去台北已經過了很長的時間，但我一見到這個大車站，那天的情景就立刻浮現眼前。還小的我緊緊抓著阿母的手，穿過月台、地下道和滿滿的人潮，來到大廳。

我走出車站，搭上往台北工專的公車。我在中正路下車後，沿著大馬路走去學校。我們學校很好找，前面有一座「工專之橋」，過了橋就可以看見學校大門。學校對面是整排商店街，有小吃店、服裝店、皮鞋店、棉被店、榻榻米店……。其中一家冰果店是一對老夫妻開的，夏天時店裡有一半都放滿大西瓜，光看就覺得消暑。我最愛喝他們家的木瓜牛奶，雖然比湖鄉貴了二十元，但特別香醇好喝。前幾年，我還特別去找這間店，卻發現那整排矮房子早拆掉變大樓，那間冰果店變成名牌服飾店，中正路改名叫八德路，一切都跟從前不同了。讓我不禁有種滄海桑田的感嘆。咳咳……

台北工專的歷史很悠久，從日本時代就有了，以工業教育聞名。我讀的是機械科，比起讀工專，阿爸更希望我念商專。他說，一個細妹人讀機械，以後要做黑手嗎？我心想，做黑手有一技之長也沒什麼不好。但我選機械科，主要是數理科目考得特別好，還有，我就是不想聽阿爸的。

只是，開學後，我確實有些後悔，全班五十三人，只有五個女孩子。我的座位四周，只有前面是女生，其他全是男生，突然被一大群男生包圍的感覺很怪。陽盛陰衰的唯一好處是，女生一定抽得到宿舍。四人一間宿舍比起男生六人一間，算是寬敞舒適多了。我在學校附近的棉被行，買下一張單人床墊、枕頭和睡袋。一切安頓好後，我在宿舍樓下打公用電話，第一通先打回家報平安，第二通打給妳。妳在電話裡告訴我怎麼搭公車去淡水。

隔天，我搭上前往淡水的公車。一路上，只見高樓變成矮房，接著出現整片紅樹林，荒涼到我不禁懷疑，我是不是搭錯車了？這裡怎麼可能會有學校？

「終點站到了。」司機喊。我趕緊下車，見妳站在站牌前。我還記得，妳那天穿著一件水藍色無袖針織上衣和迷你裙，頭髮紮成馬尾，比從前任何時候都還美麗。不過，我卻有點不習慣，可能是習慣妳穿阿母做的洋裝，很少見妳穿這麼短的裙子。

「妳仰有這衫？」我問。「買的啊！都到台北了，還穿阿母做的洋裝嗎？」妳回。我身上穿的正是阿母做的淡黃色襯衫，這原來是一套兩件式裙裝，去年妳還穿著呢。我只穿上衣，下半身搭配學校的運動長褲。

妳見我這身打扮不禁搖搖頭，說：「下禮拜我帶妳去買衣服。」「不用了啦，哪來的錢？」我回。台北物價那麼高，買完棉被和日用品，我的零用錢早就花掉大半，還有一個月要生活。「我出！」妳拍胸脯說。「妳哪來的錢？」我問。阿母給的零用錢只夠我們吃飽，根本沒有多的錢可以花。「少吃點啊，學校供應的午餐吃飽一點，晚餐就不用吃了。」妳寧可餓肚子，也要給我買新衣。

我沒去過淡水，妳先帶我去吃阿給，阿給是把油豆腐中間挖空，裡面放冬粉，蓋上魚漿蒸熟，最後淋上甜辣醬。我不覺得特別好吃，但因為沒吃過，所以多了幾分新鮮感。妳帶我逛老街，我們想去哪就去哪，想吃什麼就點一份一起吃。接近黃昏時，我們走到淡水河邊，坐在大樹下的石椅休息。

「阿玄，妳覺得，這河是什麼顏色？」妳指著河水問我。「不就是藍色嗎？」我回。「不一定喔。妳看，那裡是不是帶點綠色，還有黑色。再晚一點，又會出現黃色和紅色。」妳手指河比劃著。細長的手指讓我想起羊毫筆。想起好久好久以前，妳拿筆在紙上畫圖的樣子。

「阿姊，妳讀得還習慣嗎？」我問。「還可以啊，都一年了。應該是我問妳習不習慣吧？」妳反問我。「只要不用跟阿爸住，我去哪裡都習慣。」我說。「妳果然很愛記仇耶。」妳用手指戳我。「妳還不是一樣！」我反戳回去。這遊戲都玩了十幾年，我們都不嫌膩。

咳……咳咳……

「姊，」我望著淡水河問：「妳陪我去動物園好不好？」河面在夕陽下，像鯉魚鱗片般反射金紅色。「去動物園幹嘛？」妳一點興趣也沒有。「就是想去看看嘛！」我說。我想在那裡告訴妳埋藏多年的祕密。

「妳跟同學去吧。要看動物，這裡多得是，還嫌不夠嗎？下次我帶妳去西門町買幾件衣服吧。」妳說。妳對我的穿著很有意見，我是覺得沒什麼。外在只是皮相。「什麼皮相？難道妳不用穿衣服？」妳不以為然。妳說，怎麼穿搭是一種選擇，可以為自己建立風格，選擇自己想要的樣子。我沒有妳那麼樂觀，我總覺得，商店裡掛著的那些衣服背後，一定有我看不見的量尺和剪刀，選擇我的選擇。

就是因為妳不肯陪我去，大毛才會陪我去。妳還記得大毛吧？那時，他坐在我後面，個子很高、眼睛很小、滿臉痘疤，完全不是我會喜歡的類型。那天，不曉得為什麼我向他提到想去動物園的事，他自告奮勇說，去動物園的路他熟得不得了，他可以陪我去。

其實，我對他不討厭，但也說不上喜歡，只覺得他很上進。我們有時會在下課聊聊天，我才知道，他的爸媽在他國中時過世了，他跟著阿姨住，雖然阿姨待他很好，但畢竟是別人家，他從小就學會獨立。白天上課、晚上打工，自己賺生活費。

星期三下午沒課，我們約在校門口，一起去搭公車。我穿著我的一千零一件外出服，那件淡黃色襯衫和運動長褲。衣櫃裡其他衣服都是阿母做的洋裝，她硬是要我帶上來。與其穿那些洋裝去見大毛，我寧可穿襯衫長褲還自在些。

下公車後，步行幾分鐘，就看見動物園大門。門口是長型水泥建築，中間有四個購票窗口，兩旁各有一道門，上面插著「台北市立動物園」幾個大字。拱型鐵欄是大鳥籠，裡面有各式各樣的熱帶鳥類。牠們的嘴巴特別長、特別大，有的站在樹枝上，有的站在池邊，對來往遊客視而不見。沿著人行步道走，右邊的柵欄裡，有兩隻長頸鹿，牠們有一雙圓鼓鼓的眼睛，嘴裡嚼乾草。還有一隻躺在水底，張開大口的河馬。我彷彿走在回憶和現實之間，有的似曾相識，有的全沒印象。又走了一會兒，只見好多人圍在欄杆前。我認得那道欄杆。橘紅色欄杆裡有一道深溝，深溝另一邊是另一道灰黑色鐵欄杆。鐵欄杆裡，是我朝思暮想的林旺和馬蘭。

牠們都還在，一如從前。林旺有一對又捲又長的象牙，只見牠捲起長鼻子將草料放進嘴裡。一旁身材嬌小的馬蘭，在遠處用鼻子吸水，往身上潑灑。我望著牠們，不敢相信這麼多年來，牠們一直在這裡。

每當我想起那一天，懷疑是不是一場夢？林旺和馬蘭的身影就會出現在我的腦海裡。我打開抽屜拿出彈珠確認，那不是夢。看著活生生站在眼前的林旺和馬蘭，我緊緊握住拳頭，好像握著三顆彈珠。我不停深呼吸，不讓眼淚掉下來。

「妳聽過林旺和馬蘭的八卦嗎？」大毛問。我搖搖頭。大毛指著高大的林旺說：「林旺，牠是從緬甸來的喔。以前叫做『阿妹』。不要小看牠，牠還打過仗呢。我聽說，當初十三頭大象，最後只剩下牠。我還聽說，牠之所以可以活得比較久，就是因為牠心機特別重。」

「什麼意思？」我問。大毛指著馬蘭說：「每次動物保育員餵食東西的時候，林旺一定先讓別的大象吃，等到別的大象吃了沒事，牠才開始吃。」「真的嗎？」我露出懷疑的眼神。「真的啦！是我爸告訴我的。我爸當年，可是跟著林旺一起來台灣的。他說，林旺就像他的同僚，所以我小時候，每個月，我爸都會抽出一天，帶我媽和我一起來看牠。」大毛站在欄杆上，望著林旺，臉上浮現我沒見過的笑容。他轉頭看我，眨了眨眼睛說：「還有另一個八卦。我是從我爸的同事那裡聽來的。林旺是大男人主義者，不開心的時候，會揍馬蘭！」他用誇張的語氣說。

「不可能。」我說。林旺是我美好的回憶。我不想打破。大毛跳下欄杆，望著藍天說：「我爸也不相信，他說，林旺個性很好，不可能做出這種事。他們講到都快打起來。」大毛說完自顧自笑起來。這時，馬蘭走到林旺身邊，被林旺高大的身影擋住了一半。

Tape3

A面

我以為我會沉溺台北的繁華，但我很快就膩了。我不喜歡老是塞車的街道、擁擠的人群。對我來說，與其到西門町看人，不如去動物園看動物。但是，妳和我剛好相反。摩天高樓、逛不完的商店街、時髦的日式咖啡館、整條電影街和來自世界各地各形各色的人們，都讓妳深深著迷。妳說，要不是馬偕在淡水，要不是要修課還要實習，妳真想整天待在西門町。

約好去西門町這天，妳穿米白色針織上衣，搭配白色迷你裙，一件棉製運動薄外套綁在腰間，腳穿露趾涼鞋。我可以感覺到，好多人在看妳。

「妳不覺得阿母做的衣服過時了嗎？」妳說。阿母做的洋裝裙長過膝，只露出小腿肚，領口或袖口都繡上蕾絲或蝴蝶結。若穿這樣逛西門町，肯定會引來大家的目光，以為是哪來的鄉下人。妳滔滔不絕的說，想說服我多買點新衣服。但不管是洋裝或迷你裙，我都不愛。比起來，我還是喜歡寬鬆的 T-shirt 配運動長褲。妳沒在聽我說，西門町有太多新東西吸引妳的目光。妳興沖沖拉著我，帶我去一棟位在西寧南路交叉口的新大樓，墨綠色三角狀立面上，用紅色霓虹燈排列「萬年商業大樓」六個字。裡頭少說有上百間小店，賣日貨、二手精品，也有台製的平價服飾。妳說，光這間就夠我們逛到天荒地老。一走進去，我發現很多人打扮得跟妳很像，同樣是針織衫配迷你裙，一件外套綁在腰間，也許所謂的流行就是這樣吧，要把大家變成同一個樣子。

一樓有西服店、錶行和香水舶來品，搭電梯上二樓，則是鞋店和服飾店。每間店都有自己的特色，我們先在一間專賣運動鞋的鞋店，買下一雙白色球鞋。接著到三樓服飾店，買了一條緊身黑色七分褲。試穿時，以前只穿寬寬垮垮運動褲的我覺得很不自在，緊身褲牢牢包覆我的屁股和大腿，讓我想起阿母年節時灌的煙腸。「奧黛麗赫本也都這樣穿啊！」妳說。除了褲子，我還挑一件米白色 T-shirt。上面印著幾個簡單的英文字母，寫著「Bad Girl」，我不是壞女孩，只是這件剛好特價、打對折。阿姊嫌我挑的衣服太普通，又拿另一件荷葉邊上衣要我試穿。這款荷葉邊上衣有黃、紫兩種顏色，老闆娘是個年輕女人，比我們大不了幾歲，她的耳朵戴著塑膠大耳環，嘴唇塗著紫紅色唇膏，叫我們進去試穿。我換上黃色那件，妳穿紫色的。「妳們穿都好看！」老闆娘發出讚嘆聲：「味道不一樣，一個漂亮，一個可愛。不如兩件都打包，我算妳們便宜一點。」任誰都聽得出來，她在說客套話，目的是要我們買兩件。

妳打開錢包，說：「黃色那件就好，我們姊妹可以輪流穿。」走出店門，妳把新衣服塞給我。妳錢不夠，卻偏偏要買衣服給我。「姊，我不想逛了，我累了。」我說。心想再逛下去，妳大概這個月都不用吃飯了。「不是才剛逛，就累了？」「我真的不行了。」手扶梯不斷湧入一波波的人潮，讓我覺得快溺水了。

「那找個地方坐坐吧。」妳說。妳帶我走出萬年，經過香火鼎盛的天后宮，穿越馬路，到一間叫蜂大的咖啡店。門外有幾個客人蹲在玻璃櫃前選餅乾，玻璃櫃旁有一架像火車頭的機器，不停旋轉發出濃郁的咖啡豆香。妳說那是烘豆機。一進門，我就聽見英國樂團披頭四的歌〈A Hard Day's Night〉，宿舍裡常有人在放這首歌。我們選在角落的雙人座。我沒喝過咖啡，妳點兩杯冰綜合，一杯不加糖。咖啡端上桌，我因為口渴，立刻喝下一大口。臉瞬間皺成一團。

「太苦了啦。」我大喊。「妳是全糖的耶！還苦？」妳笑著說。「妳常來嗎？」我拿起一旁的白砂糖罐，舀一大匙加進咖啡裡。「來過一次。」妳用長柄湯匙攪拌咖啡，冰塊碰撞發出匡啷啷的聲響。「跟誰？」我追問，直覺案情不簡單。「男朋友囉。」妳神祕的笑。「男朋友！」我驚呼：「多久了？怎麼都沒跟我說？那男的是幹嘛的？」「妳沒問啊，沒什麼好說的。醫學系，聯誼認識的。」妳淡淡的說。

「阿爸阿母知道嗎？」我問。「我跟阿母講過，她應該有跟阿爸說吧。」妳聳聳肩膀，一副沒什麼的樣子。好像交男友對妳來說，不過是咖啡加不加糖這種無關痛癢的選擇。

「阿爸沒說什麼？」阿爸那麼容易就接受阿姊交男朋友的事？「沒有啊，就叫我有空帶他回去。」妳攪了攪杯子裡的咖啡，讓最上層的鮮奶油沉入咖啡中，喃喃的說：「妳又不是不知道，他多希望我們做『先生娘』！」是啊！我怎麼沒想到，阿爸沒反對就是因為那個男的是準醫生。妳正一步一步踏上他期望的道路。「讀護士，畢業毋驚無頭路。」阿爸說了好多年。但他心裡不就盼我們找個醫生嫁，做先生娘不愁吃穿。我想起大毛，他什麼也沒有，連父母都不在了。阿爸阿母會同意我和一個孤兒在一起嗎？

「想什麼想到出神？」妳問。我不停搖頭，只管喝那苦到不行的東西。「該不會……妳也交男朋友了吧？」妳斜眼看著我，好像我是個壞女孩。「也不算啦。」我嘟嘴說。「什麼不算？有沒有跟人家在一起妳不知道？」妳露出不可置信的表問：「親了沒？」我只覺得臉頰發燙，頭搖得更用力。「牽手了？」我還是搖頭。妳有點不耐煩，問：「那你們到底做了什麼？」

「我們……我們去逛了動物園。」我說。「就這樣？」妳大笑。好像我是一隻猩猩，在妳面前模仿人類。「就這樣。」我說。妳刻意憋笑，我一股怒氣上來，說：「反正妳不懂啦！」妳不知道林旺和馬蘭，不知道阿母和阿舅的事。妳笑成這樣，就是因為妳什麼都不知道。

「我是不懂。」妳翹腳，故作成熟的模樣說：「改天帶來給姊姊鑑定一下。」「我都不知道算不算在一起，帶什麼帶？」我咕噥著。「欸，我不是第一天認識妳，從小到大，妳一見男生不是閃就是躲？妳答應跟人家出去，不就是證明？」妳說。我想起國中曾收到一封情書，我永遠記得那封情書的開頭：「雖然妳沒有妳姊漂亮，但是……。」不管那男生後來寫了多少好聽的話，我都不想看。只要有異性靠近我，自卑心就會跑出來作祟。我告訴自己：男生沒什麼了不起，男生能做的我也能。

「When I'm home feeling you holding me tight……」妳邊哼歌邊用手指在桌面上打節拍，長長髮絲散落肩上，露出鎖骨。窗外陽光灑落在妳的身上。妳真美，就像隻漂亮、驕傲的孔雀，走到哪都引人注目。但我知道，妳更羨慕平凡的麻雀，可以自由自在飛翔。

我很好奇，可以追到妳的男生長什麼模樣？不只我，阿爸阿母也很好奇，不時問妳：「什麼時候要把敏誠帶回來啊？」尤其是阿爸，他說起「敏誠」親密的口氣，好像看著他長大一樣。

但直到妳護校畢業，我們才第一次看到「敏誠」的廬山真面目。他要來家裡那天，阿爸破天荒向國標舞社請假，說要在家裡幫忙。但其實，阿母更希望他去跳舞，他只會動口不動手。阿母為了買到最新鮮的魚肉，一大早就上菜市場，當她手提這大包小包從市場回來時，阿爸邊看邊挑剔：「這魚會忒小隻無？」「菜夠無？」要不就是在客廳來回踱步，看到哪唸到哪：「這窗框幾久無擦？」「地泥拖了無？」手持掃把的我，翻了好幾個白眼。

阿母早就練就不看不聽的本事，照樣用自己的步調做事。她走到廚房，剁鄉下阿婆飼養的土雞肉，熬香菇雞湯。再把前一個月醃製的糟麻鴨拿出來，切成塊狀。接著開始殺魚，手腳俐落的刮鱗片、掏內臟，做紅燒魚。整間廚房熱氣蒸騰，簡直像打仗。阿母是將軍，妳和我是小兵，在一旁幫忙洗菜、遞盤子。大弟小弟也沒閒著，幫忙在客廳架臨時餐桌，這個木頭圓桌只有過年過節才會搬出來用，平時我們都在廚房的餐桌上用餐。這次為了敏誠，也特地搬出來用。接近中午，客廳圓桌上擺滿剛煮好熱騰騰的菜。

「陳爸爸、陳媽媽好！」門口傳來聲音。那個讓我們全家忙翻天的「貴客」終於上門。阿爸快步上前迎接。我在阿姊帶回的照片裡見過他，本人看起來更憨厚，長得不算高，有點微胖。我印象最深的是他的鼻子很大，鼻翼豐厚，兩個大鼻孔像隻河馬。他戴著一副金邊眼鏡，身上穿白襯衫搭配筆直的西裝褲。一見到阿爸，就熱情的獻上伴手禮說：「這是我的一點小心意。」那是一瓶陳年高粱和一盒燕窩。阿爸笑得更開心，領他進門，邊走邊說：「人來就好了，帶這麼多禮物幹嘛呢？對不對？都自己人了。以後不要那麼客氣。」

「我媽說，第一次去人家裡，禮數不可少。」敏誠的臉堆滿笑容。「你看人敏誠家教幾好！」阿爸點頭稱讚。「沒有啦！沒有啦！」他不好意思的笑。一見到我，熱絡的說：「妳是如玄吧，小月常跟我提到妳。」他拿出一袋禮盒遞給我，說：「這是瑞士巧克力，聽小月說妳喜歡吃甜的。」「喔，謝謝。」我笑著點頭。對剛剛邊掃地邊咒罵他感到有點心虛。

阿爸坐在背對客廳的椅子上，阿母坐在阿爸的右手邊，敏誠坐在阿爸的左手邊，依序是妳、我和大弟小弟。「鄉下地方，沒什麼菜，盡量吃！」阿母招呼敏誠，把最大支的雞腿放進他的碗裡。「這麼豐盛，陳媽媽太客氣了。」敏誠用筷子夾起雞腿放進嘴裡，食物還沒吞下去，就不停說：「好好吃！」逗得阿母眉開眼笑。

「聽如月說，你明年才畢業啊？」阿爸開口。敏誠趕緊放下碗筷，回：「對，我們醫學系念七年，明年開始實習。」「那你打算什麼時候結婚啊？」阿爸一說。我們全停下筷子。「爸！」妳抗議。敏誠倒是笑咪咪說：「我媽是希望我實習完再結婚。」從進門到現在，這是他第二次提起「我媽」。我要算算看，他一共會提起幾次。

一餐飯下來，阿爸不停吹噓自己的豐功偉業，其實都是雞毛蒜皮的小事。比方他是國標社班長、得過湖鄉釣魚比賽冠軍。他把這些事情，說得好像自己是登陸月球的阿姆斯壯。敏誠不停點頭附和，不時發出讚嘆聲。

阿母見大家吃得差不多，走進廚房切水果，我們也跟進去。阿母邊削蘋果邊問：「佢看起來係盡乖，毋過，佢當聽佢母的話後？」阿母也發現了。

「就是一個媽寶啊！從進門到剛剛，提到二十五次『我媽』。」我了解他媽，都比了解他還多。」我忍不住插嘴。「細妹人，講話恁難聽！」阿母說：「毋過，阿玄講的也有一點道理，佢阿母人仰般？」

「唉喲，佢又無講要嫁分佢，妳愁麼个？」妳拿起一片蘋果放進嘴裡咬。阿母拍了一下妳的手：「毋要嫁分佢，帶佢轉來做麼个？」

「還毋係妳和阿爸，逐擺問阿姊幾時要帶『敏誠』轉？佢看，妳嫁分佢好了！」我說。阿母氣得捏住我的耳朵罵：「讀書讀哪去？喊妳毋要亂講話又亂講！」「佢又無講毋著[17]……」「還講！」阿母打斷我的話，狠狠瞪我，眼神比八點檔的壞女人還可怕。我閉上嘴。阿母把切好的水果盤遞給我，說：「遽遽[18]端出去啦。」

咳……咳咳……阿母生氣的表情，還真令人懷念啊！

B面

我有時忍不住想，如果我那時多幫那個媽寶，我是說敏誠哥，多講幾句好話，妳會不會嫁給他？過著阿爸想像的大好人生？這些問題當然沒有正確答案。況且感情這種事本來就很複雜，像我自己，起初只是想找人陪我看大象，怎麼知道後來真的和大毛在一起。

妳從護校畢業後，順利考上護士執照，在湖鄉長春醫院工作。妳的生活簡單，除了工作，偶而和敏誠哥約會，感情看來相當穩定。阿爸甚至早早跟國標社社友放話：「明年要請食喜酒，如月要做先生娘啦！」那時，剛畢業的我一時找不到適合的工作，就先回湖鄉基督教幼稚園當老師。我雖然不是幼保科，但以當時女孩子的學歷來說算是不錯的，余姆姆很快就決定錄用我。湖鄉的人稱呼修女「姆姆」，聽起來比較親切。余姆姆

17 毋著：客語，不對。
18 遽遽：客語，快快。

待我不錯，加上我本來就喜歡小孩，所以很快適應這份工作。

妳工作的長春醫院，算是當時湖鄉最大的醫院。大家都知道，正牌醫生只有一個，其他都是密醫。但畢竟是大醫院，大家遇到診所解決不了的問題，還是會先去長春醫院。醫院除了醫生、護士，還聘僱幾個退休老兵。他們年紀都超過六十歲，大部分沒結婚，住在國小旁的眷村裡。平時在醫院幫忙打掃、開救護車，賺取微薄的薪水。妳的護士朋友不多，反倒跟這些老兵處得很好。因此，倘若有哪個護士沒長眼欺負妳，那些老兵就會替妳出頭。那群老兵的頭頭崔爹，尤其照顧妳。妳說，崔爹從前在大陸娶過妻，一別幾十年，也不知道對方是否改嫁，更怕早已不在人世。談起家人的他一臉落寞。崔爹的年紀都可以做我們阿爸，我記得他很省，白襯衫洗到發黃還在穿，西裝褲破了幾個小洞，也捨不得換新的。但是，崔爹卻常破費買水果給妳。阿母覺得很不好意思，每次做客家糕餅，都會吩咐妳多帶一些到醫院給崔爹。

在幼稚園工作最大的好處是可以準時下班。那天，我下班回到家，聞到一股甜甜的香氣。走進廚房，瓦斯爐上的蒸籠正冒出熱騰騰的白煙。阿母打開籠蓋，原來是「家喜」。家喜的味道跟發糕有點像，形狀像壓扁的圓形饅頭，只用蓬萊米加黑糖，不摻一滴水，咬起來特別扎實，是我最愛的客家糕點。因為不加水，得不停反覆搓揉，很花時間。通常只有過年過節，阿母才會做。阿母知道我愛吃，先用筷子插一個給我。我一口咬下，因為太燙大叫一聲。阿母搖搖頭念：「圖食嫲！這正好的當燒，食慢點！」我邊吹氣邊咬下第二口。只見阿母把其他剛出爐的家喜裝進盤子裡，再用客家紅花布包起來，吩咐我：「這拿去長春醫院分崔先生。」滿嘴家喜的我點頭應好。

我帶著家喜到醫院門口，看見穿著護士服的妳正在和一個男生說話。那個男的穿著白色 **T-shirt**、緊身牛仔褲，頭髮旁分，瀏海吹成半屏山。你們聊得很起勁，沒發現我來了。我拍拍妳的肩膀。妳回過頭來，驚訝的看著我說：「阿玄，妳怎麼來啦？」「還不是為了幫妳送東西。」我把家喜塞進妳手裡。

「哇！這是妳妹，長好大啦。」那男的對我笑，好像早就認識我，但我對他完全沒印象。男人搔搔頭說：「不好意思，忘了自我介紹，妳應該早就忘記我了。我是王保麟，妳姊的國小同學。我記得，以前妳常常來我們班找妳姊，還有，有一陣子，妳都會留在教室，陪妳姊畫畫。」聽他這麼一說，我才漸漸想起來好像有這麼一個人。不過，他的記性還真好，竟然還記得我陪妳畫畫的事。沒想到，除了妳、我和阿母，還有別人記得這件事。妳當時一定也很訝異吧。

「妳等我一下，我差不多要下班了，一起回家。」妳說。「好啊。」王保麟竟然和我異口同聲。妳忍不住笑出來，拿家喜往地下室走去。那裡是崔爹他們的休息室。

王保麟和我一起坐在醫院外的塑膠椅等妳下班。我假裝看馬路上的車輛，其實偷偷打量他。王保麟的眼睛和大毛一樣小，又是單眼皮。但說話時，眼角帶笑，臉頰兩側有兩顆深深的酒窩。不像大毛不說話時，好像別人欠他幾百萬。看著他的側臉，喚醒我的記憶。妳讀國小時，因為個子高，坐在最後一排。印象裡，他們班有個愛笑的男生，長得蠻好看的，但個子不高又調皮，被老師安排坐到講桌前面。我會記得是因為，我聽若涵姊提起過這個人，她說：「我覺得他笑起來很可愛。」若涵姊提起他時，臉頰紅通通，有點害羞的樣子。若涵姊雖然沒妳漂亮，但功課好又是班長，喜歡她的男生也不少。能被她誇讚的男生，那時就坐在我身邊。

「你怎麼會來醫院？」我努力找話題，化解彼此的尷尬。「我是陪我朋友的女朋友，」王保麟轉頭指著診間說：「她……不小心懷孕了。」聽他說得吞吞吐吐，一聽就知道是來墮胎的。「怎麼是你來？你朋友呢？」我問。「我……我朋友有事，待會就會來，他請我先陪他女朋友來，」王保麟表情緊張，似乎怕我誤會，不停解釋：「哎！那肚子裡的……小孩真的不是我的，我朋友等一下就會開車來。因為大家都是朋友，我沒想太多……也不知道會碰到妳……和妳姊。」見他一副六神無主的樣子，我心裡樂得很。

「阿玄，妳又在欺負人家？」妳正好走出來，身上多加一件粉紅色薄外套，襯得臉頰氣色更好，手裡多一袋葡萄。一定又是崔爹買的。妳最愛葡萄了。

「我哪有，他自己心虛。」我回。「我沒有！」王保麟連忙搖手，眉頭全皺在一起。

「好啦！不鬧你了，阿姊我們走吧。」我挽起妳的手，轉頭對王保麟說：「你好好在這裡等『朋友』來吧。」我特地在「朋友」兩個字上加重語氣。

「我……哎……再見……」王保麟無奈的說。離開時，我回頭看他，只見他盯著妳的背影，兩頰酒窩笑得更深了。

「阿姊，恭喜喔！」我說。「恭喜什麼？」妳一頭霧水。「又成功招惹一隻蒼蠅。」我回。「妳很沒禮貌欸，幹嘛說他是蒼蠅！那我不就是大便？」妳瞪我一眼。「我記得我說敏誠哥是白豬的時候，妳可沒有反擊喔！」「陳、如、玄！」妳露出惡狠狠的眼神。我只好乖乖閉嘴。

連續一個月，妳天天帶葡萄回來，搞得我胖了兩公斤。阿母和我都以為是崔爹託妳帶回來的，阿母還親手做一籠艾粄，要我帶去醫院給崔爹。我照例在門口等妳下班一起回家。

從長春醫院回家有兩種走法，一種是走中正路，直直走就可以到家。另一種是走河邊小路，接近火車站時，再越過中正路回家。我習慣走大街，妳愛走小路。妳說那條河會讓妳想起淡水河。這兩條河一點也不像，光是河寬就差了十幾倍。但妳就愛看河看海，有時放假，還會拉著我去新豐海邊，什麼也不做，買罐汽水，坐在岸上看海。妳偶而會提起在淡水唸書的時光：「人很奇怪，以前住在淡水河邊，常想什麼時候畢業可以離開？現在離開了，又很懷念那時候的日子。」

我也常想起在台北唸書的時光，做功課、趕報告，抱怨哪個老師，討厭哪個同學。下課後，和同學一起吃飯、聊天，偶而看場電影。大毛不用打工時，我們會相約一起去動物園。讀書時光過得特別快，轉眼回到湖鄉。我們帶回的那些在台北買的衣服，老是被阿母嫌做工粗。她不顧我們的抗議，偷偷丟掉幾件。不過，阿母年紀也大了，做衣服耗眼力，她不得不同意我們去市區買成衣。

河邊小路還是泥土地，沿岸長滿芒草，夕陽下，閃著金黃色光芒。小河的水不深，布滿大小不一的石頭，幾隻灰黑肥美的吳郭魚在河裡游著。這些魚之所以長得這樣好，是因為小河對岸有間殺豬寮。殺豬寮是個半開放式的紅磚房子，裡面掛著幾個沾血鐵勾，每天清晨都可以聽見豬隻哀淒的喊叫聲。牠們的肉和內臟進了市場，血液和廢棄物流向小河，成為吳郭魚的大餐。那附近老飄散著一股血腥味和腐臭味，靠近時，我們都會加快腳步通過。

走過殺豬寮就可以看見一座小拱橋。我聽見吉他的聲音，只見一個男生靠在橋邊撥動著琴弦。他一見到我們，就把吉他收進袋子裡，朝我們揮手。我才認出來，他是王保麟。他的手腕上掛著紅白相間的條紋塑膠袋，裡面裝著黑得發亮的紫葡萄。

「小玄！」他吃驚的看著我，結結巴巴的問：「又……又等妳姊下班啊？」「怎樣？有意見嗎？」我反問。「當然沒有。」他露出慌張的表情說：「我……我剛練好一首歌，要不要一起聽聽看？」

「在這裡？」我可不想站在橋上聽他彈吉他。「可以去伯公廟。」王保麟指著不遠處的伯公廟說。我們這附近有兩間伯公廟，一間在市場出口，一間在小河邊。市場伯公廟前有個算命攤和修鞋匠，因為位置靠近市場，小小的伯公廟總是擠滿了人。河邊的伯公廟離大街有段距離，我們稱庄下伯公廟，晚上有不良少年聚在這裡喝酒，平時燒香的人也不多。阿母比較常去市場伯公廟，很少來這裡。妳上班也只是經過，沒有走近。「那裡有石頭椅，妳們可以坐著聽。」王保麟補充說。

「毋好聽，你就知了！」妳說。妳看似恐嚇，語氣卻很親暱。我們跟著王保麟走進伯公廟，伯公廟後方被幾棵大榕樹包圍，讓伯公廟顯得更隱密。伯公廟中間是祭祀的木桌，入口中央有香爐，一支粗大的線香燒了一半。

王保麟走進伯公廟，雙手合十拜了拜。我們坐在左邊石椅上，王保麟坐在我們對面。他打開背袋，拿出木吉他。把吉他抱在懷裡，右手撥弄琴弦，調了調音，左手按和弦，右手指頭在吉他上跳動，發出好聽的聲音。他瞇起小眼睛，唱：

呆呆　我永遠記得　你說愛要好好藏住　別讓人知道
呆呆　我也還記得　你說愛要懂得含蓄　別輕易付出
歷久會彌新　我不了解　匆匆離開了你
時間是考驗　我不了解　匆匆離開了你

我不得不承認，他的吉他彈得真好，即使曲調簡單，但指法時快時慢，變化萬千。他唱歌的聲音和說話不大一樣，說話有點孩子氣，唱歌時字字句句都充滿感情。我想，以他的程度，到木船民歌餐廳駐唱也沒問題。妳目不轉睛看著他，一臉陶醉。不要說妳，連我也被他的歌聲迷住。到今天，我都還記得這首歌怎麼唱：呆呆！我永遠記得，你說愛要好好藏住，別讓人知道……咳……咳咳……

自從王保麟出現後，我很少聽到敏誠哥的消息。就在我快忘記這個人時，接到一通電話。

「喂？」電話那頭停頓幾秒鐘，才聽見一個遲疑的聲音說：「是……如玄嗎？我是敏誠，妳姊在家嗎？」「敏誠哥嗎？」我故意說得大聲點，讓坐在我身邊的妳聽見。妳點點頭。「等一下喔。」我說，接著把話筒遞給妳。妳用手遮住話筒，壓低聲音說：「對不起，最近比較忙。……美國，我就不去了。」聽妳一說，我才想起妳之前跟我提過，敏誠哥的大哥在美國工作，想讓全家移民到美國去。妳掛上電話嘆口氣。我不知道應該為妳留在台灣而開心，還是要為敏誠哥感到難過？

妳和敏誠哥分手的事，阿爸最後一個知道。當時他在喝茶，隨口問妳：「敏誠仰恁久無來？盡無閒？」「我們分手了。」妳輕描淡寫的說。阿爸差點把剛喝進去的茶吐出來，大罵：「恁好的親事，妳知自家佇做麼个無？」妳不說話。我們長大了，阿爸就算再生氣，也沒辦法拿竹修仔揍我們。阿爸一氣之下拿起外套就出門。

等他回家已經接近凌晨。他喝得大醉，被阿榮叔扛回來。阿榮叔把阿爸在木椅上放平，吩咐我們：「妳阿爸邊食酒邊哭，講麼个好毋簡單畜大妹仔，仰恁毋會想，好好先生娘講毋做就毋做。」阿榮叔搖搖頭說：「妳爸就好面子的人！逐擺講明年要請人客，阿月要做先生娘。哎！可能係感覺沒面子，恁老還哭得像細人。你兜莫怪他。」「知啦！阿榮叔，承蒙你帶佢轉。」我向阿榮叔道謝，拿出桌下的毯子蓋在阿爸身上。我忽然發現，小時候覺得長得又高又壯的阿爸，一躺下來，變得好小好小。好老好老。

Tape4

A面

我們的小鎮常有各種八卦傳來傳去，大部分都圍繞在女人身上。好像男人天生自帶雷達，可以避開謠言的攻擊。即使故事裡有男女主角，被加油添醋的往往還是女人。就像那些白玉樓的女人們，人人都有自己的故事，男人去嫖妓，被罵的是妓女，不是嫖客。阿母曾在我面前罵白玉樓的細妹人「毋知見笑」，好像她婚姻中的不幸都是她們害的。

我曾聽到一個八卦，跟妳有關。告訴我的是國中麻吉美玲。美玲是聽她媽媽說的。她的媽媽是全職家庭主婦，早上逛早市，下午逛黃昏市場，湖鄉八卦沒一個能逃過她的眼睛。這個謠言有各種版本，我知道的是美玲的媽媽把各種版本七拼八湊的結果。美玲說，王保麟和妳去市場，他突然抱起妳，把妳扛在肩上。妳知道，對保守的湖鄉人來說，這是電視劇裡才可能出現的舉動。

美玲比手畫腳說：「王保麟追妳姊的時候，還有一個女朋友。」明明當時我們身邊沒有別人，美玲卻刻意壓低音量。「真的嗎？」起初我非常懷疑。「是真的！就住在市場旁的那條街，美美自助餐的女兒。」美玲一臉認真。美美自助餐我去過，有一次，阿母趕做衫沒空做飯，特地叫我去那裡包便當。

老闆娘皮膚白、眼睛大，雖然已經五十多歲，身材發福，還是看得出年輕時是個美人。她把蓬鬆捲髮用魚尾夾紮在腦後，耳朵上綴著金耳環。她問我要點什麼？我才點完餐，她手裡的保麗龍便當盒已經裝好熱呼呼的白飯和配菜，接著再夾起剛炸好的雞腿塞進滿滿的便當裡，問：「要灑胡椒嗎？」見我點頭，拿起銀色鋁罐，把白胡椒灑在剛炸好的金黃雞腿上。美美自助餐的雞腿外皮酥脆，咬下去肉質鮮嫩多汁。難怪大家都稱讚美美的炸雞腿特別好吃。

美美自助餐沒有招牌，但湖鄉的人都叫它美美自助餐。我聽過兩個說法，一個是老闆娘的名字有「美」字，另一個是老闆娘是阿美族人。她是外地人，幾年前搬來湖鄉，帶著一個跛腳的女兒，卻沒有老公。湖鄉流傳著她老公沒辦法接受女兒小兒麻痺，離開她們。還有，老闆娘以前是做「黑的」，不乾淨，女兒才會得這種病。沒人知道真相到底是什麼，大家還是常去光顧美美自助餐，每到用餐時間，美美自助餐前就會排著長長的人龍。

阿母向來自愛，最怕有把柄落在愛嚼舌根的鄉民嘴裡。那些阿婆阿姆阿妗來阿母的店挑布、量身，嘴巴也沒閒著，最愛說三道四。那些八卦就是這樣一個傳一個，越傳越離譜。但我從沒想過，妳也會成為流言的主角。

美玲坐在床上，抱著妳的頑皮豹繼續說下去：「那個女的也長得很漂亮呢。下巴尖尖，鼻子又挺，愛穿寬寬大大的民俗服飾，很有那個三毛的味道。」說到這裡，她露出惋惜的表情：「不過，就是有點可惜。」「可惜什麼？」我問。「她小兒麻痺，左半邊身體不方便，就是因為這樣，才愛穿那種寬寬大大的衣服，遮住那隻腳。」美玲的話喚起我的記憶，在美美自助餐時，老闆娘身後還有一個女孩子。年紀可能大我幾歲，她右手戴著塑膠手套，抓起醃過的雞腿丟進熱騰騰油鍋裡，油鍋發出滋滋渣渣的聲響。「她雖然有小兒麻痺，但是很上進，功課不錯，還會彈鋼琴……」美玲說。

我突然覺得肚子有點不舒服，好像吃下肚的雞腿在抓著我的胃。美玲見我有點不對勁，問：「怎麼啦？」「可能……早上吃壞肚子。」才說完，我抱著肚子衝向廁所。

隔天，我從幼稚園下班，特別繞去美美自助餐。美美自助餐在市場後面的那條街上，那裡專賣雞鴨牛豬，地面總是混雜著血水。外圍街道有整排商店，兩間麵攤、五金雜貨店和一間銀樓，銀樓隔壁就是美美自助餐。

我刻意戴口罩，假裝散步「路過」。那時是下午，餐盤都收拾乾淨，門口木門半掩，餐檯上放著一個個倒蓋的空盤。店內有兩張桌子，全靠牆擺放，每張桌子配三張鐵板凳。我隱約聽見鋼琴聲自樓上傳來，不是貝多芬莫札特的那種古典樂，而是一首旋律簡單的歌。王保麟曾唱給我們聽的〈給你呆呆〉。王保麟彈唱時，眼睛不時看向妳，一副深情的模樣。美美自助餐的琴聲有時彈得過分用力，有時又輕得像在哭泣。

每次看見王保麟送妳回家，你們依依不捨的樣子，我實在說不出口有關美美自助餐的事。下班後，我也猶豫該不該繞去美美自助餐的那條街？不知道為什麼，我總隱隱覺得有什麼事會發生，我只想確認「她」沒事。每次聽見琴聲，我就鬆了口氣。她還在，她沒事。她有時也會彈別首歌，江蕾的〈楓林小橋〉、鄭怡的〈微風往事〉。那些歌我全都聽過，聽王保麟彈過。

三個月後某一天，琴聲消失了，又過一段時間，美美自助餐大門緊閉。我不知道該問誰這件事，只好問美玲。美玲瞪大眼睛說：「妳不知道嗎？聽說那女的跳河，就是庄下伯公廟旁的那條河。」我的心跳漏了一拍，問：「後來呢？她怎麼樣了？」「人沒死，被救起來了。」美玲指著自己的腦袋瓜說：「但是，這裡好像變得怪怪的，她媽媽受不了別人指指點點，帶著她走了。」聽到這裡，我竟然沒有為那女人感到傷心，反倒替妳鬆了一口氣。人果然還是自私的。

半個月後，美美自助餐變成唱片行。車站前開了新的自助餐店。每當我經過唱片行，不管正在播什麼歌，我卻老想起二樓傳來的琴聲。

沒過多久，王保麟向妳求婚，妳答應了。我選擇把美美自助餐的事吞進肚子，不告訴妳。就像阿母、阿舅和林旺的故事一樣。

差不多同個時間，大毛向我求婚，被我拒絕。

那天，是我們的大象日。這是我們訂的節日，每隔三個月的二十號，紀念第一次一起去動物園的那天。我們會特地請假，一起去台北動物園，看看林旺和馬蘭。在我們熟悉的圍欄邊，我想著妳的事，望著林旺發呆。大毛突然塞了一個東西到我手裡。我拿起來一看，是個紅色絨布貝殼狀珠寶盒。我打開盒子，裡頭有一只白金戒指，上面鑲著一顆小小的鑽石。這東西要花大毛好幾個月的薪水。「可以嫁給我嗎？」大毛問我，一臉誠懇。我們在一起五年了，對大毛，阿母只說：「沒爺哀[19]在，會盡辛苦喔。」阿母擔心沒公婆幫忙，婚後我會很辛苦，倒沒因為大毛是孤兒，阻止我們在一起。是我自己對婚姻猶豫了。

我可以想像，只要點點頭，戴上戒指，我就會成為大毛的妻子，他孩子的母親。我跟妳說過，大毛是孤兒，一直想組織一個完整的家。男主外、女主內，嫁給他，我只要照顧好小孩、按時煮三餐。但我看著林旺和馬蘭，想起為家庭奉獻一生的阿母，想起妳即將步入那條路，卻突然感到害怕。這不是我要的。起碼不是那時的我想要的。

我拒絕了大毛。我看見他盡力掩飾失望和憤怒。我知道，我深深傷了他的心，為了這天，他一定準備了很久。也許昨晚根本沒睡。咳……即使我不願意，還是傷害了他。我們從那天開始漸行漸遠。咳……咳咳……

B面

妳的婚禮在百齡樓舉行。百齡樓在鄉公所右後方，是一棟三層樓高的建築。剛剛開業不久，辦過幾場婚禮。百齡樓每層都有一台立式強力冷氣，那時喜宴大多是流水席，最怕遇上大熱天，新郎新娘常常汗流浹背，模樣狼狽。有了冷氣，至少不用怕妝花掉。比起流水席，年輕人更愛百齡樓。

我是妳的伴娘，伴郎是王保麟的好友，那個讓女友墮胎的男人。

妳進場穿的是件白紗禮服，婚紗是阿母陪著一起挑的，阿母嫌婚紗店的婚紗做工粗糙，不該露的全露。千挑萬選，好不容易挑上一件。婚紗胸前有一片蕾絲，腰間繫著粉紅色蝴蝶結。我的伴娘服是平口小禮服，裙襬短，方便移動。我在妳後面扶妳，一前一後走出我們的房間，慢慢下樓。王保麟牽著妳跪在阿爸阿母面前，阿爸的脖子繫著妳買給他的深紅色領帶，阿母穿訂製洋裝，粉紅底滾金邊，貴氣十足。阿母交給妳兩把扇子，隔著頭紗，我看見妳的眼眶泛淚。拜別父母後，妳跨過門檻，坐上綁著甘蔗的黑頭

19 爺哀：客語，父母。

車。車子一啟動，妳把其中一把扇子丟到車窗外，王保麟的弟弟把扇子撿起來，媒人婆在一旁念：「丟掉毋好的習慣，把好習慣帶到婆家。」阿母拿一盆水往外潑，代表嫁出去的女兒是潑出去的水。從此，妳就是王家的人。

妳上車後，我坐上後面的另一台轎車。目的地是王保麟的家。兩家一個在街頭、一個在街尾，為了在算好的時辰抵達，車子特地多繞一圈，最後停在王保麟家門口。我下車扶妳。妳穿著厚重的婚紗，手心卻冰得發涼。妳走在前頭，背後的粉色蝴蝶結把妳裝扮得像人型禮物，從一個家送到另一個家。妳跨過火盆、踩碎瓦片，正式進了王家的門。儀式一個接一個，奉茶、祭祖、吃湯圓，每個動作都有背後的意義，而那些意義不外乎是在告訴妳，放下過去一切，做個好媳婦。

儀式好不容易結束，我們再度坐上車，開往百齡樓。進場時，百齡樓沒有電梯，妳得爬上二樓。我站在後面幫忙拉著妳過長的裙子。妳一手扶欄杆，一手拉裙子，一階一階吃力向上爬。

雙方主婚人致詞、鄉長致詞、鄉民代表致詞……，那些鄉裡有頭有臉的人物都來了。阿爸笑得合不攏嘴，一一舉杯敬酒。妳說要結婚時，阿爸只冷冷回一句：「妳就毋要後悔！」然而，在今天這樣的場合，好面子的阿爸不停吹捧王保麟，說他將在湖鄉開第一間西餐廳，說他打敗多少醫生才追到妳。比起阿爸，阿母顯得特別安靜。只有阿姆阿妗稱讚她今天的打扮時，她才點頭微笑說一聲：「承蒙。」

敬酒時，妳換上紅色旗袍，露出纖瘦手臂，側邊開岔可見若隱若現的小腿。這套旗袍是阿母特別向新竹老旗袍行訂製。妳把頭髮梳成包頭，旁邊墜著幾朵紅花和珍珠。藍眼影、鮮紅嘴唇，把妳變得更加成熟。一桌接著一桌，我跟在妳後面，陪妳敬酒。當然，我杯子裡的不是酒，是汽水。其中一桌是福伯、大摳叔和阿榮叔，喜宴才剛開始，他們已經半醉，眼睛盯著妳的小腿和蜂腰，舉起酒杯，拍拍王保麟的肩膀說：「恭喜喔，討到恁靚的餔娘！」我想起很久以前，跟著妳和阿爸參加過的那場喜宴。突然覺得噁心，捂著嘴，趕緊下樓，在百齡樓旁的水溝吐起來。嘔……咳咳……

姊，如果時間重來，妳還會選擇結婚嗎？現在的妳想必會拚命搖頭，告訴我絕對不要。然而，若妳真的回到過去，答案還是這樣肯定嗎？

回想妳剛結婚的那段日子，也曾有過幸福快樂的時光吧？我記得，妳辭掉醫院的工作，在王保麟的鼓勵下重新去新竹學畫。妳當時還得意的笑著跟我說，楓林牛排館的裝潢全是王保麟一手包辦的。還有可樂，妳的第一個孩子，她是那麼聽話、可愛。

我一直不清楚後來究竟是發生了什麼事？一切轉變都來得那麼突然。

我還記得，那天早餐是阿母煮的地瓜粥，有點燙。我得吹涼再吃，花了比平常多一倍的時間吃早餐。剛抓起背包，準備趕去上班，客廳電話突然大響。我接起電話，心裡還在奇怪：這麼早會是誰打來？

「喂？哪裡找？」我接起電話。「我是湖鄉火車站的站務員。請問是陳如月的家人嗎？」是個男人的聲音。「我是她的妹妹。她怎麼了嗎？」我當然是妳的家人，但妳已經結婚了，站務員怎麼會打來我們家，而不是王保麟家？「她人在火車站，麻煩來帶她回去。」站務員說，語氣有點不太高興。我隱約感覺到一定是妳和王保麟發生什麼事，立刻回：「我馬上過去。」

我穿上布鞋，越過大馬路，跑向火車站。我看見妳躺在站內長型木椅上，長髮散落椅子四周，全身酒氣，衣衫不整，左手還抓著一瓶威士忌，腳邊還有幾個空的啤酒罐。我趕緊把外套脫下來，蓋在妳的身上。一個大概四十歲、頭髮微禿，身上穿制服的站務員走過來，問我是不是妳的家人？我點點頭。他告訴我，他一早來值班就發現妳坐在椅子上喝酒，問妳家裡電話，迷迷糊糊說了幾個數字。還好電話是對的，否則他就要報警了。

我不停向他賠不是。他走後，我坐在妳身邊，妳一頭乖順的長髮亂得不像話，我用手指幫妳撥開瀏海，把頭髮稍微梳順。妳飽滿的額頭微微泛紅，阿母從前說過，妳出生時額頭又圓又亮，阿爸說像月娘，才取如月這個名字。妳從小就被阿爸訓練得很能喝酒，我從沒看過妳醉成這樣。這次，妳喝了很多很多吧。人說有月圓就有月缺，我希望妳可以平安度過月缺的時候。

妳醒來已接近中午。我向站務員要了一杯濃茶和塑膠袋。果然，妳剛坐起來就開始吐。我輕輕拍妳的背，問妳到底發生什麼事？妳卻什麼都不說，只說妳再也不要回去了。

妳向來說到做到，妳再也沒回王保麟的家。即使王保麟用女兒威脅，如果離婚，就不要想再見到可樂。王保麟還跑來家裡鬧，其中一次，徒手把阿爸平時喝茶的木桌，捶出一個大裂縫。他的手滴血，眼睛全是血絲，可憐又可怕。最後還是阿母拿起電話，瞪他說：「你毋走，偃黏皮[20]報警。」王保麟一聽到「報警」二字，才不情不願離開。

你們離婚的事鬧得全湖鄉的人議論紛紛。阿爸氣得發抖，罵妳：「頭擺喊佢莫嫁，結果這下呢？絡我面子瀉盡盡！」阿爸故意在阿母面前說，表面在罵妳，其實是連阿母一起罵。我看不過去，說：「好了啦！麼个面子，做得食係無？」妳知道，我實在受不了阿爸每次開口閉口都是面子，好像女兒生下來，唯一的功能就是嫁個好人家，當個好

20 黏皮：客語，馬上、立刻。

媳婦，保全他的面子。「妳講該麼个話？」阿爸氣得想舉起手打我，我躲到阿母後面。只見阿爸「哼」一聲拿起外套就出門。

阿母回到房裡，鎖上門，久久沒有出來。再出來時，手裡拿著一條金鍊子。她把金鍊子交給妳，對妳說：「去別位尋頭路，這地方妳待毋下去了。」湖鄉很小，流言很吵。這是妳第二次成為流言的女主角。有人說，妳嫁過去才發現王保麟家沒什麼錢，看不起夫家才想走。還有的人說，妳結了婚還常搭車去新竹，一定是在外面跟人亂搞，還墮過胎。阿爸阿母再也承受不了，只好叫妳走。

妳收下金鍊，邊哭邊收拾行李。離開前，妳丟掉一些本來還留在娘家的東西。像是抽屜裡妳最寶貝的畫具，妳嫁給王保麟的時候，曾要我好好替妳保管，現在卻通通丟掉。妳說，沒有什麼東西值得留戀。

隔天一早，妳帶著簡單的行李去火車站。妳沒吃早餐，阿母特地做了飯糰要我拿去火車站給妳。怕趕不上妳的火車，我向站務員打聲招呼，跑向月台。火車停在月台邊，月台上不見妳的人影。「阿姊！」我大喊。只見妳從其中一個車廂的車窗探出頭來，長髮隨風飄著。我向妳跑去，把飯糰塞給妳。這時，車站廣播響起，火車慢慢駛離月台。我不停朝妳揮手，喊：「好好照顧自家。」妳點點頭，笑得勉強。臉色像這灰濛濛的月台，一點血色也沒有。

第三章　林鳥分飛

如月坐在洗澡間的塑膠板凳上，拿藍色水杓舀起鋁盆裡偏熱的水，輕輕澆淋身體。讓清澈透明的水沿著頸肩往下流去，流過她微凸的乳房、扁平的肚子，和毛髮濃密的下體。她拿起只剩薄薄一片的水晶香皂，往身上抹去。這是她工作後，用薪水買的，阿爸嘴上喊浪費錢，但自從她買了以後，也習慣用這款香皂。她喜歡蒐集香皂，尋找合適的香味，好洗去醫院工作的酒精味、消毒藥水味、血液的腥味。還有那個病患母親身上，濃得化不開的油耗味。

「呆呆！我永遠記得，你說愛要好好藏住，別讓人知道。」這首歌忽然出現如月的腦海裡。手中緊握的香皂滑到地面。高度近視、沒戴眼鏡的如月，瞇著眼如瞎子摸象般，徒手往地面尋找香皂。好不容易在椅凳下找到薄透的香皂。她用溫水沖了沖香皂上髒污，往小腿和腳趾抹去。她看著自己完好的雙腿發愣，想起今天遇到的那名傷患。

她留著一頭長直髮，長睫毛、雙眼皮明顯。挺立的鼻子，薄薄的唇。不過，她的左腳明顯萎縮。細瘦的腿，肌肉失去彈性，腳趾扭曲變形。原來健全的右腿因為強力撞擊，骨頭碎裂，必須用石膏固定。她像一個破碎的陶瓷娃娃，散落在床上。她的眼神迷濛，口裡卻哼著歌。

如月拿起長條狀的棉花棒，沾上優碘，幫病患的傷口塗擦。優碘染黃傷口，掩蓋半凝固的深紅結痂。優碘難免會疼痛，如月從較小的挫傷開始塗擦，力道盡量輕。她看了一眼病患的名字，林美娜。這種時候，她們會跟病患說話，分散注意力。

「妳在唱什麼歌啊？」如月問。

美娜瞥過頭去，沒有回答，自顧自哼著歌。如月聽出來了，是〈給你呆呆〉，這旋律她太熟悉。如月不覺愣了一下，下手太重，只聽見美娜喊：「痛！」如月回神過來，頻頻說不好意思。突然，一股濃重油煙味傳來，強勁的力道將她推開。推開她的是個柔軟又堅硬的女人，長相與病患有幾分相似，深邃的五官，白皙的皮膚。如月猜想許是病患的母親。但那女人不知為何，惡狠狠的瞪著她，似乎誤會了什麼。

如月正想要跟她解釋自己正在上藥，學妹突然跑進病房，將如月拉了出來。

「學姊，這裡我來處理就好了。」學妹悄聲說。

「為什麼？」如月不解的問。

「警察說，他們在橋下發現傷患，他們懷疑是自殺。」學妹說：「『她』跟我住同條街，美美自助餐。我認得她，但不熟……」

「妳到底想說什麼？」如月問。

「她跟王保麟在一起過。」學妹望著病房的門口說。

王保麟常到醫院接她下班，有時買東西請大家吃。醫院上上下下沒有不認識他的。如月聽得出學妹話中有話，她得向保麟問清楚。

「這裡先麻煩妳，我去其他病房。」如月強作鎮定說。

「交給我吧，學姊。」學妹說完，推著裝滿藥物的推車走進病房。

下班後，如月剛走出醫院，見王保麟坐在醫院門外的塑膠椅上，一如往常滿面笑容等她下班。她拉著王保麟快步往小路走去。「怎麼了？」王保麟問。如月把學妹告訴她的話，全告訴王保麟。

「我們以前在一起過。她……她還好嗎？」王保麟眼神閃爍，不停搓揉雙手，每當他心虛時，就會出現這個動作。「腿部骨折，上半身挫傷。」如月冷冷回，像在朗讀病例表。為什麼那女人要唱那首歌呢？她的母親又為何對自己懷有恨意？這下，如月全明白了。即使她不覺得自己做錯什麼事，卻成為事件的主角。

他們一路沉默。到轉角時，如月對王保麟說：「送到這裡就好了。」如月轉身離開，不想回頭。

回到家後，她沒有吃晚餐。吃不下，肉類腥味讓她想吐。她只想洗澡，把自己洗乾淨。

如月拿起勺子，舀起水，從頭沖下，想把那些附著的髒污徹底掃除。她想，她需要一段時間冷靜，好好想一想她和王保麟之間的關係。王保麟的臉、林美娜破碎的雙腳，讓她聯想起人魚公主。第一次知道這故事，她只有六歲，從堂姊那借來故事書，指認注音符號，一個字一個字讀完。當時，她為人魚公主流下同情的淚水。如今，她竟成奪人所愛的鄰國公主，林美娜是終將化為泡沫的人魚。那麼王保麟呢？在這個故事裡，他為何毫無責任？如月舀起水往臉上潑去，淚水混著洗澡水，分不清彼此，它們一同往下流往地面，成為或大或小的泡泡，向低處出水孔流去，往看不見的黑暗陷落。

那天之後，她和王保麟一個星期沒聯絡。她的心仍然混亂。她刻意避開小路，走大馬路回家。那條河、那座橋，有王保麟的影子，也有林美娜悲傷的低鳴。然而，她卻那麼懷念那條河。湖鄉唯一的河。倘若沿著河，不停往下游走去，就是海洋。

這天，即使她有意避開，腳步卻往河邊小路走去。入秋後，小河的水更淺了，芒草卻依舊茂盛，隨風起舞。如月閉上眼睛，慢慢往前走，這是屬於一個人的遊戲。走了一小段路，難聞的腥味傳來，是殺豬寮。如月睜開眼睛，向前奔跑。

遠遠的，她看見橋上有人，那寬闊的肩膀和身形，是王保麟。風有點大，他在T-shirt 外罩上牛仔夾克。如月止住腳步，想回頭繞道而行。但來不及，王保麟看見如月，朝她露出燦爛的笑容，彷彿他們之間從來沒有發生過任何事。王保麟朝她走來，開口說：「我等妳好久了。」如月沒回答，只是直直看著他的眼睛，心想：他是指今天等她很久了？又或是天天來這裡等她？「是我不好，沒有處理好上一段感情。以後不會了。」王保麟深情看著如月，用誠懇的嗓音說。接著，從紙袋拿出長方形木盒遞給她。木盒上的雕紋相當精緻，除了四周有菱形邊紋，中間還雕著一朵蘭花。

「這是什麼？」如月問。「妳打開看看啊。」王保麟一臉神祕。如月接過木盒，打開它。只見裡面放著三支大小不一的毛筆，兩支狼毫、一支羊毫，還有一塊硯台和墨條。「喜歡嗎？我找了很久，我記得妳小時候很會畫畫，我們那個代課老師，名字我忘記了，我們都叫他目鏡枯，當著全班說好幾次，陳如月是畫畫的料。我還記得妳那時候好像得什麼獎，還上司令台上領獎……」

「你怎麼知道？」如月拿出盒裡的羊毫筆，打斷王保麟的話。「我看到目鏡枯送妳毛筆。我不是故意偷看喔，我那天剛好是值日生，要去辦公室拿全班的作業。」王保麟搔搔頭笑。一陣風吹來，初秋時節，午後溫度驟降，只穿短袖護士服的如月不自覺抖了一下。王保麟立刻脫下牛仔外套，幫如月罩上，並在她耳邊輕聲說：「妳畫得那麼好，應該繼續畫下去。」

有一瞬間，如月彷彿回到國小的教師辦公室。眼前的王保麟不是王保麟，而是目鏡牯，他熱切的目光穿透厚厚的玻璃眼鏡，對她說：「畫下去。」如月抱著木盒，蹲坐在橋邊，先是肩膀起伏，接著放聲大哭。這些年，她手拿針筒、繃帶、棉花棒，再沒拿過畫筆。沒有人知道，當她看見身體血管分布圖時，心裡想著的是原來人皮之下，竟有如此美麗的線條，那些血管由粗至細，染著由深至淺的藍色與紅色，相互交錯、連結成複雜的網絡。當同學開始將動脈、靜脈和毛細管做分類時，她仍在欣賞天生造物的奇幻之美。她壓抑對美的偏好，盡可能拿出理性，面對身體的殘缺、破敗。然而，即使是外人看來恐怖的傷口、躺在病床上發黃的病容，如月都有想要捕捉入畫的衝動。那天躺在床上恍惚哼唱的美娜，也一度讓如月有動筆的念頭。她悲傷而明媚的眼睛，修長的手指，因為處處是傷，反而更顯出殘缺的美。對這些念頭，她越是壓抑，隱藏內心的渴望越是強烈。她必須用更大的決心和毅力克制蠢蠢欲動的慾望。繪畫的慾望。她必須克制，否則，她就不是稱職的護士、乖巧的女兒。

王保麟送的禮物，推倒她多年築起的防護牆，走進她心裡。他是懂她的，她想。王保麟握住她的手，將右手伸進褲子口袋拿出鑲金邊的紅色棉袋，打開鐵扣，掏出一枚純金戒指，跪在地上問：「妳願意嫁給我嗎？」如月還沒反應過來，王保麟已將戒指套上她右手無名指。如月想收回手，但王保麟的眼神像隻乞求憐愛的小狗，叫她不忍拒絕。她不再掙脫，看著純金戒指，喃喃自語說：「我真的還能畫嗎？」

婚前，王保麟對如月說過，想在小鎮開一間牛排館。「小鎮第一間西餐廳。」王保麟用讚嘆的語氣說這句話，好讓所有人知道，這是多麼了不起的想法。湖鄉人約會，不是去大眾飯店，就是去冰果室，想喝咖啡得搭火車到新竹市區。如果有一間西餐廳座落在小鎮，想約會的人們就不必跑遠。

「錢呢？」如月問。這是她最關心的問題，裝潢西餐廳得先要有資本。

「放心，我阿爸會支持我們的。」王保麟一副絕對沒有問題的樣子。

婚後，王保麟先是要她辭去工作，和他一起籌備西餐廳。他們幾乎吃遍鄰近市區的西餐廳、牛排館。王保麟說，這是「考察之旅」。每到一間新餐廳，王保麟如闊少般，點店內最貴的套餐。對一畢業就工作的如月來說，金錢規劃很重要，有多少錢做多少享樂。王保麟花錢如流水的態度，讓她感到不安。尤其，那不是他們賺的錢，是公公少年離家打拚多年，辛苦攢下的積蓄。

王保麟和她一樣是老大，兩人從小受到的待遇卻大不相同。身為長女的她，自小被教導要照顧弟妹，工作後薪水得拿出一半，分擔弟弟們的教育費。王保麟卻相反，長子金孫的他，集萬千寵愛於一身，不僅長輩疼愛，弟弟妹妹也對他唯命是從，讓他總以為別人待他好是理所當然。

新婚的新房就是最好的例子。新房合併兩個房間，王保麟的兩個妹妹被迫搬到陽台邊的雜物間。這房間不僅是家中最大的，也是最豪華的。入門有獨立玄關，左邊放著橢圓滾邊立鏡，正面是鞋櫃，連著長形梳妝台，地面鋪著深紅色地毯，雙人床上掛著公主帳，是王子為公主特意打造的城堡。王保麟不想如月在外面工作，拋頭露面，如月猶豫再三，最後聽他的話辭去工作。

選購餐廳裝飾品時，兩人幾次發生口角。王保麟不計成本，買下昂貴的吊燈、銅製雕像，以及兩座放在門外的天使雕塑。小天使們全身裸露，雙手上舉，頂端放著兩盆綠色植栽。光這些就要她好幾個月的薪水。只要店家喊他「頭家」，再多美言幾句，王保麟就被哄上天，買下價格昂貴，又沒有必要的東西，眉頭也不皺一下。每當如月勸他再想一想，不要立刻下決定。王保麟就板起臉，認為如月不給他面子。幾次後，如月也不再多說。

還好，王保麟雖然念的是藥學系，但跟她一樣，從小愛畫畫、做工藝品。這次裝修除了天花板、吧檯請木工師傅來施工，其他都是王保麟親手布置，倒是省下不少錢。他為牛排館取名「楓林」，如月猜，這是因為他很喜歡〈楓林小橋〉這首歌的緣故。另外，王保麟其實很愛往山上跑，還沒結婚前，他經常邀約三五好友爬山、野營。如月不愛這種旅行，她堅持睡覺就要睡在有屋頂的房子裡。但王保麟偏偏不是，如月曾看過一張王保麟還在讀專科時期的照片。他獨自一人躺在一棵高大的樹上，雙手交疊在後腦，背倚樹幹，一副自在怡然的模樣。

「你不怕有蛇或是蟲嗎？」如月皺眉，露出嫌惡的表情。

「牠們才怕人類吧。」王保麟笑說。

喜歡山的王保麟，不知道從哪裡弄來一卡車楓樹皮，細心將它們裁成長條狀，拼滿一樓牆面。天花板垂吊著假樹藤，桌椅的材質不是木頭就是藤編。若不是那些吊燈、古銅裝飾，整間西餐廳簡直就像電影《泰山》的場景。

王保麟喜歡一個人做這些事，他沒有請幫手，也不讓如月插手。過去天天上班的如月，沒上班後，頓時感到空虛。她的日常在料理三餐間打轉，婆婆是煮食好手，她跟在一旁學習。早餐煮稀飯配燙青菜、煎雞蛋，午餐有煎魚、炒青菜和一鍋熱湯，晚餐口味稍重，最好滷一鍋滷肉，讓全家十口人可以配一大鍋飯。

從小，如月和妹妹一起分擔家務，阿母煮菜，她們輪流洗碗。如月不喜歡進廚房，說不出具體原因，也許是不喜歡雙手油膩膩的，常想方設法和妹妹「換工」。像是拿零用錢買麵包請妹妹吃，或是本來是妹妹要負責拖地，改成她來拖地，妹妹幫忙洗碗。

「恁無愛入灶下，下擺嫁人仰結煞[21]？」阿母曾念她。她後悔當初沒聽阿母的勸，早知道多跟阿母學一點做菜技巧，否則乾脆不要結婚。每天起床，從房間走到廚房，對如月來說簡直是心理上的酷刑。比起進廚房，她寧可去醫院上班。但她沒告訴王保麟，說了也是白說。她可以預知王保麟的反應：「我們的餐廳就要開了，難道妳到時候又要辭職嗎？」

為了讓如月多一些參與感，王保麟告訴如月，「楓林」的餐墊紙要放她的畫。「如果這樣，我想去學畫。」如月說。每個來楓林的客人，還沒吃東西前，會先看見她的畫。她太久沒有拿筆（偶而在日記塗鴉的不算），實在很怕丟臉。如月開始找畫室。王保麟曾提到堂叔公在祖堂教書法水墨，如月拒絕了。她不想給親戚教，更不想留在湖鄉。她想畫畫，也想藉此離開廚房，哪怕一天也好、一餐也好。她找來電話簿，坐在二樓客廳藤椅上翻找，「蘭生畫室」四個字吸引她的目光。蘭生讓她想起一個人。有可能是他嗎？如月鼓起勇氣，照著電話簿上的數字撥通電話。

「蘭生畫室。」是年輕女孩的聲音。

「妳好，我想報名水墨。」如月依稀聽見女孩轉頭向另一人說明，約莫一分鐘後，女孩聲音再次出現：「老師請妳直接過來。時間是下星期四下午兩點，ok嗎？」「好。」如月回。女孩報完地址接著說：「二樓有種九重葛的那棟大樓就是。妳跟管理員說是蘭生畫室的學生，就可以搭電梯到二樓。」「好，謝謝。」電話掛上。她真的要畫畫了。她小跑步飛奔下樓，盡量掩飾內心的激動。只見王保麟仍在吧檯前釘木片，「楓」已經釘牢了，另一邊是「木」，還未成林。如月忽然不想打破這片刻，站在樓梯邊，看著他滿身是汗，口裡哼著〈楓林小橋〉，輕敲鐵槌，打造這片屬於他們的楓林。

如月告訴婆婆她要去學畫，星期四做好午飯就出發去新竹，回來可能來不及做晚餐。婆婆起初還搞不清楚，問：「學麼个畫？要做麼个？」「水墨畫。用毛筆寫的，像這樣……」如月拿起手沾了洗碗槽的水，在平常剁肉切菜的木頭砧板上，畫出一朵花，配上葉子。「這還要學嗎？」婆婆嘀咕道。如月不管她，洗著滿溢的碗盤，口裡哼著歌。她知道向來怕兒子的婆婆，就算對她學畫有意見，也不敢反對。

蘭生畫室的地點在新竹市後火車站，一棟九層樓高的大樓。外牆瓷磚是白色的，瓷磚看來還新，大約是這幾年蓋的。如月抬頭看見二樓窗台上有一株茂密的九重葛，它沿著窗台爬上招牌。白底藍字的招牌，中央寫著「蘭生畫室」，「蘭」不見花，只存細瘦莖葉；而「生」宛如枯瘦的老藤，用盡最後力氣攀附在招牌上。左邊小字是「水墨水彩油畫」，右邊小字則是「美術班升學」，底下有一行電話號碼，正是她幾天前撥的電話。

如月依照女孩說的，向管理員打聲招呼。管理員是個六十多歲的老人，稀疏頭髮整理成中分，散發濃郁的髮油味。「電梯二樓左轉就是。」老人說完低頭看報。如月按了電梯到二樓。大樓一層有四間房，左邊那間門口放著鞋架，地面還擺了幾雙鞋子。鞋櫃上放著一盆蘭花。如月深吸口氣，按下門鈴。一個瘦高女孩開門，她上半身穿寬大上衣，下半身是極短牛仔褲，露出纖細雙腿。

「妳好，我打過電話，報名水墨課。」如月說。「先換鞋子再進來。」女孩的聲音有點冷漠，像在發號施令。如月換好拖鞋，跟著女孩走進畫室。一進門是一面白板，白板上紀錄當月上課時間，右上角有一個「倒數五十九天」的紅字。穿過玄關，就是教室。六個學生坐在位子上，前面是一張畫板，各自專心拿著炭筆、水彩筆或油畫筆，在白色畫布上畫著。

「她來了。」女孩說完，回到自己的位置上。他們都是高中生，唯獨如月二十來歲，顯得有點格格不入。如月突然想打退堂鼓。這時，老師站起身來。他戴著大眼鏡，身形不胖，肚子卻微凸。是他嗎？如月不敢確定。他一跛一跛穿過學生的畫板，走到如月面前。隨手抓來一把塑膠椅子，對如月說：「請坐。」他用沾滿顏料的手順了順稀疏的頭髮，說：「聽妮妮說，妳……妳想學水墨？」如月想，妮妮應該就是那個幫她開門的瘦高女孩。

儘管他老了許多，但他的聲音仍舊跟從前一樣。如月忍住激動的情緒，問：「老師，你記得我嗎？」他推了推眼鏡，瞇起眼，驚呼：「如月，陳……陳如月?!」「是我。」如月說，彷彿還是那個剛離開教師辦公室的學生。「妳……妳……好嗎？」不知道是不是緊張的關係，目鏡牯的結巴比剛剛嚴重。「我都好。只是沒再畫了。老師，你呢？都好嗎？你的腳怎麼了？」「這腳啊……幾……年前出……出車禍，就這樣。還……好，我……不靠腳吃飯。」目鏡牯笑答。

他帶如月走向教室後面一張大桌子。和西畫不同，水墨畫需要平坦的桌面。這張桌子和其他學生隔著一道屏幕。鋪好宣紙，目鏡牯拿筆沾墨，在白紙上運筆，一點一橫，靠著手腕的力量，畫出竹節，每一節中間保留空隙，最後加上葉子。如月練習時，目鏡牯便去指導其他學生。

如月察覺到，老師花在她的時間比其他人多。每次上課，她不僅學到新畫法，也有新發現。在畫室裡，目鏡牯是老師，但張羅一切的是妮妮，兩人關係絕對不同於一般師生。妮妮只比其他學生大個幾歲，他們喊她妮妮姊，除了如月。

我只是來學畫的，其他事不重要。如月對自己說。

除去妮妮若有似無的敵意，與其他「同學」年齡上的差距，目鏡牯仍是好老師。畫圖時的他專心一志，左手撐桌面，右手握筆勾勒出梅蘭竹菊、飛禽走獸，讓如月跟著他的筆法、節奏和順序，漸漸畫出翠竹、蘭花和麻雀。她特別喜歡畫麻雀，在地上啄食或在枝頭振翅，有說不出的可愛。畫麻雀最困難的是羽毛的輕重和靈巧的目光，羽毛太重、目光過硬，麻雀特有的靈動便不見了。有一次，她專注畫圖，沒看見老師正站在她面前。直到她聽見妮妮用甜膩的嗓音喊：「老師，這裡。」她抬頭，恰好看見老師看著她。而不是她的畫。

她告訴老師，她結婚了，但沒說對象就是王保麟。同樣也沒對王保麟說，老師是目鏡牯。她獨自搭火車，懷著好不容易點燃的一點點火苗，往返於湖鄉與新竹之間。

三個月後，楓林裝潢大致完成，準備開張。王保麟向如月要畫：「要放在餐墊紙上的，妳記得嗎？」「當然記得。那幅畫在畫室，我明天去拿。」如月畫的是兩隻麻雀，一隻站在枝頭上，另一隻朝牠飛來。麻雀終生一夫一妻，平凡而自由。她把這幅畫命名為「林鳥」。

隔天是當期最後一堂課，妮妮照例把寫有上課日期和學費的信封袋發給大家。那是牛皮紙製的信封袋，日期費用明細直接寫在封面上，大家只要在下一次上課前，把學費放進信封袋交給妮妮就好。妮妮一一發給大家，偏偏漏了如月。

「請問，我的收費袋呢？」如月問站在門邊的妮妮。下課時，目鏡牯會留在教室整理畫具。由妮妮站在門邊，向大家道再見再關門，儼然一副女主人的姿態。妮妮用一貫冷漠的表情回：「沒有妳的。妳的課結束了。」如月本來想多問幾句，甚至跟她吵，最好大聲到可以吸引目鏡牯注意，來為這件事評理。但如月什麼也沒說，連再見也沒有。出了大門，換上自己的鞋子，搭電梯下樓返家。

如月搭上火車，這輛列車會將她從新竹載回湖鄉。她可以同妮妮理論，或是，省得麻煩，畫室這麼多，她去另一間也可以。她還是喜歡畫畫，但是她也累了。中斷這麼長一段時間，重新提筆，看著那些比她年輕一輪的孩子旺盛的創作力，她常有力不從心的感慨。她錯過最好的時光。每次提筆，心中的無力感就會浮現。還有，婆家的抱怨也讓她疲憊。婆婆倒還好，麻煩的是小姑玉珠。玉珠嫁在附近，經常回娘家。每次回來，總是看什麼都不順眼，背地裡說她的不是。

有一次，她在騎樓掃地，恰好遇見隔壁的姑婆。王保麟說她是遠房親戚，輩分很大。姑婆揮扇問：「聽妳小姑講妳去學畫圖喔？」「係啊。」如月聽見「小姑」二字，知道一定是玉珠又向鄰居嚼舌根。她緊抓掃把，臉上假裝沒事，繼續掃著灰塵和落葉。「哎呦，學該兜要做麼个？細妹人還是家庭重要。像佢心臼本來佇小學教書，這下也辭掉了，佇屋家教自家細人。」姑婆邊說邊用扇子輕拍如月的肩膀。姑婆輩分高，如月壓抑怒氣，沒有頂嘴，順著話稱讚她那為家庭犧牲自己的媳婦。

她只是喜歡畫畫，她不懂，這有什麼不對？如月望著車窗倒映的模糊身影，那輪廓熟悉又陌生。似乎重疊兩個人，一個是兒時盼望學畫的她，一個是現在的她。「再見。」她在心裡對兒時的自己說：「我真的累了。」

回到家，她把畫筒裡的「林鳥圖」拿給王保麟。隔天，王保麟就送去鄉公所附近的影印店。不到一星期，兩箱餐墊紙送來，楓林牛排館正式開張。每個進來楓林用餐的客人，第一眼看見的就是那張餐墊紙。如月的畫。

王保麟問如月怎麼不繼續學？「現在要忙店裡的事，哪有時間學？」如月只說出其中一個原因，一個最無害的原因。

牛排館剛開張，光是應付湖鄉親朋舊友就忙不過來。王保麟負責內場，她負責外場。客人來時，如月拿 menu 給客人、倒水，再將印有林鳥的餐墊紙鋪在客人面前。餐墊紙兩側放著包裹在餐巾紙的刀叉和湯匙。客人們忙著選餐、聊天，根本沒注意餐墊紙上的畫。

如月走進廚房端出玉米濃湯，刻意把湯碗放在空白處，不壓傷麻雀們。但結局通常是，在她端來熱滾滾的鐵板前，麻雀的翅膀早被濃郁的湯汁覆蓋。如月彷彿聽見被漿糊黏住翅膀的鳥兒，哀哭嚎叫的聲音。客人們移開湯碗，她將鐵板放在麻雀身上。她感受到麻雀身上的灼熱和痛苦。客人們走後，如月收拾凌亂桌面，將冷卻的鐵盤端走，只見湯汁、牛排醬和番茄醬，散落在麻雀四周。那是一片獵人經過的森林，獵物的血液散落林中。

每日，每日，如月得忍耐無數次這樣的過程，她感到心慌，這難道是她當初想要的生活？不只是她，王保麟恐怕也是這麼想的，她感覺到他的厭倦。從來不曾做過其他工作的王保麟，一個月後跟如月提，他想負責外場。如月答應他。她雖然也討厭廚房，但待在廚房裡，至少不用眼睜睜看自己的畫被那樣糟蹋。

生意時好時壞，不再像剛開張時天天客滿，但該做的事一樣也省不了。開店前得先備料，煮牛排醬、熬玉米濃湯、捶打牛排、豬排醃漬，打烊後收拾殘局，刷洗疊得高高的鐵盤，黑色鐵垢陷入她的指甲裡，像學畫時老是洗不去的墨漬。

沒過多久，如月發現自己懷孕。一聞到油煙便作嘔，越來越少進廚房，內場重任落在婆婆身上。如月負責煮咖啡、切水果這些工作，王保麟則招呼客人、端端盤子。沒客人時，如月常對肚子裡的孩子說話。她有時覺得這樣很蠢，即使孩子聽得見，也未必知道她說的是什麼。但孩子是她唯一傾訴的對象。她起初向孩子抱怨他的父親，老是不見蹤影，又嬉皮笑臉回來。他難道不知道她隨時會生嗎？這間牛排館是他說要開的，為何他沒負擔起最重的工作？有時，孩子會輕輕敲打她的肚皮作為回應，彷彿在安慰她。一切都會好的。

破水那天，她正在煮咖啡。那是中午十二點，吧檯外有一桌客人，剛吃完正餐，各點一杯熱咖啡和香蕉船。她感覺到子宮的收縮，她大叫王保麟，王保麟沒有出現，是客人跑進廚房通知婆婆，婆婆趕緊叫來計程車，攙扶如月上車，前往市區的婦產科診所。如月靠在婆婆的肩膀上，婆婆粗糙的手握著她，說：「毋須驚！」如月想哭，為何此時在她身邊的不是王保麟。「阿麟毋知走去哪位，實在夭壽！」婆婆罵著兒子，話鋒一轉，說：「阿月，你要原諒阿麟，佢係長孫，分大家縱壞忒[22]，廚房的事做毋慣，正會逐日無見人。」如月想要反駁什麼，卻被腹部傳來的陣痛取代。她從沒感受過這種痛，像要把下半身撕裂。她雙手抱著肚子，努力深呼吸。

計程車一到診所，如月被送入待產室，全身因疼痛而發抖。「再等等。」醫生說。如月緊緊抓住被子，咬著嘴唇冒汗。「如月！」王保麟不知何時來的，蹲跪在如月的身邊。這時，醫生喊「用力」，如月咬著牙，緊抓王保麟的手喊：「都是你害的！都是你害的！」「快了！快了，再用力。」醫生的聲音傳到她的耳邊。一陣劇痛襲來，如月一把抓起王保麟的手腕放進嘴裡，狠狠咬下去。王保麟的哀嚎聲和孩子降臨世間的第一聲哭喊，同時來到。

如月抱著女兒，看著她乾瘦的身體和皺巴巴的小臉，流下眼淚。

因為是女兒，王保麟的阿婆不曾到房裡看過她。公公來了，卻沒抱她。如月知道這意味著什麼。她生的是女兒，不是兒子。

她拿出從前當護士的本事，親自幫女兒洗澡、換尿布、餵奶，哄她入睡。技術性工作對她來說不是難事，困難的是耐性。女兒前三個月一到半夜就哭，尿布換了、奶餵了，還是沒用。兩個小姑都嫁人了，家裡恰好有空房，王保麟以隔天要下樓工作為由，搬去空房睡。深夜時分，只有母女二人。好幾次，女兒在夜半啼哭，她實在太累，伸手尋找擺在床頭的奶嘴，塞入女兒的嘴巴裡。誰知道女兒一口吐掉，依舊嚎啕大哭。如月太想睡，忍不住罵女兒兩句。女兒竟彷彿聽得懂般，哭得更大聲。如月勉強起身，把女兒抱在懷中搖晃，搖著搖著，自己也流下淚來。

坐月子這段時間，如月覺得簡直像在坐牢。她不只一次陷入天人交戰。

「妳根本不適合當媽媽。」心裡有一個聲音說。

---

22 縱壞忒：客語，寵壞了。

「不，妳根本不該結婚。」另一個聲音說。

不快樂的她為孩子取了一個簡單的名字「可樂」，只期待她快樂長大。公公、婆婆和丈夫都沒有意見，不是男孩，不用排輩分，不列入族譜，叫什麼都無所謂。這種取名的自由讓如月感到莫名的悲傷。「倘若我生的是男孩就好了。」如月想。同時，她恨自己這麼想。

好不容易，捱過一個月，她從二樓來到一樓，邊看店邊顧孩子。她在吧檯前放一個娃娃床，把可樂放進去。邊做生意邊顧孩子，如月非常疲憊，情緒徘徊在崩潰邊緣。但她盡可能將一切壓抑下來。這是她的選擇，她得承擔一切。她對自己說。

那天，又到了打烊時分，如月坐在餐廳長椅上，餵可樂喝奶。四個月大的可樂夜半啼哭的症狀已經漸漸減輕，但喝奶速度依舊緩慢，半瓶奶喝半小時還沒喝完。王保麟好整以暇坐在吧檯椅上喝威士忌。如月看著牆上時鐘，已超過十點，廚房不知道收拾了沒？她抱起可樂，走進廚房，只見堆積如山的鐵盤。

「王保麟，你進來！」如月大吼。

「叫那麼大聲幹嘛？」王保麟一臉不悅走進來。

「這些鐵盤是什麼意思？難道你要留給我洗嗎？我忙成這樣，你為什麼不能多幫忙？」如月責問他。

「拜託！生個女兒，就要我把妳當菩薩供嗎？我是不想說，老媽以前做到生產那天還在做，妳已經夠好命了。」王保麟不甘示弱說。

兩人聲音太大，懷裡的可樂大聲啼哭。婆婆聽見叫罵聲，趕緊跑進廚房。見兩人幾乎要大打出手，趕緊抱過可樂，勸道：「好了啦。細人還小。」婆婆推著如月離開廚房，要她出去哄孩子。王保麟站在廚房門口說：「妳看看妳，做麼个心臼？讓婆婆洗盤子。」如月想回嗆，卻看見婆婆哀求的臉。

他們冷戰一段時間。王保麟收到兵役通知，即將啟程赴往金門服兵役。王保麟想趁當兵前和她和好，露出過去追求她時，如小狗般乞憐的眼睛。還特意休假一日，帶她去市區看電影。如月不想理他，卻想起阿爸曾對她說：「嫁出去就毋要後悔。」她不能後悔，沒有條件後悔。

王保麟當兵後，經常寫信回來。他的字跡工整，文情並茂，傾訴對如月母女的思念之情。留在楓林的如月，一面讀信一面哄著懷裡的可樂。因為實在忙不過來，她把可樂帶回娘家給阿母照顧。從婆家到娘家，從娘家回婆家，十分鐘的路程，她曾畫過的熱鬧街路。她每天來來回回走在那條路上，有時幾乎忘了，現在究竟是要往哪裡去？

某天，她把女兒交給阿母，回去婆家。在廚房門口，聽見玉珠又在向婆婆抱怨：

「妳該心臼當好命，逐日轉外家[23]！無就著靚靚，坐佇吧檯分人看。」玉珠個子小小的，一副小家碧玉的樣子，比姊姊金珠好看些。金珠個子更矮，頂著一張大圓臉，讓身材看起來更臃腫。從前追玉珠的男孩也不少，但在楓林，店裡用餐的客人只看如月。這不是玉珠第一次告狀，先前她對如月學畫的事，不僅反對，還四處向別人說：「佢該阿嫂好命喔，無像佢恁憨，麼个就先想到老公細人。」

如月一直隱忍玉珠，這次親耳聽見，火氣一來，衝進廚房對玉珠大聲斥責：「妳講佢麼个？」「哪有講麼个？」玉珠被如月的火氣嚇得往後退。「無講麼个！無事情啦！」婆婆在一旁想打圓場。

「媽，妳不要再幫她說話。」如月說完繼續對玉珠大吼：「妳今天最好給我說清楚！幹嘛老是在背後說我壞話？」玉珠嚇傻了，往樓上跑。如月追了上去。玉珠無路可逃，躲進阿爸阿母的房裡，把門反鎖。「開門！」如月用力拍著木頭門，躲在裡頭的玉珠大哭起來。

「好了啦！細妹人恁樣做麼个？」正在頂樓澆花的公公跑下來勸架。

「細妹人！細妹人！堵著事情是講細妹人。你妹仔亂講話，佢今晡日一定要佢講清楚啦！」如月不肯讓。

「小珠，絡妳阿嫂講拍勢啦！」婆婆在一旁勸。躲在房間裡的玉珠，本來期待阿爸阿母幫她作主，一聽到阿爸阿母叫她道歉，哭得更大聲。敲打木門發出的砰砰聲，加上玉珠奮力哭喊的聲音，隔壁鄰居全聽見了。湖鄉人明天又多了一個可以嚼舌根的八卦。但如月實在太生氣，顧不了這些。眼看玉珠龜縮在房間裡，如月一氣之下，回房收拾簡單行李回娘家，待了整整一星期。

「妳自己選的，當初要妳選醫生，妳偏偏要選同條街路的人，毋要瀉佢面子。」阿爸沒問她過得好不好，只管催促她回婆家。加上思念女兒，如月最後還是回去。繼續煮牛排醬，收拾沾著牛排醬的她的畫，還有忍受玉珠那張故作無辜的臉。她漸漸看清楚，她只是從一個籠子飛進另一個籠子，永遠得不到自由的鳥。

如月看著懷裡的女兒。這張雙人床雖然少一個人，但並不空蕩。王保麟下星期就退伍。這些日子以來，他寫了無數文情並茂的信。信中，他又成為當年追求她浪漫天真的男孩。他在信裡用了許多誠懇的字眼，比如「我會擔起責任」、「我們再生一個兒子吧」，也有一些屬於情人之間的話語，像是老掉牙的「在天願做比翼鳥，在地願為連理枝」。每三、四封信，如月會回一封，免得他在下次來信抱怨她一點也不在意他。如月的回信像日記，大多是記錄家庭瑣碎的流水帳，像是「女兒長牙不好睡」、「今天三桌客人」等等。她用這些平凡的記事，掩蓋內心的不滿。什麼在天願做比翼鳥？他們早就站在同一根枝頭上了。只是，她負責銜回食物、照料幼雛，而他，只需要拍拍翅膀就夠了。

不過，他們倆的關係靠著書信，的確不像過去那樣劍拔弩張。有了文字的緩和，如月承認自己對王保麟多了些期待。「人真的會變嗎？」如月低頭輕聲問好不容易入睡的女兒。

王保麟回家了。起初，如他在信上說的，他要痛改前非，好好工作。他早起煮胡椒醬、玉米濃湯和捶打牛排，一肩擔負起廚房的工作。唯獨洗盤子例外，他的理由是：「哪有男人洗碗的？」一副理直氣壯、寧死不屈的模樣。這個改頭換面的王保麟只持續一個月。一個月後，他又故態復萌，不但晚起，對於該做的工作，他總有藉口推托或乾脆讓如月找不到人。

那天，王保麟難得乖乖待在店裡。八個身上刺龍刺鳳的「兄弟」進門，一人點兩份餐，牛排加燴飯，另外還加點熱咖啡和香蕉船。好不容易在廚房忙完的如月，進吧檯煮咖啡，咖啡在賽風壺裡冒泡。如月關火，將散發迷人香氣的黑色液體倒進白瓷杯、放上托盤，讓王保麟端出去。連煮八杯咖啡，吧檯裡悶熱不堪。她轉身從冰箱內拿出一盒香草冰淇淋。香蕉剝皮後對半切，放進透明船形高腳杯裡，再挖兩球香草冰淇淋，加上彩色巧克力米，淋上巧克力醬。她偶而瞄了瞄王保麟，看他是否會進來幫忙。

只見王保麟坐在高腳椅上，翻找錄音帶。選中一捲，走進吧檯，側身往如月身後的縫隙鑽過去，關掉廣播，將錄音帶放進音響，按下Play鍵。接著回到高腳椅上，一手靠吧檯，一手打拍子，跟著音樂，哼起歌來：

秋風蕭蕭　滿山楓葉飄
飄滿楓葉處　有座楓林小橋

忘不了　忘不了　妳從橋上過
裙也飄飄　髮也飄飄
漫天楓葉裡　回眸對我笑

就這樣　就這樣　我們相識了
除了楓葉小橋　沒有人知道
啊～難忘的楓林小橋

這首是李碧華的〈楓林小橋〉。看他那副陶醉其中的模樣，如月第一個念頭是，他絕不是在想她。不知為何，她腦海浮現那個躺在病床上的跛腳女人。她好久不曾想起她。如月甩甩頭，要自己不要胡思亂想，一個不注意，水果刀劃傷食指。如月悶哼一聲，王保麟並未聽見。還好傷口不深，她打開抽屜，抹上厚厚一層藥膏，再貼上ok繃。她把做好的香蕉船端上吧檯，王保麟隨著節奏，緩步把香蕉船端給客人，渾然不知如月的傷。

如月戴上手套，清洗王保麟端來的空咖啡杯。她聽見王保麟的歌聲，她可以想像此刻他喉結抖動的模樣。她曾相信，能夠把歌唱得如此有感情的人，會好好疼惜她。現在的她只想把水龍頭開到最大，讓水流聲掩蓋他低沉的嗓音。

這時，她聽見椅子推開的聲音。轉頭看見，其中一個「兄弟」搖搖擺擺往吧檯走來。他身上穿花襯衫、扣子只扣一半，露出半片刺青的胸膛，脖子上還戴著媽祖廟紅絭。他的右眉上方有一條深深的刀疤，讓長相增添幾分兇狠。他拍拍王保麟的肩膀，露出吃檳榔而染紅的牙齒。沉醉在〈楓林小橋〉旋律中的王保麟，猛然回過神來，看著眼前的凶神惡煞，臉上趕緊堆滿笑容，邊說邊遞上帳單，喊：「大哥，吃飽啦！這是帳單，一共兩千六。」誰知那人卻亮出一把匕首，張開鮮紅的大嘴說：「今天，我們兄弟來給你捧場，做個朋友！」

王保麟明白他的意思，結結巴巴的回：「我……我知……知道了。」「好，夠義氣，你這個朋友我大哥交定了。」穿花襯衫的男子，說到「大哥」時，往後面比著一個穿吊嘎的男人。那男人起身，眾小弟也跟著起身，往門口走去。

這一切全被如月看在眼裡，為了這群「大哥」，她整整忙了大半天，說什麼也嚥不下這口氣。她脫去手套，隨手拿起水果刀，衝出吧檯，大聲叫住正要離開的一群男人：「你們給我站住，想白吃白喝啊！」王保麟躲在如月身後，輕拉如月的衣袖，小聲說：「不要惹他們啦！」如月把王保麟的手甩開，狠狠瞪他一眼。

帶頭大哥轉頭走到如月前面，伸手靠近如月的臉：「頭家娘恁靚！仰囥到底背[24]，這下正出來？」如月揮開他的手，毫不畏懼的說：「我們只是做小生意的，不要讓我們難做。」

這時，那個穿花襯衫的小弟走上前來，在帶頭大哥耳裡說幾句話。只見帶頭大哥眼睛一亮，問如月：「妳係新湖國中的？」如月瞄了他一眼，沒有答話。「妳是陳如月？」小弟見如月面露驚訝，繼續說：「我是妳隔壁班的阿狗啦！以前我還幫我們班的老大送

24 囥到底背：客語，藏在裡面。囥，藏匿。

情書給妳，我們老大叫張英國，妳記得嗎？」那個叫阿狗的小弟興奮的說。如月搖頭，不曉得什麼英國美國。

「屌你母！講恁多做麼个？」帶頭大哥巴一下小弟的頭，拿出三千元，放在吧檯上，豪爽的說：「毋使找了！」領著一班兄弟走出去。出去前，他們一人一語刻意大聲說：「實在有靚！」「可惜嫁分一个卒仔！」如月和王保麟都聽見了。王保麟有些害怕的伸出手，接過如月手中的刀子，這才發現如月手上的傷口，小聲問：「受傷了？」如月看也不看他，走進吧檯把三千元放進收銀機裡。那是可樂這個月的尿布錢和奶粉錢。

沒人客時，如月鑽研起水果的各種切法。比如蘋果，不削皮，對切後再切成片狀。水果刀要夠利，連皮帶著○．一公釐的果肉，切到一半，可以斜對角劃一刀，再往後折。或是兩邊各劃一刀往內折，蘋果切片看起來就像隻兔子。她寧可做這些事，也不想跟王保麟說話。

店是自己的，沒有租金壓力，但生意再這麼下去也不是辦法。隔壁恰好是保險公司，起初是王保麟向如月提議，不如一起去做保險兼差。

如月的業績連續兩個月都是湖鄉分店的冠軍。王保麟的業績恰好相反，連兩個月墊底。如月領了一筆獎金，想著好一段時間對丈夫冷淡，心裡有點過意不去，買下一瓶紅酒，打算好好慶祝。王保麟坐在楓林牛排館的雙人藤椅上，看著酒瓶不說話。如月特地進吧檯，播放王保麟愛聽的〈楓林小橋〉。

「怎麼啦？」如月問。王保麟一臉陰鬱，什麼話也沒說。如月倒了兩杯酒，一杯放在桌上，一杯遞給王保麟說：「我今天拿到績效獎金，慶祝一下吧。」王保麟撥開她的手，高腳酒杯應聲掉落地面，紅酒四濺，玻璃碎了一地。王保麟冷笑說：「妳心裡知道這些業績怎麼來的！」他的眼神帶著怨怒。如月看得懂，她從小到大都能夠輕易分辨那股恨意。她身邊的人，大部分是女人，都曾經對她流露出那股恨意。用簡單的話說，叫做嫉妒。但王保麟的嫉妒是複雜的，包含一個男人對其他男人的嫉妒，也包含，對自己的女人能力竟比他好的嫉妒。

「你什麼意思？」如月看得懂，但她還是要問。「玉珠說，她看到妳陪黃董喝酒。不然，妳怎麼拿到他們公司員工的保險？」王保麟拿起酒瓶，倒出紅酒。「別人說什麼，你就相信，你幹嘛不來問我？」如月拍桌站起來。「妳不要以為我不敢動妳！」王保麟拿起桌上的另一杯酒潑向如月。如月大聲尖叫。婆婆抱著可樂衝下樓來，只見滿地碎玻璃，和渾身是酒的如月，趕緊說：「毋好吵勒！嚇到細人勒啦！」懷中的可樂哇的一聲大哭起來。

「我要離婚。」如月一個字一個字清楚的說。話才出口，如月驚訝的發現，她想說這句話很久了。「妳這細妹講這麼个話？」王保麟趁酒意隨手抓起吧檯上的蘋果往如月砸去。如月來不及閃避，被蘋果砸中右臉。王保麟眼睛布滿血絲，十分嚇人。如月摀著臉頰，看女兒一眼，頭也不回的走了。

她衝出門口，在大街上奔跑。她記得很久以前在馬偕讀書時，曾撿到一隻小麻雀，她細心照顧，麻雀卻還是死了。同學告訴她，麻雀天生野，不能用籠子養。也許她就像麻雀，沒辦法被圈住。她逃出籠子，卻不知道該往何處去。夫家她是回不去，也不想回去了。而娘家恐怕也容不下她。不，是整個湖鄉都已沒有她的容身之地。她看著大街盡頭，唯一亮燈的火車站。她往車站奔去。

第四章　海市蜃樓

找路

車站

「台北站要到了，要下車的旅客請趕快下車……」如月聽見廣播聲驚醒，她又做了那個夢。夢裡，湖鄉火車站前的大街一片漆黑，她不停往前跑，但怎麼也跑不出那條街。

如月慌亂的把蓋在身上的外套塞進背包裡，扛起背包要往車門走去，卻發現座位旁多了一幅畫。那是鉛筆速寫女子靠在窗邊睡著的模樣。她愣住了，畫中人是她？那熟悉的眉頭深鎖、雙唇緊閉，半邊臉被陰影籠罩，像缺角的月亮。躁動的人群往車門湧去，她匆匆把畫收進背包，跟著人群下車。心中想著那幅畫，想著那坐在對面的瘦高男孩，這是他畫的吧？

從湖鄉車站上車時，她隨意選個空位坐下。對面坐的是瘦高的高中男孩，他身穿卡其色制服，外罩一件深藍色外套，接近領口處有一塊明顯的紅色污漬。如月只看一眼就知道是油畫的顏料。他的座位旁還放著長條狀畫筒，是美術班的學生。錯不了。只見他手握鉛筆，在本子上快速來回，發出沙沙沙的聲響。男孩抬頭看她一眼，又低下頭繼續畫圖。

站在月台上，如月四處張望想尋找那男孩，卻早已不見蹤影。一股熱浪襲來，台北是盆地，處處是高樓，人多擁擠，蒸騰熱氣像站在密不透風的魚缸裡。這也是為什麼，當年在台北讀書時，她最愛穿迷你裙或無袖洋裝在台北城裡走逛。一絲汗從額間冒出，如月脫下薄外套，走進人潮擁擠的地下道。她感覺自己只是海潮中的一尾小魚，被浪潮和魚群一路往前推。

好不容易排隊走出票口，如月發現許多人圍著公布欄指指點點，靠近細看，上面張貼「台北火車站遷移通知」的公告。紅色紙張上印著黑色字體，寫著：「因應台北鐵路地下化工程，本站將於明年春節疏運結束後（一九八六年二月二十四日），並預定於同年三月一日開始拆除。屆時，請旅客使用西側臨時車站。」她想起敏誠，從前他們會相約在票口，敏誠買好票，兩人一起搭車返鄉。他提前在內壢站下車，站在小站上朝她揮手，直到火車走遠。

去年聖誕節，敏誠從美國寄來一張聖誕卡。內容就像一個普通朋友問候家常，公式化的祝福。倒是卡片上的雪人讓如月看了許久，雪人的鼻子是紅蘿蔔。她不知道敏誠是有心或無意，他們還在一起時，討論過去美國生活的可能，當時她曾告訴他想堆雪人。敏誠望著她傻笑回，這有什麼問題？敏誠還惦記她說過的話，所以寄了那張卡片？那張卡片，阿母只讓看一眼就收回。「無必要聯絡了。」阿母冷冷的說。

「不好意思，可以幫我們拍張照嗎？」一個女人的聲音打斷她飄散的思緒。如月轉頭看，是一位牽著小女孩的少婦，旁邊則是背著單眼相機的爸爸。少婦年紀和她差不多，孩子大約比可樂高出半個頭，圓潤的小手被母親牢牢牽著。

「沒問題。」如月說，並對小女孩笑了笑。她接過男人手中的相機。等待一家三人站定位置，少婦雙手放在孩子的肩膀上，男人手臂環抱少婦。一、二、三，喀擦。鏡頭裡，這是多麼甜蜜的一家人。「需要再一張嗎？」如月問。少婦點頭甜笑，改伸出食指和中指比「耶」。喀擦。這張合影更活潑、甜蜜了。

「謝謝妳。」男人接過相機，頻頻道謝。如月向他們一家人揮揮手，獨自穿越大廳人潮，朝外面走去。車站是四方形建築，兩側是整排低矮房屋，有雜貨店、寄車行和小吃店。車站對面是大廣場，廣場左側是地下道入口。中間是半圓形綠地，種植低矮園林花草，綠樹蓊鬱間隱約可見一座噴水池，為炎夏注入一絲涼意。往左走是汽車停車場，往右是機車和腳踏車停車場，更遠一點有連排公車停駐。整座城市大樓馬路交錯，像迷宮般讓人不知該往哪裡走。

還好，她有阿母臨行前給的那封信。她從背包裡拿出信，泛黃信封上是黑色鋼筆硬挺有勁的筆跡，寫著「台北市延平南路九十六號」。阿母說，這是遠房阿舅任職警局的地址。信封上沒有署名，阿母像背誦佛經那般虔誠的說出那人的名字：「鄧、鐵、生。」如月覺得奇怪，她怎麼從未聽說有這麼一位阿舅？「細人有耳無嘴。」阿母用最常掛在嘴邊的話堵住她的口。算了，至少茫茫人海中還有依靠的對象。如月相信母親託付的人。

她瞇起眼，站在車站門口的台北市街道地圖前，尋找延平南路。確定方位後，穿越地下道，往對岸走去。沿街停滿鮮黃色計程車，計程車雖然方便快速，但身上的錢還要撐一段時間，得省著花。

如月邊走邊問，穿過新公園，來到一座灰褐色建築前。入口是三座拱門，山形屋頂上插著國旗，下方以金字寫著「中山堂」。這棟看來歷史悠久的建物，大約是日本時代所建，他如一個面容嚴肅、身體硬朗的老人，倚著拐杖，威風凜凜的站立在中華路上。彷彿無論時代如何更替，四周蓋了多高多新的大樓，穿梭的行人改換什麼流行，全都與之無關，他將永遠以同個姿態穩穩站立在這裡。

一位手拿竹掃帚的婦人恰好經過，如月上前詢問警察局的位置。婦人手指中山堂說：「就在後面。」如月道了謝，沿馬路邊的人行道走去。內心難免忐忑，那個未曾謀面的阿舅不知道生得什麼模樣？他真的會像阿母說的，給她一個安身之處？

隔著車水馬龍的中華路和鐵道，對岸是整排低矮屋舍，再往前是八座三層樓組成的中華商場。那是西門町，學生時代嚮往的逛街天堂。她記得，有次還帶阿玄來買衣服。那時阿玄剛考上台北工專，身上老穿著阿母做的舊衫，真是土得可以。看看櫥窗裡穿著流行的模特兒，看看街道上打扮光鮮亮麗的人們，像美麗的熱帶魚，如月多想加入她們。多年來，流行幾次替換，阿玄始終留著幾件阿母做的衣服。而她，早被潮流遠遠甩在後頭。

警察局

穿過中山堂，一棟灰色建築現身。想必就是阿舅任職的警局，拱形大門，門邊插了三支頂天立地的旗子，中間明顯是青天白日滿地紅，左右旗子因隨風飛揚，散發不可侵犯的肅殺氣息。

她深呼吸，走進警局。坐在值班桌後頭的警員立刻警覺起身問：「小姐，有什麼事嗎？」值班警員戴著一副厚眼鏡，不像警員，倒像個老實的公務員，讓如月原來緊張的情緒稍稍放鬆。

「請問，鄧鐵生警員在嗎？」如月說出那人的名。那個陌生人是她在這城市裡唯一的親人。「鄧鐵生？請問您有什麼事嗎？」警員一臉狐疑。「我……我是他的外甥女。」如月回，心裡卻覺得不踏實。「妳在這等一下。」警員拿起電話、按下分機，喊：「鄧大哥，外找。」

細妹人有耳無嘴，阿母言猶在耳。只是，那天她說話時，眼神閃爍，似在隱瞞什麼。除了信封，阿母還給她兩個媽祖廟求的平安符。「這分妳，這分……分妳舅。」如月當時心裡覺得奇怪，但她沒有追問。細人有耳無嘴。「好好照顧自家。有閒阿母會去看可樂。」阿母安慰臨別的她。

想起可樂，如月不禁眼框泛紅。

「如月？」一個中氣十足的男人聲音傳來。他眉毛粗而濃，頭髮半白，抹滿髮油的髮線七三分，年約五十歲，身穿深藍警察制服。他對如月笑，粗濃眉毛呈八字型彎向兩側，讓剛硬的臉龐多幾分慈祥。

「阿……阿舅好。」如月喊，雙手緊抓背包的背帶。

「生到絡妳母恁像！」陌生的阿舅笑說：「妳母佇電話，全部絡偓講了！妳毋須愁，考到學校前，阿舅會照顧妳。」

「承蒙阿舅。」如月口袋掏出平安符，遞給阿舅。「阿母求的。」阿舅朗聲大笑，伸手接過平安符。如月才發現他的右手臂上有一道深深的傷疤，雖然已經縫合了，但因為傷口太深，形成如辮子般的結痂。「湖鄉的媽祖忒靈驗，絡偓承蒙妳母。」說完，把平安符放進制服胸口的口袋裡。說也奇怪，頭一次見面的阿舅，聊過幾句，就給她一種安心的感覺。

「有件事情較拍謝啦！」阿舅說：「偓屋家該隻『虎霸母』，愛計較！當麻煩！偓先安排妳待警察局樓頂的宿舍，妳看好無？」如月點頭。住宿舍比露宿街頭好多了。

警察局宿舍位在六樓到七樓，有雙人房、四人房。阿舅特別為她安排住在雙人房。宿舍有張上下舖，附枕頭和薄被單。床邊放著兩張書桌，桌子面對一扇正方形的木窗，天花板上有掛式風扇。雖然簡單，倒還算乾淨舒適。

如月坐在桌前翻看厚重的《病理學》，書頁泛著黃斑。還好沒把從前在馬偕念書時的書全賣掉，還留下幾本書。但醫學汰舊換新速度快，她在心底盤算明天要去重慶南路一帶買書。翻看幾頁，眼睛就疲憊不堪。「做月無做好！」阿母說。不只眼睛，生過一次孩子，她覺得全身的新陳代謝都改變了。小腿變得容易水腫，眼睛老是酸痛，最麻煩的是變得特別頻尿。

她脫掉厚重的眼鏡，揉揉眼，看向窗外西門町。霓虹燈閃爍，像大海裡鮮豔的珊瑚礁，海葵伸出柔媚的觸手向她招手。那麼美麗，那麼危險。

西門町

入夜的西門町有魔幻的美。服裝店門口穿熱褲的女人，雙手刺青的男子，推木攤在騎樓擺賣水果的阿婆，還有坐在路邊乞討的乞丐，他們或站或坐，成為西寧南路的街景。

她走在武昌街上，沿路抬頭皆是戲院的招牌，樂聲、豪華、日新、獅子林、國王、皇后，像老師點名般，默念戲院的名字。有多久不曾看一場電影了？如月不自覺走進樂聲戲院，戲院貼滿史蒂芬．史匹伯監製的《回到未來》海報。海報上年輕男孩低頭看錶，神情驚訝。他站在一台奇怪的機器前，地面有兩道燃燒的火焰，背景閃耀光芒。她被片名吸引，回去和未來不是兩個相反的概念嗎？倘若回到過去，她會想回到未來嗎？或是，乾脆讓一切重新來過？

「小姐，一個人嗎？要不要一起看電影？」一個梳著龐克頭、身穿黑色皮衣皮褲的男人，手拿兩張電影票，在她面前晃啊晃。如月搖搖頭，急忙走出戲院。

樂聲戲院對面恰好有間明亮的餐廳，門口排著長隊。如月走進隊伍中，回頭看，只見那個龐克頭的男子，繼續邀約另一名單身的短髮俏麗女子。女子似乎被龐克男的言語逗笑了，一同走進戲院。

如月鬆了口氣。抬頭看看這是哪間餐廳？只見白底紅字招牌寫ＫＦＣ，她曾在報紙上看過餐廳的介紹——「台灣第一家肯德基餐廳」。她從口袋掏出一張百元鈔票和幾枚硬幣。這些天跟著阿舅和其他警員吃便當，真是膩了，今天就換個口味、放縱一下吧。炸雞薯條的油炸香味溢滿餐廳每個角落，自從懷上可樂，她整整胖二十公斤。產後，她刻意禁口，已經很久不碰巧克力、甜食或炸物。

讀護校時，她聽過一個說法，油炸物之所以對人類有致命的吸引力，是由於早期原始人取得動物油脂不易，身體中帶有渴望油炸物的基因。時過境遷，人類取得肉類食物變得容易，但基因進化的速度還沒那麼快，渴望動物油脂的基因仍然存在在人體中。

「小姐，要點什麼？」穿著紅白相間制服的女店員，用酷酷的表情問。耳垂上紅白相間的塑膠大耳環不停晃動。看著琳琅滿目的菜單和圖片，如月有點不知所措，聽見排在隔壁櫃檯的人喊「五號餐」，也跟著說：「一份五號餐，謝謝。」

店員迅速在收銀機上點餐、找零，請她在一旁等候。沒多久，炸雞、薯條和可樂就放在一張塑膠托盤上。如月端起托盤走上二樓，座位滿滿是人，只剩靠近回收台旁還有兩人座位。如月把托盤放在桌面，放下背包，進廁所仔細把手洗乾淨，包括手指縫隙，反覆搓揉三次以上。這是護校養成的習慣，永遠保持手部清潔。洗完手，她坐在位置上，從紙袋裡取出金黃的炸雞，大口咬下，她感覺到身體裡那股渴望油脂的基因正在旋轉、跳舞，彷彿等這餐很久很久了。

這是來台北後，第一次獨自用餐。一個人吃，專心的吃，不用說話。她用舌尖牙齒感受雞肉的紋理，只為自己而吃。無聊時，看看滿室穿著入時的男女。左前桌那個女孩頂著現在最流行的半屏山瀏海、過肩捲髮，身穿露肩條紋上衣、緊身高腰牛仔褲。又把頭看向窗邊的那對情侶，男孩戴著大眼鏡，穿格紋上衣配直筒牛仔褲，女孩的洋裝外罩著牛仔外套。他們興高采烈、比手畫腳，想告訴對方所有一切。如月明白那種感受，她也曾經歷年輕的愛。她大口喝下可樂，一股氣往上衝，刺激又爽快。她獨自享受屬於一個人的時光，不需向任何人交代她的來歷。光這點就足以讓她奮不顧身，沉浸在這座美麗又危險的海洋。

學生

明志工專

整整一個月，如月住在警局裡，把自己關在房間苦讀。在馬偕讀書已是多年前的事，中間經歷工作、生子，很久沒碰書，考不考得上，她一點把握也沒有。因此，越接近考試的日子，她越少出門。最後一星期衝刺，幾乎是阿舅替她送三餐、零食，讓她專心唸書。

放榜那日，阿舅比她還緊張，特地向警局請假，開車載她去學校看榜單。阿舅的車是福特，咖啡色烤漆、方正頭燈、斜屁股。十年前流行的款式，但狀態依舊保養得很好。車子穿梭在台北街道，阿舅手握方向盤，想找話題緩解緊張的氣氛。先是提車子，說他這台是福特的跑天下，他在一本雜誌上看到。

「一見鍾情。」阿舅以客家國語一邊說一邊傻笑：「我向妳舅母求很久，她才答應讓我買。無法度啊，我薪水全給她管。」「舅媽真幸福。」如月說。「跟我共下，她也不好過。我們都有年紀了，想生也生不出。我做警察風險大，她天天都在擔心。我們這個年紀，無想忒多，就求一个做得講話的伴。」阿舅說完叼起一根菸，點了火、開窗，讓煙從窗縫間散去。

車子轉入高速公路一段時間，四周是青翠山巒，明顯聽到馬力加大爬坡的聲音。如月知道，林口就要到了。下交流道時，因車輛壅塞，車陣中的她漸漸感到緊張，她就快知道最後的結果。她轉頭看窗外，數算車輛是白車多還是黑車多。她經常發明這類小遊戲，有時候排遣寂寞，有時候消解緊張。

阿舅把菸放進摻水的免洗杯裡捻熄，說：「妳才準備一個月，有當然好，無也沒關係，知無？再準備就好。阿舅有認識的朋友，可以幫妳找地方待。不管有沒有考上，都不用擔心。阿舅給妳靠。」「承蒙阿舅。」如月回頭看阿舅笑，心想阿舅真是貼心的男人，倘若阿母跟了像阿舅這樣的男人，也許人生會更開心？但隨即在心底罵自己說：「陳如月！妳到底在想什麼？讀書讀到糊塗了嗎？」

明志工專護理系二專部，位在林口長庚附近。主打建教合作，包吃包住免學費，條件是畢業後，得在王永慶集團醫院工作三年。這些福利和條件適合一無所有的人。阿舅在路邊停妥車，陪她走進學校。門外聚集許多家長和年輕學子，都是來看榜單的。榜單張貼在一樓教室穿堂，公告欄前擠滿了人。如月好不容易擠進人群中，面對密密麻麻排滿人名的榜單，她一行一行慢慢尋找，就怕一不小心漏看。

「仰般？有看到妳的名無？」「有了！有了！」如月看見自己的名字，忍不住尖叫：「在這。我的名字在這。」她指著榜單，回頭尋找阿舅，阿舅高舉右手，伸出大拇指比「讚」。

他們走出校門，往停車的方向走去。地面上，阿舅高大的影子在她的身邊，像棵大樹般為她遮蔽刺目的陽光。

開學幾個月過去，如月還是不習慣林口的天氣。風特別大，尤其入冬後，夜晚寒風刺骨，叫人完全不想出門。室友佳柔是土生土長的高雄人，常抱怨：「林口風那麼大，哪能住人啊？」湖鄉離海邊不遠，風也不小，只是比起林口，還真是小巫見大巫。除了風，如月更討厭林口的天空，總是灰灰的，不知道是起霧，還是鄰近工業區排放的廢氣？白天上課、晚上到醫院，醫院外一片霧茫茫，醫院內全是白蒼蒼，白色制服、白色牆面，單調得令人窒息。

宿舍四人一間，床是上下舖，左右各擺一張，靠窗處放著四張書桌。如月睡上舖，佳柔睡下舖。佳柔是應屆生，哥哥在台北讀書，跟著考台北學校，彼此有照應。如月本以為很難交上知心朋友，一來年紀比同學大上許多，二來她怕聊多了，別人會問起她的過去，不如一開始就和大家保持距離。唯獨活潑、單純的佳柔，從不多問過去的事，兩人相處如姊妹般。

「還不是我媽，叫我上來跟我哥作伴，不然我幹嘛跑那麼遠？」佳柔抱怨。「是妳自己想要跑那麼遠的吧？幹嘛牽拖妳哥？」如月忍不住吐槽。「奇怪！妳又不認識我哥，幹嘛幫他說話？」佳柔嘟起厚厚的嘴唇。「我不認識妳哥，但我認識妳啊！」「陳、如、月！妳到底是誰的朋友？」佳柔故意雙手叉腰假裝生氣，見如月不為所動，又軟下聲說：「說真的，我介紹我哥給妳認識好不好？」

「我都不知道妳現在還兼副業。」如月回。「什麼副業？」佳柔一臉困惑。「《我愛紅娘》主持人啊！」如月答。佳柔拿起書桌上的原子筆，假裝是麥克風，模仿主持人沈春華，說：「我愛紅娘，紅娘愛我，為你搭起友誼的橋樑。」最後比了一個愛心。如月朝佳柔翻了翻白眼，露出無可奈何的笑。

龍山商場

每到假日，學生像網中魚，見到漁網的破口，紛紛著裝打扮，離開宿舍去市區。沒對象的去聯誼，有對象的去約會。這些如月都沒興趣，她寧可在宿舍裡讀圖書館借來的小說。這天不同，她和如玄的老同學美玲有約。美玲當年考上復興美工夜間部，白天兼差賣手錶，聽說生意不錯，畢業後繼續在不同夜市擺攤。聽如玄說，生意好的時候，一晚可以賺幾千塊。如月讀的是建教合作的學校，不愁吃住，但她畢竟不像佳柔，還是十八、九歲單純學生。她得賺錢，只有賺更多錢，才能接可樂來台北。

如月先搭公車到萬華，再步行至火車站。萬華車站是日本時代留下的木造建築，大片斜屋頂，古色古香的木拱門，若不是正中央上方用紅字寫著「萬華車站」，她還以為來到山中溫泉旅館。如月站在門口四處張望，在人群中尋找熟悉的身影。

「如月姊！」尖細的聲音從對面馬路傳來。只見一個身穿白色洋裝，留著過肩長捲髮，裝扮如瓊瑤小說女主角的女人，不停向她招手。仔細瞧，眼前這個打扮成熟的妙齡女子不就是美玲？記憶中，她還是整日和如玄膩在一起的小妹妹。

綠燈亮，足蹬白色高跟鞋的美玲，叮叮咚咚小跑步穿越馬路而來，開心擁抱如月，說：「如月姊，恁久無見！妳仰全毋會老？」平時如月對這種過於親暱的舉動，經常不知該如何反應，但他鄉遇故知，聽見熟悉鄉音，心裡大受感動，緊緊擁抱美玲，說：「妳緊來緊靚！偃認毋出來囉。」

美玲聽了開心笑說：「再靚也無如月姊靚啦！來，如月姊，我們先去龍山商場。我有認識的店家，到時，妳先在旁邊看，覺得可以再出價。」熟門熟路的美玲像個頭家娘、大姊頭，帶如月往龍山商場走去。沿途房子有的是四、五層高的樓房，外面貼著褐色或綠色的馬賽克磚，有的還保留日本時代的雙層木造建築，一樓幾乎全是店面。騎樓衣架上掛滿各式各樣的衣服，上面用紅字寫著「大特價」。也有西服店，櫥窗擺著三個無頭模特兒身上不同款式、顏色的西裝，底下整齊平放不同的西裝料子，搭配領結、領帶夾和吊帶，模特兒中間放著一塊招牌，以藍字寫著「統帥洋服專門店」，下排則用紅色小字寫「名師裁剪，技術領先」。如月隔著玻璃窗，看見剪平頭的師傅低頭裁剪布料。一旁還有堆滿糖果、餅乾和飲料的雜貨店，和湖鄉的雜貨店不同，這裡的雜貨有不少是日本進口的舶來品。銀樓也不少，紅色絨布上擺滿不同款式的金項鍊金戒指，散發耀眼貴氣的光芒。

「如月姊，等一下還有得妳看呢。」美玲停下腳步對望著櫥窗發愣的如月說。如月趕緊快步朝美玲走去。美玲繞路帶如月從艋舺龍山寺那一頭走進龍山商場。龍山商場是一大片商業聚落，店家比起剛才的街道更密集，人潮也更加擁擠，特別是走進商場那一段，簡直寸步難行。

「這裡人多，如月姊，背包背到前面比較安全。」美玲提醒。如月趕緊照做，抱著胸前背包走進龍山商場。她像浦島太郎走進琳琅滿目、埋藏寶藏的龍宮。她緊緊跟著美玲，怕迷失在龍宮中。

「龍山商場裡面有一半是賣吃的，還有一半賣衣服日用品這類東西，妳看這幾間全是錶店，這裡光是賣錶的就有一、二十間。以前都是做『舊錶翻新』發跡的。」美玲邊說邊轉頭確認如月還跟在後面。

「什麼是『舊錶翻新』？」如月望著連排的手錶店問。

美玲指著其中一個玻璃櫥窗裡的錶說：「以前，一支有牌子的錶要兩、三千塊，那時大家月薪不過幾百塊，所以，這一帶就有人收購舊錶，整理清洗再拿出來賣。有人會騎腳踏車喊：『有手錶仔要賣沒？』懂門路的人就來這裡批錶，先帶到金門，再走海路賣去大陸。幾年前，香港貿易商把石英錶帶到台灣，石英錶機心輕，款式又多變，大家都很喜歡。台灣人崇拜名牌，大家就把香港進台灣的手錶，加工一下，加上假名牌再賣。簡單來說，就是仿冒品啦！我剛開始擺攤的時候，就是賣這些仿冒品，真的不誇張，邊工作邊唸書，賺得還比我爸多！」美玲露出得意的表情：「現在，技術有了，台灣開始做自己的品牌，石英電子錶，牌子名氣沒日本錶大，但是同樣耐操耐用。妳看我手上這一支！」美玲伸出左手腕上一支水藍色的電子錶，說：「光這支，我至少賣掉上百支！」接著指向前方的「瑞士鐘錶」說：「如月姊，這間我常來，老闆人算可靠。我剛開始批錶時，也花不少冤枉錢，後來一家比過一家，好不容易找到兩、三間價格公道，不會隨便給妳抬高價錢的店。」

這間錶店一點也不起眼。黃底紅字的招牌，看來歷經風霜。她們走進錶店，只見一個頭戴毛帽、手拿黑色四方包的男人，拉開包包中間拉鍊，將包包攤開放在玻璃櫃上。看似薄薄的四方包，兩邊竟掛著各種款式的手錶，儼然是另一個櫥窗。毛帽男指著四方包上的錶說：「這三款，每款再加十支。」留著山羊鬍、戴眼鏡的老闆看了看，轉身從貨架拿出三綑手錶，每捆裡有十支，每支手錶用透明塑膠袋包裝。

「好加在，貨攏有。」老闆瞇著眼確認手錶型號，問：「這禮拜生意有較好無？」

「麥講啊！躲警察就夠了，還賣什麼錶？幹！」毛帽男指著掛在牆邊鐵架上的手錶說：「又有新貨？」這時，美玲靠在如月耳邊小聲說：「那裡掛的是比較便宜的國產錶。」

「對啦！你的攏準備好啊。」老闆拿出透明袋子，裡面全是手錶：「我攏予你尚俗的價格，無你會當去問看覓。」毛帽男打開袋子，拿出來看了看，點算數量。順手把櫃檯上計算機拿來，按了幾下，拿給老闆看，問：「這價格安怎？」老闆瞪著毛帽男不發一語。毛帽男不放棄繼續說：「最近，生意真正歹做！我會當做多久，家己也不知。聽講政府要把天橋拆去，你說，好端端拆天橋衝啥？假若真正拆了，我就不愛做了，去開計程車好啊。」

「好啦，好啦，我就好人做到底。就這個價格！」老闆說。毛帽男拍拍老闆的肩膀說：「誰不知全龍山，你心腸最好！」接著掏出皮夾，拿出幾張千元鈔遞給老闆，再把整袋手錶塞進後背包裡。

「頭家！帶個美女給你認識，今天要算我們便宜啊！」美玲的聲音嬌滴滴，卻帶著不容被欺負的氣勢。「哪次沒給妳打折？」老闆回答美玲，眼睛卻打量如月：「錶是妳要的？妳看起來無像生意人，妳是做啥欸？」他拿起裝著清潔液的透明塑膠罐，噴灑玻璃櫃，用抹布小心擦拭滿布刮痕的櫃面。

「我在讀二專，想賺點零用錢。」如月答得像個乖巧的學生。她真懊悔以前沒學閩南語，總覺得在這裡說國語氣勢就輸一半。「妳打算要多少？」老闆抬起頭問。如月沒概念，轉頭看美玲，美玲用流利的閩南語說：「伊頭一擺來，先拿二十支就好。」如月露出崇拜的眼神，望著自由轉換不同腔調的美玲。「好啦，好啦，我看妳人單純單純的，美玲馬買足濟擺，我會算妳較俗。」老闆說。

「如月姊，妳看這幾支怎麼樣？學生應該都會喜歡電子錶。」美玲指著玻璃窗裡的幾支電子錶說。「這支白色的不錯，我們宿舍都是女生，這一款顏色簡單，錶面也不複雜，好搭衣服。」如月盡可能試想同學們可能會喜歡的款式。「如月姊，沒想到妳第一次批錶，眼光就這麼準！這支是我現在賣最好的，小女生都很喜歡。」美玲說。最後，挑了六、七款，共二十支手錶，每支價位約一百五十元上下，美玲說一支賣到七百到八百沒問題。

「這些錶品質好無？」如月用憋腳的閩南語向老闆確認。「絕對無問題！這攏是台灣做的，是無日本的有名，毋擱同款耐操！」老闆比出大拇指，打包票說：「假使真正有問題，就送轉來予我。我予妳修到好使。」如月看一眼美玲，美玲點頭朝她笑。如月這才放心拿出貨款交給老闆，把手錶小心放進背包中。

批完錶，美玲提議去龍山寺拜拜。

龍山寺進門左右兩側各有一處水池，水流從高處傾瀉而下，利用造景模擬天然瀑布，在熱騰騰城市裡爭一處清涼地。如月站在池邊欄杆旁，望著水中肥大的鯉魚和池底反射金光的錢幣。平日不愛燒香拜廟的她，若不是龍山寺是著名景點，加上美玲邀約，她不會走進來。與其相信神或其他人，她寧可相信自己。

龍山寺是三進四合院的宮殿式建築，有前殿、正殿、後殿和左右護龍。屋頂是常見的橘色琉璃瓦，屋頂脊帶和屋簷有龍鳳麒麟，配上色彩華麗的交趾陶。廟埕地面是長形花崗石鋪成。前殿石牆上，有造型特殊的八卦竹節窗。前殿分成三川殿、龍門廳、虎門廳。三川殿前有一對銅鑄蟠龍柱，牆面是花崗石和青斗石混合。比起家鄉最大的媽祖廟，龍山寺的裝飾華麗精緻多了。信眾們有的自備矮凳，坐在牆角虔誠誦經。有的或站或跪在神龕前，口裡念念有詞，衷心祈禱。屋簷下掛滿題字的匾額，正中間那幅是于右任在一九四八年題的「光明淨域」，除了字體和邊框的綴飾還保留金色，其餘都被煙香燻得黝黑發亮。與其說是來參拜，如月覺得自己更像遊客。

神殿分成三處，殿外天公、正殿觀世音和後殿的天上聖母，兩側又各有不同職司的神明，比如文昌帝君殿，就有三尊神像，包括庇護考試中榜的大魁星君、主文運的文昌帝君，還有宋代理學家朱熹化身的紫陽夫子。神殿外，有不少母親帶著還在念書的孩子，虔誠上香鞠躬敬拜，神殿外堆滿花籃。

「如月姊，妳要拜著一尊。」美玲拉著如月到黑面長鬚的關聖帝君前：「我們做生意的，都要供奉關老爺。」如月看著神龕上威風凜凜的紅面關公，雙手合十，閉上眼口中喃喃有詞：「信眾陳如月出生湖鄉，一人來台北打拚，希望關聖帝君保佑，手錶順利賣光。」她誠心祈求保佑，同時，也說給自己聽。她得更努力賺更多錢才行。

參拜完，兩人步出龍山寺。只見寺外圍著一群人，中央是個穿白襯衫、牛仔褲的年輕人，拿著大聲公高喊：「民主」、「自由」。如月走上前，想聽聽他說什麼，手臂突然被美玲用力抓住，拉出寺廟。「那群人反政府，我們惹不起。」美玲低聲說。如月轉頭看了那高喊自由的年輕人一眼，肚子卻傳來咕嚕嚕的聲音。她才想起這一整天，只有早餐吃了兩片吐司。美玲笑說：「食飯皇帝大。如月姊，倕帶妳去食好食的。」

如月跟著美玲走回龍山商場，在外圍一間專賣蚵仔煎攤子，找到馬路邊的空位坐下。不到幾分鐘，老闆迅速送來兩份蚵仔煎，上面灑滿花生粉。「吃吃看！」美玲打開免洗筷，夾一口放進嘴裡。如月吃了一大口，甜鹹甜鹹的口感十分特別。美玲在隔壁攤點兩碗紅豆牛奶冰，紅豆熬煮得軟硬適中，隨煉乳在口裡化開。兩人邊吃邊聊，很快盤子就空了。如月拿出錢包要付錢，卻被美玲阻止：「如月姊，妳還讀書，又有細人，倕來出。」美玲從口袋掏出錢，快步起身付帳。「承蒙妳。」如月感激的看著美玲。「自家人，毋須承蒙！」美玲拍拍如月的肩膀。

由於美玲還要準備晚上擺攤的貨，如月得趕回宿舍。吃過點心後，兩人相互道別，往各自方向前行。

回到宿舍，不懂賣錶的如月，把批來的手錶放在床上，挑一支粉紅色的戴上，她的手腕細瘦、膚色偏黑，粉紅色把膚色襯得白一點。「佳柔，妳看！」她舉起手。佳柔從書桌上站起身，攀在床緣，像個小女孩拉起她的手稱讚：「好看耶！」

「喜歡嗎？」如月問。「喜歡。」佳柔露出甜甜的笑。「妳戴戴看。」如月把錶脫下，幫佳柔戴上。佳柔的手腕圓潤，膚色白皙，戴上粉紅色手錶更顯女人味。「哇！妳比我適合耶。」如月由衷稱讚。

「真的嗎？」佳柔開心舉起手看了又看，捨不得把錶脫下來。「這是我今天去龍山商場批的貨，想說明天帶到學校賣。」「這錶不便宜吧？」佳柔問。「還好啦。送給妳，算是謝謝妳老是幫我佔位置。」如月說。每次如月熬夜看小說，隔天爬不起來，都靠佳柔替她搶先佔了教室後靠門的位置，讓她可以找機會溜進去。「這不好吧？如月姊，我還是跟妳買吧。」佳柔說。「沒關係，妳多幫我宣傳就好。」如月說。「謝謝如月姊！」佳柔開心的親吻手錶。

隔天下課，人緣本就不錯的佳柔四處宣傳。一傳十，十傳百，如月批的二十支手錶，不到一星期全賣光。

入夜，宿舍熄燈，如月躲在被窩裡，打開手電筒，數算賺來的鈔票，扣掉成本，進帳快一萬元。如月不敢相信自己的眼睛，反覆算幾次，把錢放進信封袋藏在枕頭下。這些錢給她莫名的安全感。這晚她睡得特別甜，是來台北後，睡得最好的一晚。

紅樓

天光照進宿舍，如月用棉被罩住頭。這天是假日，不需早起。隔著棉被，她聽見衣櫥被打開，鐵衣架敲擊的聲音。女孩低聲說話和室內拖鞋的啪嗒啪嗒聲。等如月完全醒來，隔壁床棉被已摺疊整齊，其他兩個室友一早就出門。她記得，昨晚麗盈提到，和隔壁寢的同學約好，要去中華商場新新唱片逛逛。夢芝嬌滴滴的說，她要跟男友去西門町看電影。

佳柔套上一件鵝黃色毛衣，攀在床沿問：「起來啦？下午要不要去看舞台劇？」「什麼舞台劇？」如月邊摺棉被邊問：「要錢嗎？」對現在的她來說，沒有什麼比錢更重要、更可靠。「免費。」佳柔露出哀求的表情：「拜託啦！我答應我哥要幫他拉觀眾！」「但是……我今天要去龍山商場批貨。」如月有點為難。

「看戲的地方在西門町紅樓，龍山商場離西門町又不遠！就這麼說定了，約下午三點在紅樓樓下吧。拜託！拜託！」佳柔雙手合十，不停點頭拜託。「真是拿妳沒辦法！」如月答應。反正免費，就去看看吧。

如月換上白色針織上衣、墨綠色長褲，背上黑色後背包，離開宿舍，搭公車前往龍山商場。這次她打算批雙倍的貨，不只女錶，還想再批些男錶。有的同學喜歡大錶面的手錶，男錶簡單有型，適合中性的女生。還有，長庚那些實習醫生說不定也會有興趣。

「真正看袂出來，是做頭家娘的料喔！」老闆說：「攏佇學校，一禮拜就賣了了啊！」「運氣運氣啦！」如月笑說。她把批好的貨放進背包，順道向老闆問路：「頭家，你知道紅樓在哪裡嗎？」「紅樓？佇西門町成都路邊，正手邊的八角樓著是。華西街妳知無？妳行過華西街，轉進內江街，直直行就到啊。佮查埔朋友約會？」

「不是啦！」如月說：「跟同學去看舞台劇。」「舞台劇？」老闆露出曖昧的眼神：「麥假啦！紅樓都馬是『那種』戲。」如月聽不太懂老闆的意思，但約好的時間快到了，沒空多問，匆匆離開。

大白天華西街多數店家都還未開門，整條街冷冷清清。一間蛇肉店大門半開，玻璃窗裡有隻巨大的黃金蟒，身體蜷曲成冰淇淋狀。街口有間麵店開著，傳來熬湯的香味，幾個看來像住附近的老人家，坐在攤子前吃午餐。穿過華西街，右轉內江街。路中還有路，蜿蜒的巷子綿綿不絕般，往更遠處開散。

身為路痴，如月不敢冒險彎進小路，只走大路。路上的建築各異，有日本時代留下的雙層木造建築，樓下還保留拱門。路口有一座雙層水泥洋樓，店面保留巴洛克風格，屋頂是圓拱型的，像倒放的炒飯鍋蓋，牆壁上有波浪狀雕刻和裝飾性圖案。雖然已經十分老舊，但看得出過去它曾經多麼繁華、耀眼。

如月低頭看手錶，不能再多耽擱了，她小跑步穿過這條街，遠遠看見一座紅磚房子。那就是紅樓吧。紅樓是一座大約八公尺高的八角樓，樓面老舊，和四周現代高樓大廈一點都不搭。先前待在警察宿舍時，曾走過幾次成都路，從沒注意到它。

穿著鵝黃色毛衣、過膝A字裙的佳柔，拿著手提包，站在門口向如月揮手。如月小跑步過馬路，喊：「抱歉，來晚了！」「沒關係，來得及。」佳柔說。「這裡有舞台劇？」如月露出懷疑的表情。「聽說平常都放A片！但就是因為這樣，租金便宜，我哥他們社團才租這裡。」佳柔笑答。

「欸，約的時候怎沒說啊？」如月瞪她一眼，難怪錶店老闆要露出那種曖昧的眼神。「現在說也一樣嘛！」佳柔撒嬌的挽著如月走進紅樓，八根大柱子矗立眼前。「我哥說，日本時代這裡曾經是墳場，後來日本政府把這裡做成示範市場，就叫西門市場，妳看這八角樓的形狀像八卦，後面的樓房則是十字架形狀，就是為了要鎮煞。被國民黨接收以後，開始演京劇，大家叫它西門劇場，二十幾年前改成放電影，一直到現在。」佳柔一股腦把知道的全告訴如月。

「墳場？」如月瞪大眼睛看了四周，除了八根大柱子，四周牆面是拱型窗戶，窗外陽光幾乎全被窗簾遮蔽，真有幾分像電影會出現幽靈的古堡。但是頭既然洗了，就得堅持洗完。現在說不看，就太沒義氣。如月深吸口氣，繼續往樓上走去。

佳柔從口袋拿出兩張票，遞一張給如月。票面上是藍色原子筆寫的「貴賓券」三個字，字跡整齊清麗。票券正中央蓋著紅色印章，印著「蕭紅傳」三個大字。「蕭紅傳是誰？」如月問。「妳問我，我問誰？反正，我哥他們就喜歡搞這些別人看不懂的東西。」佳柔聳聳肩。不知為何，佳柔的話讓她想起那天在龍山寺門口，遇見的那個高喊自由民主的年輕人。

樓梯越往上走，陳年霉味越重，昏暗燈光遮掩陳舊階梯。黃光照在紅磚上，讓整個戲院像罩上一層紅紗。一排排木椅，自舞台向出口排列。幾顆黑壓壓的人頭集中在舞台前，看樣子頂多二十來人。佳柔和如月坐在第三排。黑色布幕緩緩上升，舞台道具簡單，也可說是簡陋，只有一把椅子和象徵窗戶的木框。

第一幕「逃」。主角是個叫蕭紅的女子，她為了躲避家中安排的親事，提著皮箱，跟男人逃離家鄉。飾演蕭紅的女子坐在窗邊，她的臉長得很秀氣，但手掌特別大，不像女人的手。「她」手握筆，在筆記本上不停寫，偶而望向窗戶若有所思。那扇窗讓如月想起警局宿舍裡的小窗，讀書讀累時，她也會看向窗外，眺望對面的西門町。華麗霓虹燈令人目眩，讓人暫時忘記眼前的煩惱。

蕭紅堅持寫作、賺取稿費，男人卻移情別戀，她一度想自窗戶跳下去，最終輾轉流浪不同城市，在不同男人的懷抱裡尋找溫暖。最後一幕，蕭紅獨自在醫院走道上死去。從沒看過舞台劇的如月，眼裡含淚，怕被看見，趕緊用袖子擦乾。轉頭看佳柔，卻見她靠在椅背上呼呼大睡。

演員們依序出場鞠躬，只靠六名演員就撐起一場戲。如月用力鼓掌。被掌聲吵醒的佳柔，揉揉眼，發現正在謝幕，故作鎮定，說：「好看吧！」「好看？妳在夢裡看的嗎？」如月斜眼看佳柔。「幹嘛那麼計較？」佳柔嬌嗲：「我哥演的那種戲，我就不愛看嘛！走啦，我們去後台找我哥。」佳柔走上舞台，往布幕後方走去。演員們正在卸妝、換衣。

「哥！」佳柔對一個穿軍綠色襯衫的高大男子喊。他是飾演負心漢的那個人。「他是我哥，蕭佳鈞。」「這是我同學，陳如月。」佳柔介紹著兩人。「妳是不是又從頭睡到尾？」佳鈞拍拍妹妹的頭，一副寵溺的樣子。戲裡的蕭佳鈞有一雙帶著邪氣的眼神，下戲後的蕭佳鈞，像一般大學生、好哥哥。「哪有？我很認真看耶，不然你問我同學。」佳柔撞了一下如月的肩膀。「我不習慣說謊。」如月忍著笑。「喂！」佳柔插起腰。

「謝謝你們來看我演戲。等我一下，請你們吃飯。」佳鈞說。「你們兄妹難得聚在一起，你們吃就好了。」如月回。「如月，妳就好人做到底，我今天有約會了！拜託妳陪我哥吃頓飯吧。」佳柔懇求似的說。如月這才發現，說什麼看《蕭紅傳》，她根本就是來參加佳柔精心策劃的《我愛紅娘》。「謝謝妳平常照顧我妹。我們就在附近簡單吃吧，不會耽誤妳很多時間。」佳鈞說。

如月說不上什麼原因，一般男生邀如月時，她會有不耐煩的感覺，偏偏對佳鈞不會。看著一臉誠懇的佳鈞，如月不忍拒絕，便點頭答應。

佳鈞帶如月跨越中華路，往中山堂旁的小巷子走去。一間小咖啡館出現眼前，木門旁有兩扇小窗，簡直像童話故事裡才會出現的森林小屋。木頭招牌上寫著「上上咖啡」。推開門，右手邊是吧檯，左手邊有幾張小圓桌、圓椅，最裡頭是一組靠牆的L型木頭椅子，是店裡最寬敞的位置。因為店裡沒有其他客人，佳鈞帶她到那坐下。老闆娘送來檸檬水，遞上菜單。如月翻閱菜單，佳鈞在一旁熱心介紹：「這裡最有名的就是羅宋湯，搭配他們家的蒜味厚片。」

「那就羅宋湯。」如月說。佳鈞抬頭，跟靠在吧檯上等著點餐的老闆娘說：「兩份羅宋湯。」「飲料呢？」老闆娘問。「一杯冰特調不加糖。」佳鈞說完，看向如月。「給我一杯熱的曼巴。」如月說。老闆娘迅速在紙條上記錄，接著走進吧檯。如月的目光停駐在吧檯上的賽風壺，不久前的她還在楓林牛排館煮咖啡。

「妳是被我妹硬拉來的吧？」佳鈞問。如月回過神看著佳鈞，他眼神裡有小男孩的淘氣。「也不算啦。」如月說：「我第一次看舞台劇，蠻有意思的。」「還可以嗎？」佳鈞邊說邊露出促狹的表情。被他看得不好意思的如月，低頭喝口水，緩緩道：「蠻好看的啊。只是……台上所有角色都是男人扮演的？包括女主角？」

「妳看出來啦！真不簡單。」佳鈞笑說。他笑起來和佳柔一樣，露出前排潔白牙齒，給人溫暖的感覺。這男孩有不少女生倒追吧？「他確實很像女人。不，比女人更女人。」如月努力回想台上的女主角。「妳怎麼發現的？」佳鈞雙手交疊放在桌前，好奇的問。「手。」如月伸出手：「我發現，他身體的骨架小，但是手掌很寬大。」「手！」佳鈞大笑：「妳怎麼會注意手？」「職業病吧！」如月不好意思的笑：「我在學校賣錶。」如月說起在龍山商場批錶偷偷拿到學校賣的事。兩人一見如故，東南西北聊開。

「那個『蕭紅』是我男朋友。」佳鈞說。從談話到現在，佳鈞都是看著如月的眼睛說話，只有說這句話時，低頭望著指間的香菸。佳鈞的手指細長，指甲剪得乾乾淨淨，倘若有一天，她需要「手模」替手錶拍宣傳照，她一定會拜託佳鈞。「我很怪吧？」佳鈞說。儘管極力掩飾，如月還是聽出聲音中的哽咽。

「怪？你是說一個男人的手長得那麼美，很怪？」如月故意提別的事。佳鈞一聽，果然笑了。緊鎖的眉頭再次開展，回到自信溫暖的佳鈞。

「我媽好像知道……我的事，但她不想承認。」佳鈞又抽一口菸，望向如月：「所以她老是叫佳柔介紹同學給我。」如月一副恍然大悟的模樣，伸出手，說：「很高興認識你。」佳鈞調皮一笑，也伸出手來。兩人握手，接著捧腹大笑，笑得流出淚來。

新公園

用過餐，如月和佳鈞穿過幾條巷子，從襄陽路走到新公園。阿舅告誡過她，一個人晚上不要去那，很亂。現在有佳鈞，不算一個人，如月不感到害怕。他們從大門進入，兩隻銅牛躺臥在兩側，彷彿隨時會起身行走。學歷史的佳鈞，一一向如月介紹，這銅牛是日本時代留下來，滿洲國致贈的禮物。「滿洲國知道吧？」如月點頭。國中時，她的歷史還算不錯。課本上說，滿洲國是日本侵佔中國東北後扶植的傀儡政權。她還記得滿洲國的頭頭是個叫汪精衛的男人，長相斯文俊俏，帥得可以當明星。

再往前走，一座石頭牌坊矗立眼前，由一對石獅鎮守。石獅瞪著一雙銅鈴大眼，但一點也不可怕，反倒十分可愛。「那這個呢？」如月指著石獅問。「考我啊？」佳鈞說：「這是清代的東西。但是什麼歷史，我就不確定了。」

他們就這樣並肩走著，把新公園當作博物館逛。越走越深，只見幾盞路燈亮著，偶而幾聲鳥鳴。他們走到池邊，池邊圍繞許多植栽，高高低低，像一道牆。隱隱約約裡，如月感覺到那裡有人，或許在草叢下，或許在涼亭裡。把什麼隔絕在裡頭。又或許，是把她隔絕在外頭。

佳鈞突然跳上一顆大石頭，像在舞台上，大聲唸出一大段台詞：「在我們的王國裡，只有黑夜，沒有白天。天一亮，我們的王國便隱形起來了，因為這是一個極不合法的國度：我們沒有政府，沒有憲法，不被承認，不受尊重，我們有的只是一群烏合之眾的國民。」說完，他鞠了一個躬，跳下石頭。

「你在幹嘛啦！」如月不解的望著他。

「我們的下一齣戲，演白先勇的《孽子》。要來看喔。」佳鈞說。如月不知道誰是白先勇，更不知道什麼孽子，她怔怔望著月光下的佳鈞，他的眼睛裡似乎盈滿淚水。「我會去的。」如月說。她其實還想說更多，卻不知該說什麼？佳鈞用袖子擦了擦淚，對如月微微一笑。

他們在昏暗公園裡又走了一段路，接近出口時，佳鈞點起一根菸，抽了一口，緩緩的說：「我和我男友雖然是同校同學，但在這遇見，才在一起。」黑暗裡，如月看見佳鈞手上的星火，在他的一吸一吐之間，閃爍著微光。

長庚醫院

一學期後，建教生開始進入醫院工作，早上去學校上課，下午到醫院實習。同班同學被打散到不同科，外科、內科、婦產科、小兒科、感染科……。為了容納眾多科別，醫院不停建造新大樓。這些大樓相連又獨立，每棟外觀幾乎一模一樣，四方柱狀、白灰瓷磚，一如林口灰濛濛的天氣。有的電梯限定某些樓層，有的走廊只通往某棟大樓，像複雜的迷宮，如月好幾次一閃神便迷路在醫院中。

隨著來的次數多了，她逐漸找到一些辨認的方法。比如醫院內部的牆面油漆是不同的，醫學大樓是藍色的、復健大樓是綠色的、病理大樓是黃色的，還有正在興建的兒童大樓，據說會漆成粉紅色。另外，如月牢記某幾條主要幹道，倘若走錯路，只要退回主幹道就可以重新找到方向。

剛進醫院時，如月被分派到小兒科嬰兒室，照顧初生嬰兒。這份工作，她還算熟悉，幫嬰兒洗澡，一手穩著嬰兒脆弱的身體，一手拿方巾擦拭。年幼嬰兒在水裡滑動手腳，有時因為舒服而發出不同的聲音。有的聽起來像是「啊」，有的是嗝嗝嗝。她在他們身上看到可樂的影子。如月有一年沒看到可樂，四歲的她想必已經很會說話了。補償似的，她對毫無血緣關係的嬰兒，比起其他護士，付出更多的愛。比如餵奶時，如月會輕聲跟他們說話，甚至哼歌給他們聽。「嬰仔嬰嬰睏，一暝大一寸；嬰仔嬰嬰惜，一暝大一尺。」可樂從前只要聽到這首歌就會沉沉睡去。她喜歡和還不通人語的嬰兒在一起，可以透過實際的接觸，像是輕撫、歌聲和擁抱，傳達情感。她看著鏡子裡穿著白色護士服的自己，她相信這個穩定的工作可以給她平穩的下半生。

而她期待的平靜生活，卻被一個突如其來的禮物打亂。

某天下班時，小兒科主治醫生詹醫師拿著一個用粉紅色包裝紙包裹的方盒，特地在櫃台前等她。詹醫師未婚，眼睛略小，白淨斯文，身材挺拔，加上能言善道，有不少同事仰慕他。

「沒別的意思，昨天去鶯歌，帶的一個小瓷杯。我看妳平時忙工作，很少喝水，送妳杯子，提醒妳多喝水。」詹醫師說。詹醫師的打扮、體貼，讓她想起敏誠。倘若敏誠變成主治醫生，差不多也是這副模樣。但她也聽到別的八卦，詹醫生對新進模樣不錯的護士，都會主動出擊、搞曖昧，最後始亂終棄。如月沒收下禮物。她看見詹醫生眼神裡的挫敗，和一閃即逝的不悅。但他很快收拾情緒，將禮物放回紙袋，快步離去，彷彿什麼都沒發生過。

如月原以為事情到此結束，卻沒想到一切全被大學姊看見了。大學姊是她們這組的領頭，雖然是學姊，實際年齡不過二十四歲，還比如月小四歲。隔天行前講習，大學姊交代今日注意事項時，刻意提高音量說：「當護士是照顧病人，有些人就是仗著自己長得漂亮，不做事，這種事情，我們這裡絕對不允許。」看似對眾人說話，眼神卻不停飄向如月。如月發現了，低頭假裝在記事本上抄寫重要事項，心想：「我在醫院打滾時，妳這小姑娘恐怕還在考證照吧。」但她只是邊抄寫邊點頭，假裝不知道這妒意是衝著她來。她來這裡是為了躲避麻煩，不是招惹麻煩。

然而，如月的隱忍並沒有讓這份敵意減輕，大學姊把她從一般嬰兒室，調到小兒科加護病房。如果一般嬰兒室的孩子是上帝眷顧的天使，那麼加護病房裡的孩子，就是上帝遺忘的孩子。他們大多是早產，或一出生就發現天生殘疾。這天，來的是一個僅六個月大的早產兒，不足月離開母親溫暖的子宮，全身插滿管子，皮膚泛黑躺在床上。探望時間一到，穿隔離衣的家屬圍著他，他們通常什麼話也不會說，只是站在一旁不停掉淚。沒人知道這孩子活不活得過今天晚上。從前在長春醫院，遇見的大多是跌打損傷、老人病痛，不像在這，時時刻刻都可能是生離死別。

每次穿起隔離衣、消毒雙手，準備踏進加護病房，她都需要深呼吸，才有勇氣踏入。她記得每個孩子的名字。準確來說，是他們母親的名字。他們通常還未被命名，用的只是「某某之子」。像前兩天剛進來的早產兒代稱就是「曾玉梅之子」。如月會在心裡另外幫他們取外號，比如她叫「曾玉梅之子」小玉。儘管他是個男生。她希望他能承襲玉石的堅硬，活下去。那天，她進加護病房，小玉的床已經換成另一個孩子。小玉的情況還不能離開加護病房，唯一的可能是他走了，變成自由來去的天使。那一整天，如月的心裡承受巨大的悲傷。但不能表現出來，她必須堅強起來，照顧其他的孩子。

用餐時間回到休息室，大學姊拉著同組同學，圍在一起說悄悄話，故意笑得很大聲。如月一來，大家立刻沉默，假裝忙著手上的工作。如月也當作沒看見，但心裡覺得悶，生離死別那麼多，機關算計那麼多。白色大樓、白色制服、白色藥丸和白色氣味，單調乏味得令人窒息。

她快速吃過便當，準備返回加護病房時，走廊上出現一個熟悉的瘦長高挑身影，是佳鈞。「你怎麼來了？」如月一臉驚喜。佳鈞壓低聲音說：「來看看小柔，順道過來看妳好不好？聽小柔說，妳被排擠啊？」佳柔雖然和她不同科，但醫院沒有祕密，她從其他同學那知道這些事。回宿舍，佳柔幾次想開口問如月，如月覺得說了也沒用，所以老是藉口「很累想睡」打發過去。看來，佳柔還是什麼都知道了，並且把這些事都告訴佳鈞。如月聳聳肩，一副無所謂的樣子。沒想到佳鈞突然用媲美廣播主持人的聲音大喊：「如月，等一下執勤結束，我們去西餐廳吃晚餐。」

如月瞪了他一眼，壓低聲音說：「幹嘛啦！你以為你在演舞台劇嗎？」佳鈞靠近她耳邊悄聲說：「妳學姊不是喜歡那個年輕醫生嗎？現在讓她以為妳『名花有主』不就好了。但吃飯是真的，看妳越來越瘦，等一下給妳補一補。小柔也會去。」如月看著頑皮的佳鈞，無奈的點點頭。外人不明所以，只見如月和佳鈞兩人舉止親暱，不是男女朋友還會是什麼？

「陳如月有男朋友」的消息傳遍醫院。老是找機會接近如月的詹醫生，遇見如月時還是會多瞄她幾眼，但因為新來的年輕護士人長得漂亮，詹醫生忙著對她出擊，對如月不像過去那樣殷勤，如月倒也樂得輕鬆。

水藍色醫學大樓長廊，如月見佳柔拿著病歷表往她走來。儘管每晚都可以在宿舍見面，但自從到醫院實習後，大家班表未必相同，回到宿舍往往累得說不出話，洗完澡倒頭就睡。在迷宮似的大樓偶然相聚，兩人不禁相視而笑。交會時，佳柔用肩膀輕輕碰如月，說：「看妳笑的，最近那個老巫婆沒欺負妳了吧？」「老巫婆？她年紀還比我小，小心被她聽見，下次被整的就是妳！」如月說。佳柔伸出食指放在嘴上「噓」一聲，接著小聲問：「欸！說實話，妳跟我哥進展得怎樣？嗯嘛嗯嘛了沒？」佳柔兩手做出親吻狀。

「接什麼吻啦！只是好朋友。」如月翻了翻白眼。佳柔嘟起嘴，不滿意如月的回答。如月輕揉佳柔的頭說：「感情這種事不能勉強，懂嗎？」佳柔用力搖頭。「妳以後就懂了，趕快上工吧，不然到時候又被人說我們混水摸魚。」佳柔「哼」一聲，向如月揮手，往長廊另一側走去。她的裙襬在水藍色的牆面裡晃蕩，馬尾的粉紅色緞帶招人眼目，像不甘寂寞的熱帶魚，抗議狹窄、單調的水族缸。

萬年大樓

像食物鏈一般，詹醫生追著新來的護士，大學姊追著詹醫生。如月明顯感覺到，大學姊最近的目標都放在那個小學妹身上。身為「過來人」的如月，實在同情那個初來乍到，還搞不清楚狀況，就被孤立的學妹。在醫院這樣封閉的空間裡，護士數量永遠比醫生多，女人比男人多。這種女人欺負女人的遊戲，一再上演，讓她非常厭煩。醫院裡無止盡的白、恆常不變的消毒水味，更讓她感到不耐。

一到假日，為了逃離這一切，她寧可搭公車，去萬華批錶，順道去市區走走。城市燈紅酒綠、紅男綠女，比起沉悶如水族缸般的醫院，那裡才是真正的大海，或許險惡，但也充滿可能。

這天，如月到龍山商場批錶。她已不像初來乍到時緊張，腳步沉穩向前行，知道該從哪裡走進手錶巷，最能避開擁擠的人潮。走進瑞士鐘錶店，只見一個梳著油頭的男人，對老闆說：「先前說要頂的那個，後來又跟我說權利金太高，他玩不起，臨時給我跑掉。」他的無名指上戴著白金鑽戒，在日光燈照射下，閃著耀眼的光芒。

「你萬年大樓租金萬金貴，普通人哪會堪？人，再找就好啊！」老闆說完，瞥見如月站在門口，指著她：「欸，我看妳這小女子足會賣錶，無妳來頂？」正在看新款式的如月，抬頭問：「頂什麼？」「頂錶店啊！千載難逢，萬年大樓一樓轉角，金店面！」老闆用誇張的表情說。

「好啊啦！麥相害！這查某生了水水，後擺找一個有錢人嫁卡好！」油頭男人瞇著眼瞧如月。老闆也附和：「對啦！對啦！堵才是講玩笑，妳護士做了好好的，後擺嫁醫生卡好。佇萬年開錶店雖然有賺，毋過無時間、風險大，講實在話，無適合查某啦！」

聽油頭男和老闆你一言我一語，查某長查某短。她內心燃起不服輸的倔強。從前阿爸不准她畫畫，常說「細妹嫁分好人家就好」。「做護士是很穩定，但是，我不喜歡醫院。賣手錶，現金流通快，還可以交朋友。我這一年多跟你批了多少錶？沒有上千支，也有幾百支了吧？」如月不服氣的說。

油頭男人見如月頗有傲氣的模樣，手拍玻璃櫃說：「好！假使妳真正有要，著準備二十萬權利金。妳偌會使著佮我講，我予妳一個禮拜考慮，按呢好無？」說完，拿起櫃檯上的白紙和原子筆，寫下地址和電話遞給如月。

「揀日不如撞日，妳就今仔日對林桑去看覓，看有佮意無？」瑞士鐘錶的老闆說。如月點頭，心裡卻開始懊惱：「真要頂，二十萬要從哪裡來？」

林桑領如月往西門町行。兩人一前一後，隔著一、兩步距離。

「店好好的為什麼要盤讓？生意不好做？」如月問。「我講實在，佇萬年競爭大，租金高，毋過好好啊做，絕對袂賠錢。只是阮某伊做果子批發，賺錢親像飲水同款，我賺袂贏伊，想想歸氣[25]佮這頂予別人，假伊鬥跤手。」林桑邊說邊摸著左手無名指上的鑽戒，接著從襯衫口袋掏出香菸和打火機，抽起菸來。抽了幾口，把香菸夾在指間說：

「毋過，講無感覺可惜也是騙人耶，做了遐濟冬，對彼間店也有感情。」說完抖抖菸，繼續往前走。

外牆砌著墨綠壁磚的萬年大樓，經歷多年依舊是西門町著名地標。面對馬路交叉口的大樓牆面，以紅色霓虹燈標註巨大的「萬年商業大樓」，越夜越明顯。林桑領著她從西寧門走進。

一走進萬年，彷彿進入時光隧道，許多回憶湧入。她記得，從前讀馬偕時，最愛來西門町逛街，並且獨鍾萬年大樓。其中一次還帶如玄來。這裡的商店如蜂巢般，每間店是一個蜂室。每個蜂室都有自己的特色。地下一樓是美食街，有台灣小吃、異國料理，放置甜不辣的煮鍋裡冒著熱氣，現做鐵板燒把四周都染上黑胡椒醬的氣味，逛街逛累了不想走遠，可以在這裡打打牙祭。

一樓賣手錶、西裝和香水，模特兒穿著剪裁入時的西裝，站立在兩側，像在迎接從不同入口進入的人們。香水櫃擺放各式各樣瓶瓶罐罐的香水，賣香水的老闆娘身上也有股濃郁的香水味。二樓賣鞋帽，三樓賣衣服，裝扮入時的年輕男女穿梭其中，包括曾經的她。四樓賣模型、雜誌，她很少到這層樓來，但常見到父母帶著孩子，手提大包小包從電梯上下來，孩子手上拿著塑膠模型，一臉滿足幸福的模樣。

五樓、六樓、七樓是金萬年冰宮。她很久以前跟同學去過一次，她先是站在場邊，看男男女女穿輪鞋，手拉手接龍不斷轉圈，隨音樂搖擺滑行。見到女生，男生就自動解體，把女生牽上來，隊伍越長越刺激，如月跟著歡呼，一個年輕男孩停下來邀她，她還來不及點頭或拒絕，就被拉到場上，隨音樂跟著人群滑行，好幾次要跌倒，那男孩就順勢拉起她。她早忘記那男孩長得什麼模樣，只記得回到宿舍時已超過門禁時間，還是拜託一樓宿舍的同學開窗，才爬進宿舍裡。

如今，景物依舊，人事已非。這棟大樓似乎永遠都這樣敞開大門、迎向人群，改變的只有逛街的人們。就像她，從一個不經事的少女，變成經歷婚姻變故的少婦。

拐個彎，林桑指著手扶梯對面的一間小錶店說：「到啊！這就是我的店，是萬年上小間的。」這間店果然小，大約只有一坪半，一位長捲髮女孩坐在裡頭顧店。看見林桑，立刻站起身，拿出帳簿給他。如月仔細打量，這間店雖然小，但位置還不錯，入口右側第一間，前面有手扶梯，不怕沒人潮。見林桑正在忙，她俯身看櫥窗裡的手錶，自從開始批錶賣後，她把對衣服鞋子的興趣轉向手錶。出門逛街就愛逛錶店，翻雜誌也看模特兒戴的是哪款錶。

衣服、鞋子都是死的，唯有手錶是活的。櫥窗內依顏色、品牌、款式排列整齊的手錶，錶面有圓的方的，錶帶有金屬、皮製或塑膠皮，還有各種不同的顏色。滴答滴答，她聽見手錶們，努力往前跑的聲音，細細碎碎，輕輕悄悄，彷彿在說：「走吧！走吧！向前走！」

「妳家己好好考慮看麥。」林桑對專注看錶的如月說。如月抬起頭，說：「頭家，多謝你，我回去跟我爸爸討論看看。」「好，妳那要就緊佮我講！」林桑說完，向如月揮揮手道再見。接著回過頭對剛走近的一對年輕情侶說：「有興趣偶拿出來給你戴戴看。」

如月搭公車從五彩西門町回到林口，望著窗外灰濛濛的天空和一棟棟單調乏味的白色大樓，她下定決心要頂店。

為了頂店，如月先向阿爸借十萬，答應半年內還他。其他錢，她還在煩惱。倘若她向阿舅開口，阿舅說什麼都會拚了命把錢湊出來給她。但她知道阿舅的錢向來是舅媽在管，她不想造成阿舅的困擾。

另一個人選，是武雄哥。每次，如月到西門派出所找阿舅，武雄哥都會趁機約如月去喝杯咖啡。如月從沒答應過。她看得出來，武雄哥對她有意思，但她只把他當一般朋友。

如月來到警局的門口，值班的是年輕員警阿平。如月向他打招呼。「找妳阿舅喔？」阿平拿起電話，正要按下分機。「不是啦！」如月說：「找武雄大哥。」「武雄大哥？」警員臉上浮現一點不解，但還是按下另一個分機號碼，接通後說：「武雄大，外找。」不到兩分鐘，武雄大哥就出現在如月面前。他留了一把落腮鬍，個頭高大，小警員們私下給他一個綽號「張飛」。

「日頭對西邊出來！如月小姐主動來找我。」劉武雄調侃如月。「武雄哥，我有事要請你幫忙。」如月說。「來，先陪我飲一杯咖啡擱講。」劉武雄說完，大搖大擺走出警局。也只有「業績」驚人的武雄大，才敢在上班時間公然外出，只為了喝一杯咖啡。

劉武雄帶如月到蜂大咖啡，蜂大咖啡和隔壁的南美咖啡都算是老店。蜂大咖啡進門處是放著一個 L 形的玻璃櫃，放著各式餅乾點心，玻璃櫃上還放滿玻璃罐，罐子裡的餅乾一塊塊整齊堆疊在一起，上面寫著核桃酥、鮑魚酥和杏仁餅。幾個客人排著隊，圍繞在玻璃櫃前。一個孩子指著櫥窗對母親說：「我要吃杏仁餅！」孩子的眼睛散發光芒，彷彿杏仁餅是世上最好吃的食物。如月吃過杏仁餅，看似堅硬，其實入口即化，濃濃的杏仁香散開在嘴裡。買杏仁餅給她的，正是眼前的武雄大哥。

進門後，右手邊是櫃檯，櫃檯上放著各式咖啡機，除了賽風壺外，還有四、五架冰滴咖啡，像放大版的沙漏，用冰塊和冰水萃取咖啡粉中的精華。左邊則放著一架大型烘豆機，一個瘦削的男人戴著口罩，坐在高腳椅上烘豆子。整間店全是咖啡豆的香氣。他們坐在走道邊靠窗的四人座位置上。如月和劉武雄相對而坐，她脫下背包，放在靠內側的木椅上。

「武雄大，今天要點什麼？」年約四、五十歲風韻猶存的女店員，一見劉武雄，熱絡的走上前來點餐。「同款啦。」劉武雄回。「一杯曼巴。」女店員在帳單上寫下「曼巴一」，接著看向如月，問：「妳呢？」「一樣。」如月回。「ok。還要點其他東西嗎？」店員問。劉武雄看如月一眼，如月搖搖頭。「先這樣吧。」劉武雄說，順手把桌上的 menu 遞給店員。店員離開，劉武雄坐正身體、拍拍胸脯，一副上刀山下火海在所不辭的模樣，說：「妳講，妳要西門町楚留香做啥？」如月噗哧一笑，西門町張飛什麼時候變成楚留香啦？但她想到此行是來借錢，停頓幾秒，緩緩開口說：「我想要借十萬。」如月把想要頂店的事告訴劉武雄。

「十萬，毋是小數目。」劉武雄面有難色，抽出胸前口袋的長壽香菸，點起一根菸來。「不要勉強。不行就算了。」如月說。小心啜飲店員剛端來的熱咖啡。

「佮妳講耍笑啦！」劉武雄用夾著菸的手，用力拍了一下桌子，說：「十萬無問題。」「真的？」如月不敢相信這麼容易就借到錢。「無我武雄大叫假的喔？」劉武雄說：「毋擱，我有條件。」「什麼條件？」如月問。早知道事情沒那麼簡單。劉武雄吸口菸，把菸朝如月的方向吐，說：「以後逐禮拜要陪我飲咖啡。」

築巢

36度C

如月湊到二十萬，頂下萬年的錶店。畢業後，她沒到長庚醫院上班，而是去萬年大樓。人生轉折無法預期，就像當年她選擇離婚，從湖鄉到台北，也不在原來的計畫中。

她望著手扶梯前不到兩坪的小店。幾天前，它還屬於別人，此刻已是她的。倘若她能每個月準時付出租金的話。萬年大樓租金貴得嚇人，這麼狹小的空間一個月得付給房東七萬多。她轉頭看著四周的錶店，幾乎都比她的大兩、三倍，光是陳列的錶款就多上幾百支。她真的能夠在這裡生存下去嗎？隨即打起精神，對自己說：只許成功不許失敗。她沒有失敗的本錢。

她想替小店重新取個好記的店名。豪華、寶島、歐洲，這些要不是昂貴的代名詞，就是地名。她想要的不是這種。為了取店名，她整夜翻來覆去睡不著，當年為可樂取名都不曾如此煩惱。晨光照進小小的租屋，腦海閃過還待在醫院，整天替病人量溫度的溫度計。長條玻璃製的溫度計，水銀慢慢爬升，刻度自35度開始、42度結束。還是護士時，就怕病人體溫不正常，發燒或體溫過低，最希望看見水銀爬升至36度和37度間停止。

36度C，就叫這個名字吧。

存款不多，一切得精打細算，能省則省。像招牌，沒多餘的錢請人做壓克力板，如月去美術材料行，買兩塊保麗龍板和紅紙，憑從前畫圖本事，決定大小後，在紅紙上畫出略傾斜的「36度C」，貼在保麗龍板上，再用美工刀裁下。如月脫掉厚底拖鞋，站上前店家留下的高腳木頭椅，把「招牌」用雙面膠黏貼在店門上方的白色牆面。

花最多錢的是一組高度及胸的L形玻璃櫃，和高過人頭的正方形玻璃櫃，用的都是超耐磨厚玻璃。這種玻璃不怕刮傷也耐重，如月觀察過，幾間老字號錶店都用這一款。兩組玻璃櫃完全依照店內尺寸打造，可以使小店發揮最大坪效。櫃子下方都安上滑輪，打烊時，只要先把正方形玻璃櫃推到最中間，接著就可以把L形玻璃櫃往內推，鋪上花布，幾張椅子倒放在玻璃櫃上即可。

什麼款式的手錶該放在哪個位置也不能馬虎。正對門口的櫃子只有一層，放的是日本精工、星辰這類價格較高的錶。靠牆處則放了黑色鐵網，專掛國產的平價手錶，價格由低到高，從二百九十元到六百九十元。方形玻璃櫃放在走道旁，放的是價格中上的流行款，吸引從西寧門進來的客人。擺放就緒，選定日子，一九八七年七月八日，農民曆「宜開市」，36度C正式在萬年大樓開幕。

她的開幕沒有什麼特別的儀式，只是聽了美玲的建議，請一尊關公像放在店裡。由於店實在太小，關公像被放在牆面最高處，拜拜時需要踩著高腳椅。神像前放三杯酒。她去龍山商場批貨時，順道買些日本糖果，放在圓形糖盒裡，擺在玻璃櫃上，供客人隨意取用。她仔仔細細擦了又擦原本就光透亮麗的玻璃櫃，手扶梯開始運轉，西寧門、峨嵋門、昆明門鐵捲門緩緩向上，為全新的一天拉開序幕。從前在學校賣錶，對象都是認識的同學、學長姊和學弟妹，這次要面對的可是陌生人。她心中難免忐忑，怕自己應付不來。

第一個上門的是個年輕男孩，頭髮挑染金色，身穿一件白色 **T-shirt**，下半身是一條破牛仔褲。他拿起一支金屬錶帶星辰錶，和一支運動型的卡西歐，左戴右戴，為該選哪支猶豫不決。「妳覺得哪一支好看？」男孩問，眼神迷惘。

如月把兩支錶輪流比在他的手腕上說：「這支比較紳士，適合正式的場合；這支卡西歐，你如果喜歡運動，這支就很適合，也是最新的款式。兩支味道不同，看你的需求。」男孩看了一眼櫃台上的兩支錶，抬頭看著如月說：「那我兩支都要了。」

如月乍聽嚇了一跳，眼前男孩不過十七、八歲，兩支手錶加起來恐怕要四、五千元，他就這樣全買單。但她沒有把驚訝顯露出來，面露微笑說：「好的，我幫你調錶帶。」如月拿起手錶放在男孩纖細的手腕上測量長度，問：「習慣戴緊一點，還是鬆一點？」「鬆一點。」男孩回。如月拿起小錘子，將金屬錶帶上的小螺絲輕輕敲落，再重新接合錶扣。調錶帶難不倒她，以前在學校批貨賣錶時，已學會這項基本功。但當她忙著替客人調整錶帶時，瞥見個子矮小、身材粗壯的男人，雙手抱胸站在一旁盯著她。如月從身形認出他，他的錶店就在對面，和她的店隔了一道手扶梯。

「無看過人恁樣調的。」那男人用客語說。語氣明顯在嫌棄她調錶帶的手法，他想必以為她聽不懂吧。如月假裝沒聽見，依照自己的步調調好錶帶。男孩戴上錶後，露出靦腆的微笑，看來還算滿意。如月把錶放進盒子裡，蓋上保證書，交給男孩。男孩拿出一個名牌皮夾，掏出幾張千元鈔給如月，如月找零後，堆滿笑容對男孩說：「謝謝你，歡迎再來！有什麼問題，帶保證書過來找我。」男孩點點頭，揮手離開。

男孩離開後，老大哥還站在原處盯著她。如月不客氣回看，果然是他。他頭頂微禿，厚唇寬鼻，年約五十來歲。如月用客語回敬他：「無看過細妹？」老大哥先是愣住，大概沒料到如月也會說客語，接著又擺出一副臭屁的模樣，說：「細妹有看過，恁壞綮[26]的頭家娘沒看過。佢的店佇妳的對面，開十年勒，有閒來拜碼頭！」

如月故意挑眉，斜眼瞄了瞄對面走道的小店，用不以為然的口氣說：「該間也算錶店喔？」那間錶店是利用安全門前的畸零地，放上長玻璃櫃和招牌，就當作錶店。玻璃櫃裡擺的錶款少得可憐，倒是桌面上擺放許多修錶工具。

「喂！佢馮老大修理時錶該時，妳毋知出世了無？」馮老大邊說邊摸髮頂。「好啊！下二擺佢毋會修的時錶就分你修！」看來馮老大果然不是靠賣錶維生，而是修錶。「驚妳喔！」馮老大拍拍肚皮，下巴微抬，走回店裡。

開張第一天生意不錯。準備打烊時，白天買下兩支手錶的男孩跑到店門口。手上戴著那支金屬錶帶的星辰錶。

「怎麼了？手錶有問題？還是……錶帶要再調整？」如月問。男孩搖搖頭，低著頭說：「這星期六……妳打烊後有空一起吃宵夜嗎？」「吃宵夜？」原來這男孩阿莎力買下兩隻錶，是對她有意思？「不好意思，我晚上有約了。」「我知道了。」男孩失望的轉身離開。

「你戴那支錶真的很好看。」如月看著他垂頭失望的背影說。

「這樣傷小男生的心好嗎？」走道另一頭傳來熟悉的沉穩嗓音，一看，是佳鈞。他身邊站著一位纖細男人，皮膚白，雙眼皮。如月認出，他是那齣舞台劇的女主角。

「你怎麼有空來？」如月驚喜的說。「妳新店開張，怎麼可以不來捧場？佳柔值班，調不開，叫我一定要過來一趟。」佳鈞說完，看了身旁的伴說：「叫他小寶就好。」

「小寶你好！我看過你的戲，扮相很美。」如月由衷讚美。小寶咬了咬下嘴唇，害羞說：「妳才美！」「兩位都不要謙虛，一個新公園第一美，一個萬年第一美，我看你們組一個『西門美人』團體好了！」佳鈞說。「衝著你這句美人，隨便挑，全部成本價！」如月笑著說。

他們挑一組精工剛出的對錶，金屬錶帶、寶藍色錶面。如月替他們調整錶帶，小寶的手掌寬大，手腕卻比想像中更纖細，整整調整兩次才到位。即使在熟悉朋友面前，佳鈞還是刻意與小寶保持一點距離。唯獨戴上同一款錶時，兩人相視而笑，那一剎那，如月幾乎以為自己是證婚人，為他們在保證書上蓋店章，就像蓋結婚證書。如月把保證書交到兩人手上，在心底祝福他們永遠幸福。

26 壞鮝：客語，脾氣不好。

開幕的客人比想像中多，什麼年齡層都有，來自不同國家。日本客就有兩位，還有從法國來的，西門町真不愧是台北的觀光客朝聖地。當天營收開紅盤，盈餘有一萬多。若是天天保持這種氣勢，不僅房租繳得起，離她想像的未來就不遠了。她要的未來是不為錢煩惱，有一棟自己的房子，可以接可樂同住。

隔天，她把部分現金，存到剛開戶的合作金庫。黃綠色存簿有了第一筆入帳。到店裡是下午兩點，其他店家早已開始營業。正要打開店門的鐵柵時，只見門前垃圾散落一地，幾隻蒼蠅飛舞。如月看著眼前景象，她知道一定是有人看她不順眼，故意想惡搞她。胸口一股悶氣就要發作，又轉念想初來乍到，還是不要惹事，拿起掃帚打掃。

這時，一陣啪嗒啪嗒的腳步聲從遠到近，接著她聽見一聲尖銳的嗓音喊：「哎呦！臭死了！」如月抬頭一看，原來是斜對面豪華鐘錶店的頭家娘。她身穿橘紅色雪紡洋裝，腳踩閃亮高跟拖鞋，露出鮮紅色的腳趾甲，一臉嫌惡瞄著地上的垃圾，像隻張牙舞爪的獅子魚。

如月見她一副氣沖沖的模樣，感到來者不善，但出來做生意，也不能隨便向人低頭。如月刻意提高音量說：「我不知道這是誰弄的，如果被我知道，我會要他好看！」她的店生意好，衝擊最大的就是豪華鐘錶店。兩間店賣的品項差不多，位置又最靠近。如月不禁懷疑，這一齣戲就是這隻獅子魚幹的好事。

「看我幹嘛？」頭家娘高聲喊：「妳該不會以為是我吧？冤枉喔！」如月不再說話，只是慢慢把東西收拾好。對面的馮老大快步走來，頭家娘一見到馮老大便委屈哭訴：「馮老大，這查某竟然冤枉我！」

「妳嘸通太超過啦！人在做，天在看！」馮老大顯然沒有要買帳，用熟練的閩南語說：「轉去啦，莫佇這看鬧熱！」頭家娘一臉委屈走了。馮老大彎下腰，幫如月打包垃圾，改用客語對她說：「有人看毋得人好！好好做，毋須驚！」

「偃正毋會驚，好得你來，無偃就賞佢兩巴掌。」如月說：「毋過，還係要承蒙你。」馮老大笑了笑，拿起兩大包垃圾往大樓後方的垃圾回收場走去。如月知道，從此在萬年沒人會再挑釁她。在這詭譎多變的商場深海，她有馮老大罩著。

很快，「萬年第一美人」的名號傳遍整棟萬年大樓，如月生意越來越好，需要修手錶時，她會把客人介紹到馮老大的店，還他人情。半年後，就把欠學校的違約金還完。一年後，跟阿爸和武雄哥借的錢也還完。她還存下一筆錢，想就近買間小套房，在台北城扎下自己的根。

獅子林

如月找房沒顧忌，只要離萬年大樓近就好。她看過幾間套房都嫌太遠，最後看到獅子林。馮老大勸她：「獅子林該地方無淨利，頭擺係國民黨保安司令部，刑求犯人用的，死過當多人，尋過別位啦！」對於這點，如月完全沒顧忌。這要歸功於實習遇見的大學姊，把她調到加護病房，天天磨練生死。看到後來，從前怕鬼的她反而盼望真有別的空間存在，讓那些小生命不會憑空消失，而是有一處地方可以棲息。

馮老大還說這裡出入複雜：「細妹人忒危險了！」獅子林是住商混合的大樓，二樓是禮服婚紗訂做市場，三樓是電動遊樂城，大多是賭博電玩，四樓到五樓是金獅、銀獅、寶獅、雙獅四間戲院，十樓是金獅大酒樓。其中六到九樓是單層小套房或樓中樓，儘管設有保全，但要去電動場、戲院、酒樓的客人，可以隨意使用電梯，確實不夠安全。

只是，下班後已十點、十一點，真的睡著都已是凌晨，為了能睡飽一點，她還是寧可選距離近、交通方便的獅子林。開店以後，不迷信的她多少相信運命，在樓層上特意挑八樓，希望生意一路「發」。

另外，獅子林吸引她的，還有大樓西側牆上的浮雕壁畫。她第一次來看屋提早到，便四處轉轉。突然被這幅壁畫吸引目光，畫的正中間有顆圓石象徵金珠，紅、藍、白鳳凰爭相往金珠飛去，形成漩渦狀。左下角題：「金珠聚鳳　民國六十八年三月卅日　謝孝德作」。她覺得自己就像那些鳳凰，為了搶奪金珠來台北打拚。那無盡的漩渦，讓她想起一路走來經歷的孤獨和委屈。當學生時，曾為了批貨餓肚子。她也曾被人誆騙，用過高的價格買下劣質的手錶。那幅壁畫在提醒她，記得走過的路，要存下更多的錢。更多的錢……

獅子林的天花板特別低矮，從電梯走出來就是長長的走廊，空氣裡永遠飄散菸酒混雜的難聞氣味，不過這味道聞久也就習慣了。她曾在白天撞見一位穿著低胸禮服宿醉的舞小姐，就這麼坐在電梯旁的窗戶下，睡得不醒人事。也曾見過一個穿花襯衫的老翁，叼菸站在長廊上抽著。在這裡生存，她學會視而不見。快步穿越廊道，走到自家的套房門口，掏出鑰匙走進門，那裡是只屬於她的空間。

套房不大，但五臟俱全。進門右手邊是浴室，約一坪大，內側有個米白色浴缸。如月特別滿意這點，她向來愛泡澡。入門左手邊放台洗衣機，洗好的衣服直接晾在洗衣機上面。洗衣機旁有一個流理台，擺著瓦斯爐、大同電鍋和碗盤架，當作簡易廚房。廚房和客廳以木衣櫥相隔，客廳內擺著一張紅沙發和一台電視。電視後放雙人床，牆上掛著相框，是可樂和她的合照。這是她的「家」。每天下班回到這，泡澡、看電視，然後睡覺。隔天又是忙碌而重複的一天。睡前，她會打開抽屜，拿出存簿，數算每日進帳的數字。這是她唯一的依靠。她為不斷累積的數字感到開心，卻難掩寂寞和空虛。感到寂寞的時候，她就打開電視，坐在窗邊的矮櫃上，抽著一根又一根香菸。看著煙霧從八樓窗口飄散出去，飄向對面的大樓、隔壁的大樓，一棟棟的大樓像積木般組成西門町，再拼成整個台北。在茫茫如海的城市裡，她唯一感到欣慰的是，至少她找到一塊容身之地。

日復一日，三年過去。

每天起床，她會看看牆上女兒的照片。照片裡的可樂還不到兩歲，拍攝地點是國小保健室，她臨時替熟識的校護代班。她的臉上戴粉色粗框眼鏡，膚色比現在黑。她沒刻意保養，中午起床待在店裡直到晚上，沒機會曬太陽，皮膚自然漸漸變得白皙。可樂安穩的躺在她懷裡，玩弄手指，沒看鏡頭。想孩子時，如月會看著可樂的照片說話：「等媽媽賺夠錢，就把妳接來台北住。」這句話像個咒語般，撫平思念女兒的心。

幾個店裡的常客對如月有意思。有的是像武雄哥那般年紀，明明有家室，卻毫不顧忌獻殷勤。也有大學剛畢業的年輕男孩，一臉稚氣未脫。如月全拒絕了。有過一次失敗的婚姻，她還沒準備好走進下一段感情。

叮咚！叮咚！門鈴響起。「請問有叫水電嗎？」門外傳來低沉的聲音。

「來了！」如月大聲回。馬桶漏水，每次沖水，水漬便沿著馬桶邊緣擴散到整間浴室。她叫水電師傅好幾天，終於來了。她穿著前晚睡覺的 T-shirt、短褲，赤腳開門。隔著鐵門，是個穿黑色短袖、頭髮及肩的瘦削男人。若不是他右手提著工具箱，還以為是哪來的搖滾樂團吉他手。

「陳小姐？」男人開口，聲音略顯沙啞。「我是。請進。」如月開門，拿雙拖鞋給他。她低頭打量水電師傅細瘦的鳥仔腳，她頭次見到男人有那麼纖細的腿，簡直是皮包骨。水電師傅不多話，拿起工具箱走進浴室。如月隔著半掩的塑膠門，看見他蹲在馬桶邊敲敲打打。

「喝咖啡嗎？」如月問。「什麼？」水電師傅轉頭，額頭滲著汗水。「咖啡？」如月再問一次。「好。謝謝。」水電師傅沒有太多表情，一臉酷樣。

見他專注修馬桶的模樣，如月放心走到窗邊煮咖啡。咖啡豆是武雄大買的，每隔一段時間，武雄大會帶咖啡豆到店裡找她。連磨豆機、美式咖啡機都幫她準備好。武雄大有段時間沒出現，她就自行到蜂大咖啡買豆子。特調曼巴，微苦帶點酸，她習慣這個味道。武雄大再次出現時，左手無名指上戴著婚戒。他說前陣子他回鄉下結婚，父母命難違。如月嘻笑說：「你也老大不小，該成家生子啦。」一副不以為意的模樣。武雄大一聽，臉色下沉說：「妳攏無單薄啊感覺可惜喔？」「要可惜啥？」如月裝作不知情問。「妳後！」武雄大說：「我拿妳無法度啦。」

她的早餐向來是一杯黑咖啡，配上一顆水煮蛋。她倒兩匙咖啡豆進磨豆機，深焙咖啡豆傳來濃郁香氣。如月愛極咖啡豆現磨的氣味。接著在咖啡機中加水，放上濾紙，倒入咖啡粉，按下按鈕，黑色液體從咖啡機緩緩注入透明咖啡壺裡。

浴室傳來沖馬桶的聲音，順暢的流水聲。

「可以了，妳試試看。」水電師傅探頭對如月說。如月走進浴室，和水電師傅錯身時，再次聞到他身上濃濃菸味。如月試按馬桶把手，順暢無比，地板不再濕成一片。

「咖啡好了，喝完再走吧。」如月洗了手，倒杯咖啡給他。他端起咖啡杯，吹涼後啜飲一口，瞥見窗戶矮櫃上放著一包香菸，問：「可以借一根嗎？」如月推開窗戶，把菸遞給他。

「抽這麼好，大衛杜夫。」他從紫紅色菸盒裡拿出一根菸，坐在她每天獨自坐的位置點菸。大衛杜夫是瑞士的牌子，專賣高級菸草，如月也抽過他們家的雪茄。她忘記何時開始離不開菸？大約是開店以後吧。起初是一天半包，隨著生意越來越好，承擔的壓力越來越大，變成一天一包，現在是一天兩包。想喘口氣時，先去上個廁所，再跑去萬年大樓昆明門外點菸，邊走邊抽，繞了一圈，走到昆明門，一根菸差不多也抽完了。

「你是台北人？」如月問。「宜蘭。」他對窗外吐出一圈圈菸霧，灰濛濛的菸往高樓深處散去。「怎麼來台北？」如月也點起一根菸。「學技術啊。還有，台北好玩。」他笑，露出被菸燻黑的牙。「那是妳女兒？」他用夾著香菸的手指向床頭的照片。

如月愣了一下。來台北後，為避免麻煩，除了阿舅和武雄哥，她沒向任何人提過離婚、有孩子的事。現在被陌生男人問起，她強作鎮定回：「我女兒，現在跟我前夫住。」

「所以妳到台北來。」男人說的話不是問句，而是肯定句。「是啊，想多賺點錢。」如月說：「錢比男人可靠。」說完無奈的笑了笑。「只是賺錢？來台北，不去玩玩，很可惜。」男人看向窗外。「有什麼好玩？賺錢都來不及了。」如月用不屑的口氣說。「當然好玩。不信，我帶妳去玩？」男人用深邃的眼睛看向如月。那是一雙像孩子般單純，卻又帶著邪氣的眼睛。如月不知自己怎會答應這個陌生男人的邀約。也許她的心裡仍然渴望有人陪伴。

他叫孫啟倫。孫啟倫得知住八樓的如月，不曾去過獅子林的其他樓層，就帶她去三樓打電動。手扶梯旁擺著整排白色機台，每個機台前都有人。由於椅背高聳，看不清他們玩的是什麼遊戲。再往裡頭走，喀拉喀拉，全是小鋼珠。這些如月都不感興趣。孫啟倫走到牆邊玻璃桌前坐下。如月走前一看，玻璃桌上竟倒映遊戲螢幕。這遊戲是《迷魂車》（**Rally-X**），可以雙人對打。孫啟倫開的是藍色賽車，她開紅色賽車，兩人在方塊迷陣中競逐。機台發出滴滴滴噠，單調循環的聲響。如月起初想這種東西有什麼好玩？沒想到玩過一次，破了關就上癮。她尖叫、驚呼，沉迷在迷魂陣中。一場結束立刻投幣玩下一場，最後還是孫啟倫喊停。「去看電影吧。」他提議。

他們搭手扶梯到四樓金獅戲院。戲院迎賓廳鋪設深紅色地毯，櫃檯邊框塗著金漆，有種刻意彰顯豪華的意味。這天看戲的人不多，幾對情侶手拿飲料、爆米花，走進戲院。孫啟倫問她想看什麼？她指著張貼在牆上的海報說：「這部吧。」那張海報上男主角俯身親吻女主角的脖子，兩人中間卻做成撕裂的效果。她根本不知道電影的內容是什麼，只是被海報吸引。

來西門町這麼久，如月一直想找機會去看場電影，但這還是第一次。這部片叫《致命的吸引力》，女主角由 Glenn Close 扮演，她不算很美，舉手投足卻充滿魅力。一頭白金色捲髮，暗藏慾火的眼神，還有第二次遇見男主角時，一襲深 V 白色洋裝，讓胸部若隱若現。這場愛欲，男人只作露水姻緣，女人卻視為一生摯愛，不惜以死要脅，成為恐怖情人。

走出戲院，擺脫裡頭沉悶、帶著霉味的空氣。兩人走到安全梯，如月蹲坐在樓梯上，孫啟倫對著窗外點菸。

「如果我燙女主角的捲髮，你覺得怎樣？」如月用手指梳著胸前的頭髮。「隨便啊，妳喜歡就好。」孫啟倫看她一眼，不在乎的向窗外吐出煙圈。他那漫不在乎的表情，叫如月移不開目光。為什麼他可以如此瀟灑？不像她總是懷著層層心事，擔心阿爸阿母的身體，煩惱弟弟們的未來，還有可樂。每想起這些，她就要自己更賣命工作、賺錢，並對自己說，只要有更多的錢一切都會好轉。事實上，許多事情確實如此，她有能力給父母家用，也能夠幫弟弟們分擔學費，阿爸阿母對她說話也多幾分敬重。有句話說，錢不是萬能，但沒有錢萬萬不能。真是說得對極了。為了錢，如月犧牲自己的時間，把最好的時光全耗在店裡。她想不起，有多久不曾像今天這樣痛快玩、痛快笑？

陽明山

這天，如月破天荒四點才趕到萬年開店，還好是平常日，五點後人潮才陸續湧入。人潮稍歇，已是晚上九點半。如月獨自坐在高腳椅上，手上噴清潔劑擦拭玻璃，心裡想著下午的迷魂陣，還有孫啟倫說「台北好玩」的輕佻模樣。她從罩衫口袋裡掏出一張揉皺的便條紙，上面是藍色原子筆寫著歪斜的電話號碼，紙張傳來一股淡淡菸味。那是孫啟倫蹲在安全梯上叼著菸寫下的，他說，如果想找他可以撥這通電話。如月望著紙條笑出聲來，這字跡就像剛學字的孩童。她不知哪來的勇氣，拿起話筒照著那歪斜的數字按下按鍵。

「我現在去接妳。」孫啟倫聽見是她，簡短回覆，掛上電話。

老是忙到最後一個關店的如月，一反常態，迅速收拾盤點，趕在十點準時打烊。平時很少戴手錶的她，特地選了一支秀氣的手錶，小而雅緻的錶面，搭配簡約銀手環，將手腕襯托得更加纖細。她特別喜歡這種環錶，既有手錶的功能，也可以當作飾品。她背上細帶黑色皮製後背包，拉下鐵門，走出西寧門。她站在騎樓下，注意來往的車輛，不時舉起手注意時間。十點半，距離掛掉電話已經一小時。這時，一輛淺藍色TOYOTA停在路邊，車子烤漆略顯斑駁。車窗開著，孫啟倫探出頭來向她招手。

「塞車。」他輕描淡寫笑笑帶過遲來的原因。如月有些不高興，坐上前座，用力關上車門。車裡一股濃郁香水味直衝腦門，和孫啟倫身上混著香菸的淡淡皂香不同。他握著方向盤的右手還夾著一支菸，煙霧有的飄向窗外，有的在車內竄行。如月打開皮包，也為自己點支菸。孫啟倫開車像隻泥鰍般，在擁擠市區快速穿梭滑行，還不停按喇叭。出了市區，車速加快，左彎右繞不停超車，簡直把房車當賽車開。

「這是你的車？」如月問。「跟老闆借的。」孫啟倫回。「那你還開那麼快！」「就是借的，才開快啊！怕了喔？」孫啟倫笑。「誰怕！」如月不甘示弱。她發現只要跟眼前這個男人在一起，彷彿內心有把火被點燃，變得不像平時的她。

孫啟倫朝她看一眼，輕佻笑了笑，露出被菸燻黑的牙齒。接著更用力踩油門，加快車速，車子宛如在山間飛躍。如月感到害怕，又難掩興奮。這種刺激的感覺，她從沒體會過。

車子一路往陽明山開去。車窗半開，方便隨時抽菸。夜晚微寒的風從車窗灌入車內，如月抓緊身上僅有的罩衫，望著窗外，山路右側一片漆黑，滿山植物彷彿隱形般隱匿在山壁間。山路左側則可以望見台北市的夜景，燈火點點，像海上的漁火。

這不是如月第一次上陽明山，上次來還是在馬偕讀專一時。那次是和同學一起參加聯誼，對象是醫學系二年級學生。護校的女孩們一起搭車到T大校門口，男孩子們早就準備好摩托車。抽鑰匙決定對象，當如月拿出鑰匙時，只見一個身材略胖、戴金邊眼鏡的男孩走向她，那男孩就是敏誠。他搔搔頭對如月傻笑，其他男孩們則對敏誠投以羨慕眼光。他們十幾台摩托車一起往山上騎，有的男孩特別壞，故意騎得時快時慢，好讓後面的女孩得緊緊抱牢。但敏誠卻是一路慢慢往上爬，即使落後被前方的同學嘲笑，他也不以為意。三月初，沿路盡是盛開的櫻花、杜鵑和茶花。奼紫嫣紅，滿山滿樹。她記得沿路安靜的大男孩只對她說過一句話：「會不會冷？」她看著眼前憨厚男孩的背影，有股溫暖包圍著她。那是一種令人安心的感受。而她當時確實想過，如果就這樣跟這個人過一生，也許將一輩子順遂無虞……

忽然減慢的車速打斷如月的思緒。孫啟倫轉動方向盤，一個拐彎、倒退，車子已經停在路邊。路旁是一間開在半山腰的山產店。山產店蓋在山邊，是鐵皮搭建的簡單工寮。孫啟倫挑眉指向掛在牆上的木頭招牌比出大拇指，招牌寫的不是店名，這間店沒有名字。從整間小店滿座的情況看來，這間店也不需要名字。招牌上的手寫字寫的是菜名，光是「三杯」系列就有三杯兔、三杯山鼠、三杯鷓鴣鳥和三杯雉雞。抓到什麼，就能三杯。兩人站在門口等了約一根菸的時間，好不容易等到窗邊的雙人座位。

老闆遞上一張護貝手寫的菜單。「你點吧。」如月說。看著琳瑯滿目的菜單，她實在不知道該從何點起。只見孫啟倫熟練的指向菜單，點了三杯雉雞、炒山蘇和鐵板三鮮，還加點兩杯啤酒。大火熱炒，香氣四溢的重口味菜餚，搭配玻璃杯裝的黃澄冰啤酒，恰好驅走山上的寒氣。兩人坐在山邊，沒多說什麼，專注吃，偶而敬對方酒。山裡光害比城市裡少，黑壓壓天空看久了，開始出現一點一點的星光。

酒足飯飽，孫啟倫向老闆招手表示要結帳。老闆拿著帳單走來，孫啟倫才剛掏出皮夾，如月已把千元鈔遞給老闆。她想，孫啟倫做水電賺的沒她多。只是請一頓飯而已，沒有什麼。孫啟倫收起皮夾，朝她點點頭表示感謝，便點起一根菸在店門口抽起來。如月伸手跟他要一根菸，孫啟倫沒有拿出打火機，而是讓如月含著那根菸，再用自己嘴上的菸點著她的。

他們的車停在一間溫泉旅館前。一路上，如月沒有問孫啟倫接下來要去哪裡，她知道接下來會發生什麼，但她不想煞車。

溫泉旅館外觀是灰色簡約建築，四周圍繞高大樹木，頗有隱密感。大廳是低調奢華風，天花板水晶燈搭配木紋櫃檯。只見孫啟倫熟門熟路向前跟櫃台人員登記，領著如月搭電梯上六樓。

房間進門是泡茶區，底下有台綠色小冰箱。正中間是一張床，床上放著兩件摺疊好的潔白浴衣。和一般旅館不同的地方在浴室，浴室的浴池是水泥糊的，足足有普通浴缸的兩倍大。浴池面對一扇透明玻璃窗，窗外是台北市的夜景。

孫啟倫走進浴室，把浴池刷洗乾淨、放滿水。熱氣蒸騰裡，如月先脫下手腕上的錶，脫掉罩衫和針織上衣，全身只剩桃紅色胸罩和內褲。孫啟倫也脫去風衣外套和T-shirt，露出瘦而精實的腹部。接著解下皮帶，脫掉緊身牛仔褲。

如月露出俏皮的表情，手插腰，擺出如選美小姐走秀的姿勢，問：「你看我像不像十八歲？」孫啟倫笑著靠近如月，用他滾燙的身體貼著如月的，並脫去她身上最後的衣物。他們走進浴池，裸身泡在浴缸裡。如月望著窗外夜景。霓虹燈密集成河，許是哪條公路塞滿行進中的車輛，高高低低的是不同大樓發出的光。讓如月覺得像迷宮般，一輩子都走不完的大城市，突然變得好小好小，小到一手就能握住。

「這是我第一次，這樣看台北。」如月說。

「喜歡嗎？」孫啟倫問。如月感到臉頰一陣熱，分不出是因為突來的羞怯或是泉水太熱，她擰乾毛巾，輕輕擦拭額頭與臉龐，緩緩吐出兩個字：「喜歡。」

坐在池子角落的兩人，慢慢靠近、親吻。在水中合為一體。

織女

天橋

可樂升上國小二年級時，第一次自己搭車到台北找媽媽。對於這一天，可樂已經期待很久了。幾天前，阿婆帶著她和一大包一塊錢零錢，到轉角婦產科診所的公用電話，打電話到台北給媽媽。可樂聽見媽媽的聲音從話筒裡傳來，問：「媽，妹仔坐幾點的車？」

「四點的車。偓看新聞，中正紀念堂當多學生佇該抗議，會有麼个事情無？」阿婆有點擔心。可樂拉了拉阿婆的衣角，怕阿婆不讓她去。她不知道台北發生什麼事了，只看見電視報導有一大群大學生在中正紀念堂靜坐，要求什麼解散國民大會、廢除臨時條款那些訴求。但她一樣也聽不懂。她只希望可以去台北，可以見媽媽一面。

「毋會啦！該位離偓這還盡遠。」她聽見媽媽安撫阿婆。阿婆把話筒給她，媽媽叫她搭上車走到車站大廳在西門等她。可樂邊點頭邊說好。

一直到搭上車，可樂才真正放心。就算爸爸發現她不在，要追來也追不過火車。況且，爸爸現在在山上的度假村工作，要兩、三天後才會回家。那時，她早就回到家，乖乖在家裡等他。

她的心情有點興奮有點害怕，畢竟她從來沒有一個人去那麼遠的地方。但是阿婆帶她搭過好多次火車不是嗎？只要聽媽媽的話，找到西門出口，就可以見面。可樂怕自己睡著，拿出背包裡的椰香乖乖，配著火車窗外的風景慢慢吃著。

「台北站到了……」可樂聽見廣播聲，趕緊把包包背上，走下車。月台在地底下，看起來好大。她跟著人群走，拿票給票務人員，從地下一樓搭電扶梯上樓。她愣愣望著眼前的車站大廳，就算是新竹火車站也沒這裡大，更沒有這麼多人。她看向四周，根本搞不清楚西門在哪個方向。她往最靠近的大門走去，到出口發現是北門，她沿著大廳邊緣慢慢走，繞了一大圈，終於找到西門。但是左看右看，就是沒看到媽媽。

「可樂！」可樂聽見熟悉的聲音轉過頭，是媽媽！她看見媽媽張開手，她小跑步往媽媽衝過去。媽媽輕輕抱她，說：「不好意思，媽媽來晚了。會不會很難找？」可樂搖搖頭，忘記一路來的擔心害怕。

媽媽牽起她的手，從西門走出大廳。一座高大的天橋出現在眼前，夕陽下，她們牽手走上天橋。天橋上的人很多，天橋下也有好多車來來去去。可樂想起阿婆說過的牛郎織女的故事，他們一年只能在鵲橋上見一次面。就像媽媽和她一樣。只是，媽媽是大織女，她是小織女。

天橋很寬，好多攤販在擺攤。一張塑膠布鋪在地面，扁扁的皮箱裡掛滿各式各樣的耳環、手環和髮夾。可樂被閃閃發亮的飾品吸引目光，她最喜歡這種亮晶晶的東西了。媽媽拉著她往其中一個攤子走過去，那是專賣女鞋的鞋攤。媽媽指著一雙藍色厚底涼鞋問：「媽媽店裡的阿紫姊姊說，現在流行這種『恨天高』，她穿的就是這雙。妳喜不喜歡？媽媽買給妳。」

「妹妹要不要穿穿看？」坐在塑膠椅上的老闆娘從後面拿出鞋盒，把鞋子拿出來放在她們面前說：「妹妹腳比較寬，但不算大，試穿看看，這是我們最小的 size。」可樂看看媽媽。「試試看啊！」媽媽說。可樂脫下鞋子，套上涼鞋，卻不知道鞋帶該怎麼黏？老闆娘幫她黏上去，說：「這樣就可以，很簡單。」「走走看，看好不好穿？」媽媽說。可樂在塑膠布上走幾步，她沒穿過這種鞋子，也沒看同學穿過。如果穿去學校一定會有很多同學來問她，就像上次媽媽買給她的粉紅色史努比相機，好多同學都想借來玩一玩。「喜歡嗎？」媽媽問。可樂輕輕點頭。

「老闆娘，這雙多少？」媽媽問老闆娘。「三百九，現在最流行的。」老闆娘滿臉笑容說。「好，新的直接穿，舊的幫我打包。」媽媽說。可樂看見媽媽馬上從皮夾掏出錢，完全沒殺價。不像阿婆或姑姑，每次買東西最愛殺價。老闆娘把舊鞋放進鞋盒，裝進紅白塑膠袋，遞給可樂。

「謝謝媽媽。」可樂說。

「妳是她媽媽？」老闆娘露出驚訝的表情：「真是年輕啊！我還以為妳是她姊姊。」可樂不喜歡老闆娘這樣說，但媽媽似乎很開心。

媽媽牽她的手往天橋另一端走去。「長大來台北跟媽媽住。」媽媽說。「我已經長大了。」可樂回。大家都說她比同齡的孩子成熟，是個小大人。「還要再大一點，妳好好念書，考上北一女，就可以跟媽媽住了。媽媽也會努力賺錢，買更大的房子。」媽媽說。可樂不知道什麼是北一女？也不在乎房子大或小，她只想跟媽媽在一起。她伸出手指頭，算著從現在到上高中還要多久？

「妹啊，我們先去店裡看一下好不好？媽媽怕阿紫姊姊一個人忙不過來。」她聽媽媽提過阿紫姊姊，說阿紫姊姊小時候不好好讀書，連ＡＢＣ都不會寫，她只好一字一字慢慢教會阿紫姊姊。那時，可樂好嫉妒阿紫姊姊，可以給媽媽教，還可以天天跟媽媽在一起。但她沒有告訴媽媽。

「對了，等一下到店裡，不要叫我媽媽。知道嗎？」媽媽提醒她。可樂心裡有點委屈，不知道為什麼不能叫媽媽，她抬頭問：「那我要叫妳什麼？」「叫阿姨好了。」「喔。」可樂點頭。她的聲音很小，被橋下的喇叭聲蓋過。

來來百貨

媽媽的腳步又急又快，可樂需要小跑步才追得上她。這是可樂第一次來台北，也是第一次到西門町。她看見梳油頭、穿花襯衫的老人，站在紅包場樓下拉客。一個手臂刺青、耳朵掛滿耳環的高瘦姊姊經過她身邊，還有梳龐克頭、穿皮衣，彈奏電吉他的男人，大剌剌坐在路口表演，一群人將他團團包圍。可樂墊起腳尖想要看清楚，卻被媽媽拉走。

「快到了，妳看，對面這棟大樓就是媽媽工作的地方！」媽媽指著對街的大樓說。這裡是西寧南路和峨嵋街的交叉口，大樓是綠色的，大樓上方有紅色霓虹燈排成「萬年商業大樓」六個字。可樂在心裡重複大樓的名字，這是媽媽工作的地方。

她們跟著人群穿越街道，一個駝背的老婆婆，頭髮全白梳成包頭，蹲坐在階梯上，手裡端著一盒口香糖。她賣力抬起頭，好像那顆小小的頭有幾千斤重，她灰白混濁的眼睛望著進出大樓的人們，希望有人跟她買條口香糖。但是，沒有人停下來看她一眼。可樂跟著媽媽走進西寧門時，轉頭看著老婆婆的背影，猶豫了一下，拉拉媽媽的手，問：「我可不可以買一條口香糖？」媽媽從口袋掏出五十元給可樂。可樂開心的往老婆婆走去，指著她手裡的青箭口香糖，說：「我要一條。」她把錢給婆婆，滿臉皺紋的婆婆向她點點頭。她開心的拿著口香糖，蹦蹦跳跳走進西寧門，媽媽在那裡等她。「媽媽也常跟婆婆買。」媽媽笑說。可樂很開心，她做了和媽媽一樣的事情。

走道右邊是飾品店，四周都是鏡子，掛滿耳環、手環，狹窄的小店看起來像個珠寶盒般。走道左邊是錶店，玻璃櫃檯幾乎佔據三分之一的走道，有兩個人分別站在櫃檯的兩端。一個是時髦的年輕姊姊，另一個是滿身珠光寶氣的五、六十歲女人。那女人應該是老闆娘，她的臉很嚴肅，一點笑容也沒有，打量著來來往往的人，好像怕有人搶走玻璃櫃裡的手錶。這時，她的眼睛瞄向可樂，眼神有點奇怪。可樂不喜歡那眼神，立刻移開視線。

一個轉彎，媽媽走進一間小小的錶店。可樂抬頭一看，看見保麗龍裁切的「36度C」幾個大字，這就是媽媽的店。可樂沒有馬上走進錶店，好奇的打量一切。小店擠了五個客人，一個穿迷你裙的姊姊正在櫃檯裡敲打錶帶。她就是阿紫姊姊吧。

「阿紫，今天生意怎樣？」媽媽邊問邊把後背包塞進下層櫃子裡。「跟昨天差不多。」阿紫姊姊說，她看了可樂一眼，對她笑一下，就低頭繼續拿小錘子敲打錶帶。

「挑挑看喔，喜歡的都可以戴戴看。」不愛笑的媽媽堆滿笑容親切招呼客人，媽媽指著店內一張小椅子，可樂知道媽媽的意思是她可以坐在這裡。可樂乖乖坐在角落等待媽媽。不到半小時，新鮮感就被無聊取代。可樂不禁想：媽媽每天都在這裡賣錶嗎？在那麼小的地方都不覺得膩嗎？無事可做的可樂，算著有多人從手扶梯走下來。

客人來了又走。店裡放錢的抽屜開了又關。中間有人送便當來，但阿紫姊姊忘記多叫一份。「媽媽的先給妳吃，晚點再帶妳去吃好料。」媽媽說完繼續忙。可樂一口一口吃掉便當裡微溫的排骨、青菜和滷蛋。整個便當幾乎吃光，只留下一顆蛋黃。媽媽發現了，念：「我都不知道妳會挑食。」說著拿起筷子一口吞掉蛋黃。

當第四百九十九個人從電梯上下來時，可樂從椅子上起身，拉拉媽媽的裙角說：「阿姨，我想上廁所。」媽媽一時愣住，好像還不適應可樂叫她「阿姨」。媽媽低聲對阿紫姊姊說：「妳帶她去上二下廁所。」

「老闆娘，那小女孩有像妳耶。」客人從皮包裡掏出錢來。「不過妳那麼年輕，應該不是妳女兒吧？」「我姊的小孩。」可樂聽見媽媽說。可樂跟著阿紫姊姊走出店裡，表情難掩失落。「妳不要想太多喔，妳媽媽只是想避免不必要的麻煩。」阿紫姊姊安慰她。可樂點點頭，心裡卻想：原來自己是媽媽的麻煩。

她們上完廁所回來時，媽媽打開下層櫃子拿出背包，又從抽屜拿出一疊千元鈔票放進皮夾裡，對阿紫說：「店交給妳打烊。」便帶著可樂離開萬年。她們跨過峨眉街，走進停車場旁的一條小路。小路的燈光昏暗，靠近停車場那側有兩攤修鞋匠，地上擺滿待修的高跟鞋、皮鞋和涼鞋，鞋匠依靠掛在高處的一盞燈泡修補鞋子。穿過巷子是整排服飾店，那些衣服一定是最新流行的款式吧。還有一間二樓咖啡館，一樓店面只容得下吧檯和窄窄的走道，二樓陽台擺著一張小桌子，兩個金頭髮外國人坐在那，邊喝咖啡邊抽著抽菸。走進小巷，傳來炸排骨的香氣，一間叫金園排骨的餐館坐滿了人。

經過小巷來到武昌街，人變得更多了。不只有連排的商店，街道上還有不少攤販，有賣水果袋、現做麻糬、涼圓和煎餃攤。油鍋傳來煎餃的焦香味混著醬油的鹹香，媽媽向賣煎餃的大嬸買下一份。媽媽邊走邊吃，一不小心一顆煎餃掉在柏油路上，媽媽竟然撿起來放進嘴裡。可樂立刻驚叫：「媽，掉在地上的東西不能吃！」「放心，媽媽死不了。」媽媽用一種不在乎的表情說，又往嘴裡塞進一顆。忙了一整天的媽媽一定很餓吧。不到幾分鐘，十顆餃子全吃光了。

媽媽帶她走到一座百貨公司前，門前有兩根大柱子，柱子後面的牆上用金色字體寫著「來來」二字。

「好大的百貨公司！」可樂驚呼。新竹的三商百貨只有三層樓，眼前的來來百貨少說有十幾層吧。媽媽指著來來對面的另一棟大樓說：「媽媽就住在對面這棟獅子林大樓，晚一點再帶妳去。媽媽以前剛搬來獅子林的時候，來來百貨剛好開幕，媽媽看到好多大明星，有胡茵夢、張俐敏、恬妞……，我那時就想，以後要帶妳來這個百貨公司逛一逛。」聽見媽媽很久以前就想帶她來，她開心的笑。

百貨公司一樓是專賣化妝品的名品廣場，穿制服的專櫃小姐站在專櫃前，臉上沒有笑容，看起來一臉疲憊。她們搭手扶梯往上。二樓新姿館，專賣紳士淑女服飾；三樓名流館，陳設高級名品服飾；四樓大儂廣場也是賣女性服飾。五樓童裝世界，顏色特別繽紛。手扶梯剛到，可樂就發現玩具的蹤跡。

「妹啊，想買什麼？」媽媽問。「芭比娃娃。」可樂說。她最喜歡芭比娃娃了。「芭比娃娃？媽媽上次不是送過妳了？買沒有的啊。」媽媽嘴上這樣說，還是帶她往對面玩具店走去。玩具店裡放著各種各樣的玩具，有機器人、小汽車和洋娃娃。可樂一眼看見一整排芭比娃娃在最裡面的櫃子上，立刻跑過去。有的穿公主裝，配上高跟鞋。有的穿泳裝，附一頂塑膠做的大草帽；也有的身上圍著圍裙，搭配整組廚具。

媽媽看著這些金髮芭比，皺眉說道：「不是都長一樣？」「哪有一樣？」可樂小聲抗議，拿起其中一個芭比娃娃，一副很喜歡的樣子。

突然，可樂感覺到一股寒意，從脖子涼了上來。她忍不住叫了一聲，轉頭一看，是阿玄阿姨！她笑了起來，露出兩顆兔寶寶牙。阿姨捏捏她的臉說：「妳還是和小時候一樣，脾氣好，都不生氣。」「妳做麼个嚇人啦！」媽媽罵阿姨：「恁大人，還恁愛搞！」阿姨調皮的笑了笑，對媽媽說：「正經像妳！」可樂聽見阿姨說自己像媽媽，笑得更開心。

媽媽不理阿姨，問她：「看那麼久，有選到喜歡的嗎？」「這個。」可樂指向一個穿粉色披肩的芭比說。「這個？這不就是一塊布包一包？妳看旁邊那個，做工還比較細。」

媽媽指著旁邊穿紫色公主裝的芭比說。可樂有點委屈，還好阿姨幫她說話：「妳媽不懂，這件剪裁雖然簡單，但很有創意啊！不像其他芭比都穿澎澎裙。」媽媽聽了嘆口氣，買下她喜歡的芭比。

買完芭比，媽媽帶可樂到隔壁一間W開頭的兒童名牌專櫃，說要買衣服給她。「細人毋須買到恁貴的吧？」阿姨勸媽媽。「可樂難得來，佢平時又無機會買分佢。」媽媽翻著衣服，不在意的說。

穿百貨公司制服的阿姨走來介紹：「這套迷彩襯衫加褲裙，很活潑、有朝氣；這披風很有質感，綁帶的部分是刺繡的。現在都打對折，今天剛好是活動最後一天。」「這些都幫我挑她可以的尺寸，我全部都要。」媽媽說。可樂嚇了一跳，她剛剛有看到標價，每一件都上千元。專櫃阿姨也嚇到了，笑到眼睛瞇成一條線，說：「好，好，需不需要試穿一下？」

「不用。比一比就可以。」媽媽拿出皮夾，掏出現金付款，指著其中一套衣服對可樂說：「直接換這套新的吧。等下要和姊公姊婆[27]去食東西。」可樂乖巧點頭，拿新衣

27 姊公姊婆：客語，外公外婆。

走進換衣間。雖然，她不喜歡這種迷彩衣服，看起來像個小男生。她比較喜歡蕾絲和裙子。

可樂換上衣服走出試衣間。「好可愛啊！」專櫃阿姨邊稱讚邊接過舊衣問：「舊衣服要幫妳打包嗎？」「不用了，這件都髒成這樣，拿回去也是當抹布而已。」媽媽一臉嫌棄說。那是一件純白棉質上衣，上面印著幾朵小黃花。領口的蕾絲有幾點黃斑，不仔細看其實看不出來。那件衣服是她最喜歡的，所以才穿來台北，一聽媽媽要把它丟掉，急得眼淚都要掉下來。媽媽見狀無奈的說：「還是麻煩幫我打包。」「沒問題！」專櫃阿姨仔細把衣服摺疊好，放進來來百貨紅藍相間的紙袋中。

媽媽提一大包衣服，可樂抱著芭比娃娃，三個人一起搭電梯下樓。

「媽，這件小花衣服，是妳去年買給我的。」可樂說。「是嗎？我不記得了。妳常常穿啊？看起來好舊，穿媽媽新買的，那件不要穿了。」「可是，」可樂吞吞吐吐的說：「我很喜歡那一件。」

但媽媽似乎沒有聽見可樂的話，問：「肚子又餓了吧？想吃什麼？媽媽帶妳去吃。」「麥當勞。」可樂說。媽媽又露出像剛剛那樣嫌棄的表情，說：「好不容易來台北，妳給我吃麥當勞？那種東西不用上台北來吃吧？」可樂覺得自己好像說錯話，委屈的低下頭。阿姨摟摟她的肩，小聲說：「麥當勞超好吃的，阿姨也很喜歡。下次我們一起去吃。」

「等下帶阿爸阿母去食上擺該間日本料理好無？」媽媽對阿姨提議。「該間好食係好食，毋過忒貴了。」阿姨回。「好食就好，難得可樂上來嘛！」媽媽回。

日本料理店在一條巷子裡，從外面根本不會發現這裡居然藏著一間餐廳。推開厚重實心木門，裡頭全是木頭隔間隱密包廂。媽媽告訴可樂，這裡的海鮮很新鮮，外公最愛了。「他是愛跟阿榮叔炫耀，妳又帶他去吃什麼高檔料理吧？」阿姨說。

她們坐進其中一個包廂，沒多久，外公外婆就來了。外公外婆上台北後，可樂有好久沒見到他們。外婆馬上坐在可樂旁邊，親暱的抱抱她，還不停幫她夾菜，念：「頭擺姊婆養妳養到肥肥的，這下仰瘦到像猴子？」外公關心可樂的功課，問：「上次段考考第幾名啊？」「第一名。」向來害羞的可樂難得露出得意的笑容。

菜上到一半，「媽媽的叔叔」終於來了，臉頰、耳朵紅通通的，身上有酒氣。媽媽不是很高興，質問他：「你跑去哪裡了？」叔叔坐到媽媽旁邊，在她耳邊小聲說話，媽媽用力拍他肩膀，嘴角卻掩不住笑。可樂看著他們，不明白他們之間是發生了什麼事，只覺得媽媽的心裡有一塊她不知道也進不去的世界。

「可樂，妳長大想做什麼？」阿姨問。可樂想了想，說：「我想當畫家。」「畫圖要做麼个？食就食毋飽！」外公說完乾一杯清酒。「可樂這麼聰明，功課又好，以後可以當律師，畫畫當興趣就好。」媽媽也附和外公。他們開始玩「可樂長大以後」的接龍，律師、醫生、空姐、老師……，大家接得很開心，除了可樂。

她低著頭，不停喝媽媽特地為她點的柳橙汁。阿姨輕碰她的肩膀，說：「阿姨知道妳為什麼想當畫家喔！」可樂抬頭看著阿姨，想知道阿姨接下去會說什麼。「因為，妳像媽媽啊！她小時候也想當畫家。」「真的嗎？」可樂露出驚訝的表情，內心卻非常開心，她最喜歡別人說她像媽媽了。

「當然是真的！」阿姨往媽媽的方向看去，說：「不信妳問妳媽。」

新公園

可樂睡得不好。媽媽的套房很小，只有一張雙人床。啟倫叔叔因為她來，特別去朋友家住一晚。媽媽抽了一根香菸，喝光一小瓶威士忌，才上床睡覺。她躺在滿身酒氣的媽媽身邊，翻來覆去怎麼也睡不著。沒有她的「摸摸」，一條舊毛毯，還有阿婆身上油膩膩的味道，她不習慣。

醒來時，她看見媽媽坐在窗台抽菸。菸灰缸裡插滿菸屁股。可樂揉揉眼，坐在媽媽身邊。媽媽把香菸捻熄，問：「睡得好嗎？」可樂點頭，雖然她其實睡得不好。從窗台，她看見早上的西門町，跟昨天晚上看見的完全不一樣。晚上的西門町街道滿街都是霓虹燈，走在街上的大部分是打扮時髦的年輕人。早上的西門町卻很安靜，店都沒有開。她只看見一個老人騎著一輛三輪車，撿著地上的紙箱和寶特瓶，慢慢往前走。

可樂進浴室刷牙洗臉，換上昨天買的新衣，黑黃格子襯衫配上黑色吊帶褲。她聽見大門傳來鑰匙轉動的聲音，啟倫叔叔推門進來，眼睛紅紅的，身上跟媽媽一樣帶著酒氣。

「叔叔早。」可樂有禮貌問好。「早啊，來吃早餐。妳媽媽最愛的萬國酸菜麵。」啟倫叔叔笑得露出燻黑的牙齒。對於啟倫叔叔，媽媽的老公，可樂說不上喜歡，但也不討厭。她很感謝叔叔昨天不在，讓她可以和媽媽獨處。但是，她更希望眼前買早餐的男人是爸爸。

啟倫叔叔把手上提著的塑膠袋放在矮桌上，拿出三個保麗龍碗，把麵放進碗裡，再把麵和酸菜攪拌均勻，一碗拿給可樂，一碗給媽媽。可樂拆了免洗筷，夾起一口放進嘴裡，酸酸鹹鹹的滋味，真好吃。可樂刻意吃得比平常慢，吃得越久，就可以跟媽媽在一起久一點。

吃過早餐，孫啟倫背起相機，帶她們去附近走走。他們一路走到新公園。可樂看著公園裡的搖搖馬、盪鞦韆，興奮喊：「我想玩那個！」一說完就往搖搖馬跑去。

整整一年，如月沒有走進新公園。她對新公園最美好的記憶，還停留在多年前和佳鈞散步的那晚。去年夏天，佳柔到她的店門口。如月開心擁抱她，卻見佳柔眼眶含淚，嘴唇顫抖，齒間勉強擠出幾個字：「我哥死了。」

「這種事不能開玩笑。」如月不敢置信的望著佳柔說。「我也不相信。」佳柔說，眼神哀戚。「怎……怎麼可能？他還那麼年輕！他上個月還拿手錶來給我修。妳看，錶還在這裡。」如月回頭打開專放待修錶的抽屜，找到專放修好手錶的木盒。好像只要手錶還在，佳鈞就不會消失。

「他跟我爸大吵一架。說要去爬山，他大學開始爬山，我們也沒懷疑。結果他上山後，就沒回來。我們找到他的時候，身體已經僵硬了……」佳柔忍不住哽咽：「我哥什麼也沒有留下，連一句話也沒有。我知道他是故意的，那座山他那麼熟，他是故意不要回來的。……他生爸爸的氣，生媽媽的氣，生我的氣。他對我爸吼：『我只是想要愛一個人而已，有什麼不對？』」說到這，佳柔淚水已經止不住，靠在如月肩上哭泣。

一個月前，佳鈞拿錶來送修，他說手錶受潮了。那天的他不像往日見到的神采奕奕，黑眼圈明顯，眼神空洞，一副沒睡好的樣子。她沒多問，想說等錶修好，找個時間跟他吃頓飯。如今錶修好，主人卻不在了。倘若手錶早點修好，佳鈞戴它上山，會不會記得回家的時間？如月輕輕撫著佳柔的背，打開木盒，那支寶藍色錶面的手錶靜靜躺在紅色絨布上，她把它拿出來，遞給佳柔說：「別哭了。這是妳哥的錶，妳帶回去，當作紀念。」佳柔看著那支錶，眼淚禁不住滑落。佳柔戴上哥哥的手錶，輕輕撫摸錶帶的紋路。那支錶原是男錶，放在她纖細的手上顯得過大。

「我幫妳調錶帶好嗎？」如月問。佳柔點頭。如月拿起小錘子，輕輕敲擊金屬錶帶的側面，敲落三格。每個動作都如此熟悉，叫她想起幫佳鈞和小寶調錶帶的那日。小寶呢？他好嗎？如月把手錶輕輕扣上，問：「會不會太鬆還是太緊？」

佳柔摸了摸錶說：「這樣可以。」如月緊握佳柔的雙手，說：「小柔，這是妳哥的選擇。妳不要自責。有空多回去陪爸媽。」佳柔擦乾眼淚，緊抱如月說：「謝謝妳。」「沒事的。一切都會沒事的。」如月對佳柔說，也對自己說。

如月看著公園裡的大王椰子、油衫和月橘，在大白天裡迎向陽光，生命力十足的模樣。它們曾是某些人的屏障。她想起佳鈞曾跳上石頭，講了一長串台詞，那時，她不太明白他說的是什麼，但始終記得開頭那句：「在我們的王國裡，只有黑夜，沒有白天。」她還信誓旦旦答應，一定會去看那齣戲。後來，因為開店的事忙得不可開交，最後還是爽約了。想到這裡，她紅了眼眶。

「怎麼了？」孫啟倫問。「沒什麼，想起一個朋友。可樂呢？」如月說。「在那。」孫啟倫指著前方，可樂正坐在搖搖馬上，開心搖晃。如月甩甩頭，想忘記那段悲傷的記憶。她小跑步上前，坐在另一隻搖搖馬上。喀擦！喀擦！孫啟倫站在母女前方，按下快門。天氣微涼，可樂身上披著昨天買的卡其色毛呢披肩，如月恰好穿卡其色風衣，像穿母女裝。

玩過搖搖馬，他們在新公園裡散步。前方涼亭旁的水池引起可樂的興趣，她跑進涼亭裡，跨坐在長椅上，看幾十隻鯉魚張開大嘴朝她靠近。如月走進涼亭，右手輕輕撫著依舊扁平的肚子。其實，她懷孕了，三個月。她不知道是否該將肚子裡的生命生下來？儘管，婆婆不只一次暗示，孫啟倫是獨子。他們明白兒子向來不按牌理出牌。但儘管他們願意接受兒子娶一個離過婚、還生過孩子的女人，但至少要為孫家添個孫子。她今年三十二歲，就快是高齡產婦，她還有幾次機會？還能猶豫多久？

「妹啊，媽媽幫妳生一個弟弟還是妹妹好不好？」如月問。可樂望著池子不說話，直到鯉魚發現沒有食物，紛紛散去，才轉頭嘟著嘴說：「我不要。媽媽有我就好了。」可樂的眼眶紅紅的，這是女兒第一次當面對她說不。如月愣住了，一手不自覺撫摸肚子，另一隻手輕輕拍著女兒的頭。這是她第一次這麼確定，想留住肚子裡的孩子。一個屬於她的孩子。一個能滿足所有人期待的孩子。如月不怪可樂說的話，可樂還小，等她再長大一點，就會明白的。

第五章　北漂家族

Tape5

A面

姊，妳說過湖鄉就像一個小小的湖，無聊死了。比起湖鄉，台北就像一片大海，閃耀各種顏色，充滿各種機會。我同意妳說的話，但比起來，我似乎更適合待在湖鄉，那些機會背後充滿危險，我渴望安定的生活。在湖鄉的那幾年，我的生活確實是單調而穩定，每天去幼兒園上班，下班後去租書坊借點書來看，不用煩惱要吃什麼，反正阿母都會準備好。只要我不介意別人說我是嫁不出去的老姑婆。

我的平穩日子就這樣過了許多年，直到大弟小弟退伍，做過幾份工作但都不長久。妳說：「時錶這下好賣，無你兜也上來開店。」那時大家都說台灣錢淹腳目，股票不停漲，房價越炒越高。我們相信妳說的話，這幾年家族聚餐、阿爸阿母退休後的生活費幾乎都是妳在負擔。

妳不是說說而已，妳借我們開店基金，幫我們找店面。萬年大樓租金太高，又很少釋出，妳幫我們一口氣租下獅子林一樓兩個店面，一間給小弟和他的女友，另一間由大弟和我一起經營。我們不只在獅子林賣錶，也住在這裡。妳住八樓，我租七樓，即將結婚的小弟在阿爸資助下，買下六樓樓中樓的房子，是獅子林最大的房型。阿爸阿母若來台北，就會住小弟家。我們像一隻隻蜜蜂，追隨妳這隻蜂后，從湖鄉一路飛上台北，在獅子林築巢。

我們在獅子林的生意還算可以，但始終沒有妳賺得多。萬年大樓位置好，妳長得漂亮又懂得招呼客人，挑錶的眼光也比我們精準，生意自然比我們好。我們有時還得靠妳幫忙，才能順利叫到貨。

而妳，裡裡外外都是個不折不扣的台北人。妳愛穿無袖裙裝、紮馬尾，戴上圓形大耳環，露出雪白頸子。有時會穿褲裝配西裝外套，一副乾淨俐落的模樣。在西門町開店，看過不少明星。妳比起那些明星一點都不遜色。湖鄉的過去都變成前塵往事，妳完完全全屬於台北，是商場女強人、獨立新女性。我一直相信妳不會再結婚。但我錯了。咳……

有一天，妳突然說要再婚。阿母很擔心，不停問妳：「對方有細人無？有離過婚無？」知道他沒結過婚，又煩惱離過婚的妳會不會被他的家人看不起？妳不停安慰阿母，並且安排我們跟那男的見面。我們相約在阿爸喜歡的一間高級日本料理店。那是我第一次知道他的名字，孫啟倫，宜蘭人，家中獨子，上面有三個姊姊。他不太愛說話，倒是喝了不少酒，也愛抽菸。第一次見面，我就看他不順眼，穿得吊兒啷噹，這麼重要的場合只穿過大的 T-shirt，配緊身牛仔褲，吃完飯還是妳付的錢。

那天晚上，回到獅子林，我跟著妳去八樓。關上門後，我質問妳：「妳到底想麼个？妳要和佢共下，偓一定反對啦！佢看起來遊遊野野，一看就知生來花別人錢的。妳和這種人共下，下擺苦的係妳自家。」我說了很多，告訴妳我堅決反對妳跟那種人在一起。可是妳根本聽不下去，只是大聲反駁我：「妳管偓愛和麼誰共下！」

阿母老是說妳「人靚不如命靚」，妳想跟孫啟倫在一起玩一玩，我不反對。但要結婚，我一定反對到底。為了讓妳覺悟，我甚至拖妳回湖鄉找青瞑仙。青瞑仙的算命攤就擺在市場伯公廟前，旁邊還有修鞋攤。青瞑仙算姻緣最準，我把妳的生辰八字給青瞑仙。妳向來不信這些東西，一見青瞑仙就伸出手，擺出我看你能算出什麼的表情。還好青瞑仙什麼都看不見。他摸著妳的手骨，慢慢說：「妳姻緣毋好，最好毋要結婚、毋要降細人。好得妳事業盡好，會賺盡多錢，毋過……」

「毋過仰般？」「這兜錢全部會分別人花掉。」青瞑仙說。妳很不滿意這個答案，拍桌罵：「你兜這算命的，全部係騙人的錢！偓正毋要信！」青瞑仙沒有生氣，只是淡淡的說：「儘採[28]你講，偓勸妳，錢囥[29]好，細人有一个就好了，毋好再過降了！」

28 儘採：隨便。
29 囥：藏。

「走了，走了，莫聽這青瞑亂講話！」妳說完就走。我趕緊掏錢放桌上，跑去追妳。妳走得很快，我要小跑步才能追上，我邊跑邊喊：「妳看！俉就講，佢會花掉妳的錢！」「花掉就花掉！」妳說。為了這件事，我們冷戰半年。

很多年以後，妳才當笑話跟我說，妳有把青瞑仙的話說給孫啟倫聽，孫啟倫聽了也不反駁，只是用他一貫不在乎的表情說：「反正都是要給別人花，不如給我花。」即使孫啟倫說出這種話，妳那時還是選擇嫁給他。妳說，都愛上了不然能怎樣？妳看起來成熟又能幹，其實心裡像個小女孩，相信不可捉摸的愛情。

你們一結婚，孫啟倫就辭掉水電行的工作，說要做投資。當然，用的都是妳的錢。剛開始幾年，台灣景氣好，被孫啟倫花光的錢，妳拚命賺回來。憑良心說，他也不是完全沒有優點。他的廚藝很好，在我們那種簡陋的廚房裡，還能變出三菜一湯。我吃過幾次，青椒炒牛肉、三杯雞、紅燒魚，比我們都厲害。還有，他知道妳有過婚姻和女兒，也不在意。妳想看女兒，他二話不說，就開著妳買給他的跑車飆車去湖鄉。可樂讀新湖國小，導師認識曾代班校護的妳，偷偷讓妳帶可樂出去半天。孫啟倫開車載妳們去隔壁鎮的速食店或新豐海邊，那些不容易遇見熟人的地方。

B面

即使妳跟孫啟倫在一起整整十年，我還是不知道他是什麼樣的人？

妳為他生了一個兒子一個女兒。他媽媽是道士，在宜蘭地方算有名的，兩個孩子出生時辰和名字都是她算來的。哥哥叫孫子澤，妹妹叫孫子漁，說他們命中缺水，名字有水，可以如魚得水。子澤子漁不好叫，我們都叫他們澤澤和小魚。

澤澤出生時，湖鄉老家改建，阿爸阿母搬到台北，順便幫忙照顧澤澤。澤澤有雙大眼睛，遺傳妳的尖下巴。明明是個孩子，卻老是皺著眉一臉憂鬱。阿母說：「這細人忒聰明，好就好，毋好以後就麻煩了！」阿母沒學過算命，但看人向來蠻準的。

澤澤和小魚一出生就住在高樓裡。不是在獅子林套房看卡通，就是去看電影或逛百貨公司。阿母說，小孩子應該多去戶外。每天下午只要沒下雨，她就會一手牽澤澤、一手抱小魚，從獅子林一路走到新公園。他們會先去看老火車（澤澤最愛看火車），接著去池塘邊餵魚。阿母會準備乾吐司讓他們餵魚，也會做好小孩的午餐，把豬肉切得薄薄的，醃過後小火煎夾進吐司。一老二小坐在涼亭裡，一邊看魚一邊野餐。妳怕阿母累，常念她：「樓下有美而美，買就好了！」對妳來說，錢能解決的事就交給錢。阿母不這麼想，繼續默默在簡單的廚房裡做菜給孩子吃。

這幾年妳改變很多，天天想著賺錢，覺得沒有什麼比錢更重要，也沒有什麼是錢解決不了的問題。我不得不承認，錢確實很重要。但我還是覺得人不能只為錢活著。就像之前，小弟以卡養卡，欠下上百萬卡債。他根本還不了，求妳幫忙，也不讓妳告訴他老婆。妳答應了，幫他還清卡債。小弟沒學到教訓，信用卡越辦越多張。從小，阿爸阿母說妳是大姊，有責任照顧我們。為了我們，妳努力工作賺錢。妳肩上背的人越來越多，小弟、孫啟倫、阿爸……。慾望像黑洞根本沒有底，我很害怕有一天，那個黑洞會吃掉所有人，包括妳。咳……咳咳……

事情總是來得很突然，有些看起來跟我們沒有關係的變化，也可能改變我們的生活。一九九六年二月二十八日，當時台北市市長陳水扁，在新公園內豎立二二八和平紀念碑，新公園改名「二二八和平公園」。我清楚記得這個日期，不久前，為了舉辦揭碑儀式，新公園開始整修，四周圍上鐵刺籠。阿母一不注意被鐵刺扎傷腿，劃出一道深深的傷口，深紅血液流滿小腿肚。她不喊痛，先帶小孩回家，再去聯合醫院包紮。那道傷口很深，一直好不了，醫院安排她做完整的檢查。沒人想到向來健康的阿母，竟在六十歲不到的年紀得到癌症。我陪著她進進出出醫院好幾次。

隔年，一九九七年，台灣發生許多大事，先是年初爆發口蹄疫，再是發生遠東航空一二八號班機劫機事件、白曉燕命案，年中溫妮颱風造成林肯大郡倒塌，還有，我最愛的歌手張雨生因為車禍突然過世。這些事件彼此沒有關係，但對那年的我來說，確實是雪上加霜。

店裡生意越來越差，亞洲金融風暴席捲全球，台灣不能倖免，向來熱鬧的西門町遭受波及。西寧南路上，幾家知名連鎖服飾品牌結束營業或改遷到東區。更別說那些開幕不久、資本額不多的小店，幾乎倒了一半。我們在獅子林的錶店生意本來就沒萬年好，現在狀況更淒慘，客人少得可憐，生意直直掉，連租金都付不出來。撐不下去的店家只好認賠收攤，我們的店靠妳金援，苦苦撐著。

更大的打擊還在後面，市長陳水扁下一道命令：廢除公娼。一夕之間，在西門町大街小巷，打扮妖嬌的女人們失去生計，紅包場生意不如以往，那些穿花襯衫梳油頭的阿伯突然不見了，連計程車都少了很多。妳的生意大受影響，我們再也撐不下去。

不得已之下，我們把獅子林的店都收了。大弟回湖鄉，改做手錶批發。妳辭退阿紫小姐，改聘在台北買房成家的小弟，讓他能有份薪水養家。咳……咳咳……咳……至於我，暫時當阿母的專職看護。那時阿母在妳的安排下轉到馬偕醫院，我陪她度過大小手術、化療電療。向來愛美的阿母，不管身體多不舒服，都堅持要每天對鏡梳髮、穿得乾淨整齊，不讓阿爸看見她邋遢的樣子。

那年秋天，醫生把我們兄弟姊妹找齊，宣告阿母已到末期，建議改採安寧治療。阿母堅持要回湖鄉，我們花一些時間辦轉診手續。從台北馬偕轉到湖鄉仁慈醫院。仁慈醫院是天主堂診所改建的一棟粉紅色大樓，早就看不出以前的樣子。還是老天主堂時，種整排松樹，妳曾在樹下寫生，我在附設的籃球場打過球。

阿母住十二樓單人安寧病房。我收拾簡單行李跟阿母回到湖鄉。當年搭火車北上的我們，從沒想過，再次回來會是搭救護車。阿母躺在救護車病床上，手上吊著點滴，整個人昏昏沉沉，但嘴角不時露出笑意。終於可以回家了，阿母當時是這樣想的吧？然而，離開湖鄉快十年的我，像浦島太郎從龍宮返回人間，跟不上湖鄉的改變。

街上的店大多交棒給下一代，有的還維持以前的樣子，像是阿榮叔家的五金行，沒有改建，還是木造兩層樓房。深褐色木頭上掛滿鍋器鐵具。不過，阿婉姨因為洗腎，臉色變得暗沉，老了許多，不見當年的妖嬌風采。有的店乾脆把店面租給別人，像大眾飯店就因為第二代不想接，變成連鎖五十元披薩店。每次經過，我都會想起那令人口水直流的滷汁香。妳以前工作的長春醫院也人去樓空，鐵門緊閉，像鬼屋一樣。

老家改建後，除了二樓還留著一間阿爸阿母的房間，我們以前的房間變成大弟夫妻的新房。家裡的每個角落都堆滿大弟家的東西。雖然很久以前，我就有預感，這裡不會永遠屬於我們。但當我親眼目睹這些轉變，心中仍然充滿感嘆。陪阿母回到湖鄉的我，沒有搬回家裡住，而是搬一張行軍床，陪阿母住在安寧病房。阿母在這裡住多久，我就住了多久。

安寧病房的牆全漆成粉紅色，也許是想讓病患和家屬多一點溫暖的感覺。阿母的臉因為嗎啡浮腫，大部分的時間都在睡，你們不時會來看看她。她醒來的時間不多，偶而精神好一點，會背靠病床靜靜坐著，望向病房門口。我有種感覺，她好像在等人。

有一天，那扇門打開了。走進來的不是阿爸，也不是妳和弟弟們，而是一個倚著拐杖的老人。我一眼就看出來，他就是小時候帶我去看林旺的阿舅。

「妳係阿玄？」阿舅混濁的眼睛直直看著我。我立刻上前扶他來到床邊。阿母眼角含淚，我知道，他就是阿母等的那個人。我讓阿舅獨自留在病房，我在外面等候。我想，他們一定有很多話想說。

兩天後，阿母走了，一臉安詳。我的任務完成，家裡沒有我的位置，我對湖鄉的改變也不適應，只好再次回台北。我不希望自己變成妳的負擔，在三重一間私立幼稚園找到工作。我搬離房租較高的獅子林，獨自租屋在三重。

阿母的死對妳打擊很大，妳才剛在獅子林買下一間樓中樓，想讓阿爸阿母在台北有自己的空間。房子還沒裝修完，阿母就走了。我們家常有裂縫，阿母向來是我們的黏著劑。阿母死了，這個家一旦出現裂縫，就很難再癒合。阿母死後不到一年，阿爸在台北的國標舞社團，認識守寡的「阿姨」。阿爸決定和阿姨在一起，兩人搬去阿姨中壢老家同住。「也太快了。」妳說。那間買給阿爸阿母住的房子，永遠等不到主人。阿母死後，阿爸也不再只是屬於我們的阿爸。隨妳北上的我們，從此四散。

姊，妳知道嗎？好幾次我搭公車去西門町找妳，都會盡量避開二二八紀念公園。它老是讓我想起阿母腳上的傷口，想起我們家最初的裂縫。咳……咳咳……姊，如果有一天，那些裂縫變得越來越大，妳要記住，這不是妳的錯，妳做的夠多了。接下來的日子，妳要為自己而活。

第六章　女人女人

受傷

歸綏街

第一次遇見紅蓮姊的時候，她脂粉未施，五官秀氣，從眼角淡淡的皺紋看起來約五十多歲。她穿著合身的洋裝，卻罩著一件過大的外套。

如月指著幾支適合她年紀的秀氣女錶，說：「這些都是新款，要戴戴看嗎？」她瞄了一眼，說：「我想找男錶。」「要送人？」如月聽她說話的口音，直覺她是客家人，就用客家話問。她淡漠的臉上露出親切的笑容，說：「係啦。妳係客人喔？俚頭擺待楊梅，妳哪位人？」

「俚湖鄉，算隔壁庄啦。妳慢慢看，有看到愛的，拿出來看無要緊，俚會算妳便宜啦。妳要送麼誰？」如月想知道對象，好幫忙挑選。

「俚倈仔啦，今年二十五歲囉。」女人瞇起眼睛看著櫥窗裡的手錶，指著一組星辰情人對錶，說：「這幾多錢？」一臉素淨的她，指甲卻塗擦鮮豔的紅色指甲油，但塗擦得不均勻，還有些掉漆，一看就知道是廉價貨。

如月把對錶從櫥窗裡拿出來，說：「這是剛到貨的玫瑰金對錶。」對錶是玫瑰金色，錶面的外圈、數字和錶帶上，鑲著金色線條。如月在計算機上先按原價，再打六折。她似乎很喜歡這款對錶，卻因為價格猶豫不決，依依不捨放下手錶，說：「俚想一下。」

「無問題！」如月回。

接近打烊時間，她又出現，指著玫瑰金對錶微微笑。如月把對錶從櫥窗拿出來，重新在計算機上打價格。只見她點了點頭，打開一個邊緣有些脆化的仿皮咖啡色側背包，掏出黑色零錢包，拿出一卷百元鈔。她拆掉橡皮筋，一張一張疊好才給如月。鈔票傳來一股淡淡的香水味。

「需要幫妳調錶帶嗎？」如月問。

「毋需啦，俚也毋知佢手骨幾大。」她回，最後一句說得很小聲。如月沒有追問，每個人都有不想提的故事。她把對錶分別裝進兩個原廠酒紅色盒子中，再放進紙袋裡，雙手遞上說：「有麼个問題就來尋俚。這係俚的名片。」

「陳如月，」她瞇眼看著名片念：「這名好。看妳恁後生，小俚當多。」「無啦！俚也會四十歲了。」「四十歲還係後生啊！毋過，俚驚分人喊老，做毋得喊俚阿姨喔，喊俚紅蓮姊就好。」她把紙袋勾在手臂上，勾了勾掉落耳畔的髮絲，朝如月揮手。「紅蓮姊，有閒正來聊！」她望著紅蓮姊孤單的背影說。

過幾日，一個穿紅色緊身皮外套的女人，挽著一個中年男人自西寧門的方向走來。

女人眼睛戴著厚厚一層假睫毛，擦上濃豔深藍色眼影，嘴唇塗著大紅口紅。男人穿著polo衫，罩著深藍色背心，留著落腮鬍。

「挑挑看，有喜歡的都可以拿出來給你看。」如月說。女人右手靠著玻璃窗，直視如月說：「正幾日，就毋記得俚了喔！」如月聽見熟悉的客家腔，看著女人的仿皮咖啡色側背包，才恍然大悟說：「紅蓮姊！拍謝啦，無認出來妳！今晡日仰打扮恁靚？」

「俚玎玎[30]帶俚的人客做妳的人客！」紅蓮姊舉起手放在嘴邊小聲說。「恁講啥？我攏聽無啦！」大鬍子男人抱怨說。「就是要你『聽無』啦！」紅蓮姊拍了一下男人的肩膀，國語、閩南語交雜，接著又用客語對如月說：「佢也係甘苦人啦！開『他庫西』的，拿便宜兜的分佢看。」「無問題！」如月挑了幾支國產錶，金屬錶帶，大錶面，適合開車時方便看時間。大鬍子男人似乎很滿意，買下其中一支。紅蓮姊對她笑了笑、揮揮手，兩人如情侶般挽著手離開。

後來，紅蓮姊陸陸續續帶不同男人來捧場。有的是蓋高樓的工人，也有大樓保全，還有路邊擺攤的攤販。如月依據他們不同的職業，為他們挑方便工作又不貴的錶。有

30 玎玎：客語，專程、特地。

時，紅蓮姊也會一個人來，倘若剛好店裡沒客人，她會帶兩罐罐裝伯朗咖啡，兩人在櫃檯邊喝邊聊。

紅蓮姊說，她小時候家裡窮，賣給人當童養媳。但是婆婆待她苛刻，老公又常對她拳腳相向，她不得已逃離熟悉的地方，孤身一人來到台北。身無分文的她做過許多工作，沒錢時，就在新公園涼亭、火車站椅子過夜。最後遇上白雪姊，收留了她。她們都是公娼，歸綏街是她們的家。如月記得那一帶全是老舊樓房，灰綠色磚瓦，二樓是拱型窗，裡頭隔成一間間小房間。

帶過那麼多男客人來捧場的紅蓮姊，只有一次帶女人來店裡。

那天，恰好是36度C連休一星期後重新營業。前日，如月在湖鄉火葬場，送阿母最後一程。她的眼睛仍然浮腫，勉強打起精神開店。遠遠看見紅蓮姊牽著一個白皙女人走來，女人身穿大紅花拼接的上衣，領口鑲著亮片，比較起來，一旁穿著素色針織衫的紅蓮姊就顯得素樸許多。

「紅蓮姊，今晡日仰恁早呢？」如月強打起精神向她們打招呼。紅蓮姊通常都是晚上來，很少白天出現。「阿妹呀！」紅蓮姊剛開口就掉淚：「偓無頭路勒，政府毋分恩兜頭路。」白皙女人見紅蓮哭，罵：「免哭！哭啥？阮的目屎足寶貴。」

紅蓮姊抽抽噎噎向如月介紹眼前這個女子，就是之前提過的白雪姊。如月注意到，白雪姊手腕戴一支紅色手錶，紅錶面，錶帶是彈性尼龍繩編織成的，非常顯眼，襯得白皙的手臂更加雪白。白雪姊說，她們要上街頭去「抗議」，抗議政府廢公娼，害她們沒頭路。白雪姊說得憤慨，臉頰上青筋浮現。

「要保重，身體要緊。」如月說。看著兩個女人相互攙扶離去的背影，如月露出擔憂的表情。

再一次見到白雪姊，是在報紙社會新聞版上。標題寫著「公娼白雪落海身亡」，配上一張白雪姊抗爭時的照片。只見一群女人聚在一起，高舉「性工作，要合法」的布條。儘管白雪姊臉戴墨鏡，手握麥克風，站在人群中。如月還是一眼認出她手腕上的紅錶。

白雪姊死後，以前不戴錶的紅蓮姊，把白雪姊的紅錶戴在手腕上。戴上紅錶的紅蓮姊，眼神不像從前那樣嬌弱，一副被人吃夠夠的樣子，反而有幾分像白雪姊，多些霸氣。沒有固定居所，失去合法客源，紅蓮姊不再像從前，三不五時帶「人客」光顧她的店。如月不懂，她們不也是靠勞力生活的人嗎？為什麼政府不給她們活路？不給她們工作的自由？

半年後某天，久未出現的紅蓮姊突然現身，手上依舊戴著那支紅錶。如月看見她十分開心，恰好店裡的人不多，便把店裡的高腳椅拿到玻璃櫃邊，招呼著紅蓮姊說：「紅蓮姊，恁久無見，這位坐啦！」紅蓮姊坐上高腳椅，把錶的環扣解下，遞給如月說：「這時錶毋知做麼个毋會行了？」眼神裡有股淡淡的哀愁。如月拿起手錶，看了看說：「可能係進水了，偓來處理，妳過幾日來拿。」

「承蒙妳，還有件事情，偓毋知好講無？」紅蓮姊望著如月，一副欲言又止的模樣。「麼个事情？」正低頭撬開手錶檢查的如月，抬起頭來。「細倈，做毋得相信，知無？看該做官的，書讀恁多有麼个用？選舉前講一套，選到了就變面，偓市長投麼誰妳知無？偓投該無心肝的阿扁仔，講要為甘苦人講話，結果呢？」紅蓮姊說得激動，雙手握拳。如月以為紅蓮姊又想起廢公娼的事，正想開口安慰，卻見紅蓮姊嘆口氣，說：「妹啊，該做官的做毋得相信，睡共下的馬要提防！偓有擺無睹好看到……看到妳老公，和一個細妹行共下。偓跈[31]過去看，結果看到佢兜行到歸綏街附近的屋。偓堵著兩、三擺了，想講還係要和妳講。」

如月只覺得腦袋空白一片，不知該接什麼話。過了好一陣子，才強作鎮定，回：「偓知了，承蒙阿姊。」然而，她握著錶的手仍止不住顫抖。紅蓮姊又安慰了她一番才離開。紅蓮姊走後，如月打通電話給小弟，要休假的他來代班。小弟一來，見姊姊面無血色，以為她是身體不舒服。如月也沒多做解釋，快步離去，一路奔回獅子林。她的腦袋很亂，阿母走後，她把澤澤和小魚交給弟妹顧，每個月按時付她保母費，一方面孩子有熟人看顧比較放心，另一方面也增加小弟一家的收入。孫啟倫還是跟從前一樣，經常不在家，他總能找到千百個理由當藉口。

如月走進獅子林，按下電梯，六樓。孩子長大了，她搬進本來買給阿爸阿母住的樓中樓。走廊上的日光燈有的亮有的暗，她穿過長長的走道，走到一扇暗紅色鐵門前，門上黏著一張澤澤貼的米老鼠貼紙。她拿出鑰匙，開門只見裡面一片漆黑。她比平時早回來，打開燈，怔怔望著她和孫啟倫好不容易建立的家。牆上掛著他們去年拍的全家福，綠色沙發椅上堆疊著他和孩子們的外套。這些年，孫啟倫除了開過計程車外，沒做過其他工作。最近他說，想投資朋友的生意，穩賺不賠。她忙著阿母的事，也沒多問。

孫啟倫的相機在電視櫃上。每次出遊，孫啟倫都會帶著相機。即使阿母念過她：「阿倫係妳老公，毋係妳僕人。」要她別老是對老公呼來喚去。如月承認，這些年當頭家娘當慣了，家裡的經濟重擔又都靠她支撐，連阿爸對她說話都多幾分敬意。面對整天遊遊野野的孫啟倫，她說話確實不客氣。但有些界線她還是守著，比如她從不碰孫啟倫的

31 跈：客語，跟著。

東西。她以為只要百分之百信任他，他就不會做出那些骯髒事。她用顫抖的手拿起相機、取出底片，到樓下照相館快速洗照。兩小時後，如月去相館取照片。她從照相店老闆的手中接過厚厚一疊照片，到家才打開。

前幾張是兒子和女兒的照片，上個月去中影文化城拍的。還有一張，她腿上抱著澤澤，小魚坐在一旁，手上拿著幸運草，一家三口坐在植物園長椅上，她笑得露出白牙，看起來一臉幸福。

然而，下一張，卻是另一個世界。那是一個全然陌生的房間，牆上貼滿泛黃碎花壁紙，紅臉盆擺在床頭桌上。床上有個女人。是女人。她的身材微胖，一頭過肩捲髮，穿著細肩蕾絲睡衣，望著鏡頭嬌俏的笑。

如月的手顫抖著，她撕碎照片，往地上丟。接著衝進浴室，打開水龍頭，雙手捧水潑在臉上。她癱坐浴室，聲嘶力竭的哭泣。她聽見開門聲，是孫啟倫。他愣愣看著散落地面的照片，什麼辯解的話都沒說。「滾、出、去。」如月大吼，從浴室隨手抓起東西就往他身上丟。孫啟倫就這樣留下她和他們建立的家，頭也不回的走了。

離婚後，如月才發現，孫啟倫所謂的投資，有大半是投在那個女人身上。如月耳畔響起青暝仙的話：「妳會賺盡多錢，毋過全部會分別人花掉。」「反正都是要給別人花，不如給我花。」孫啟倫當時這麼回她。

馬偕醫院

再次離婚，一雙兒女到宜蘭跟阿公阿媽同住，如月獨自搬回八樓套房。在店裡，忙起來可以暫時忘記一切。但是晚上回到獅子林，獨自一人時，往事紛紛湧現。為了避免胡思亂想，好好睡一覺，她到樓下便利商店，買小瓶威士忌。她坐在套房窗邊的矮櫃上，看著窗外，抽著菸，一口一口喝乾那瓶酒。可樂偶而會打電話來，她沒多說什麼，怕在女兒面前崩潰，老是說「媽媽在忙」，就匆匆掛上電話。她唯一能說話的，只剩下妹妹如玄。

她連續七天無法入睡，如玄特地向幼稚園請假，陪她去馬偕醫院掛精神科。如月對醫生說，最近常作夢，夢見自己從獅子林八樓往下跳。醫生診斷她是憂鬱症，開了百憂解和安眠藥，還說：「如果可以，養隻寵物吧。」

隔天，如月去一趟動物收容中心，打算領養一隻貓。動物收容中心有一條長長的走道，兩邊是一個接一個柵欄。這種格局竟讓她想起獅子林。一隻全身黑的土狗，不停朝她搖尾巴。如月看見牠眼神裡的乞求：救救我吧。比起來，她確實更喜歡狗，但套房空間太小，對好動的狗兒來說不過是另一個監獄。隔壁籠子裡是一隻黃金臘腸狗，牠勉強用短短的腿，吃力撐起身體，走起路來顫顫巍巍，隨時都可能跌倒。

「這隻是從養殖場帶回來的，剛來的時候更瘦，現代人都住大樓，喜歡養小一點的狗，所以這幾年這種小型犬大量繁殖，牠不知道生了多少胎，變成現在這副模樣。」說話的是動物收容中心的員工，是個年輕女孩，紮著馬尾，黑皮膚纖瘦骨架，有幾分像可樂。「如果您的空間不大，會建議您考慮這種小型犬或是貓。主要是，希望您領養後，不要遺棄牠。」眼前的女孩蹲下身體，隔著柵欄逗弄裡頭的小狗。

「不要遺棄他。」如月重複著女孩最後的話。她總覺得這話是刻意說給她聽的。「我沒有要遺棄他們。」如月喃喃的說，心裡想起澤澤、小魚和可樂。「當然，當然，願意到我們這裡來領養的人，一定是很有愛心的。」女孩露出燦爛的笑容說。

走出領養中心時，如月懷裡的紙箱裝著兩隻出生不久的小貓。本來只想養一隻，怕牠孤單，乾脆領養兩隻。她抱著兩隻貓回到獅子林。橘貓是公的，取名肥肥；虎斑是母的，取名咪將。兩隻瘦小的貓咪，在如月照顧下，肥肥越來越肥，咪將依舊纖瘦。

「咪將、肥肥，來吃飯。」如月叫喚兩隻貓孩子。有了肥肥和咪將以後，她到便利商店，除了買威士忌和香菸，還多買兩個貓咪罐頭。她把罐頭打開，肥肥從衣櫃上跳下來，肥胖身體撞擊地面時，發出「碰」一聲。牠循著香味走近罐頭，正低頭準備吃，咪將衝過來推開肥肥。把肥肥的份吃個精光，接著再吃自己的。肥肥只好舔舔罐頭剩下的肉渣。「咪將，不可以那麼霸道！」如月用訓斥小孩的口氣對咪將說，再摸摸肥肥：

「肥，你明明沒吃什麼，怎麼越來越肥？是媽咪把名字取錯了嗎？」和牠們在一起時，如月常想起分散各地的孩子們。

「媽咪把哥哥姊姊接回來住好不好？」如月對懷裡的咪將說。咪將舔舔她的嘴，霸道的想佔有全部的她。一旦肥肥靠近，咪將就伸出爪子威嚇，讓肥肥只能遠遠躲在角落。如月見狀忍不住笑。「不要遺棄牠。」收容所女孩清脆的嗓音再次出現耳畔。

隔天，她打掃六樓樓中樓，賣掉從前高價收購的古董木椅，買了兩張附桌燈和書架的書桌，把澤澤和小魚接回台北。

*

如月愧疚的凝望躺在病床上的澤澤。她不知道，當初把孩子接回來的決定究竟是對是錯？

澤澤、小魚搬回台北後，得顧店的她沒時間顧孩子。只能跟從前一樣，付給弟媳保母費，讓兩個孩子下課後先去小舅媽家寫功課、吃晚餐，等她下班。沒空陪伴孩子的她，只能不停給他們錢，滿足他們的慾望，換來他們的笑容。她知道這樣不好，如玄老念她，只懂拿錢來愛人。還罵她偏心澤澤，會害了他。但她就是拿這孩子沒辦法。

澤澤高中一再延畢、轉學，最後退學。收到兵單時，澤澤哭著說不想當兵。她想盡辦法讓澤澤不用服兵役，不得已打電話給可樂。可樂大學剛畢業，在一間中學當實習老師。她要可樂寫下切結書，聲明和她早無母女關係。憑切結書，她可以用殘障身分需要孩子照顧為由，讓澤澤逃過兵役。從不生氣的可樂，竟然在電話中大吼：「妳太過分了！妳根本不愛我，妳只愛弟弟！」說完掛斷電話。如月重新撥打，電話那頭只有嘟嘟聲。很少用手機的她，努力按著按鍵，傳了一封長長的訊息給可樂，解釋她這麼做只是為了讓澤澤不用當兵，沒有其他用意。但可樂仍然沒有回應。幾天後，她收到切結書，可樂卻從此不再接她的電話。

澤澤十七歲時，獨自搬去八樓和女友同居。那是個身材嬌小、打扮新潮的女孩，儘管她再三提醒，那女孩還是懷孕了。「他都養不活自己了，拿什麼來養妳和孩子？」事實上，澤澤每個月的花費也都是如月在擔。前幾個月，澤澤說想送女孩一輛摩托車當生日禮物。那個月生意不如以往，如月還是咬牙拿錢給澤澤。但懷孕代表的是有另一個孩子要出世，她實在無力負擔另一個生命，無論心理或金錢上都是。如月只得給那女孩一筆錢，叫她拿掉孩子。

整日無所事事的澤澤，唯一嗜好是打線上遊戲。除了偶而到窗台上抽根菸、吃點零食，多數時間都待在電腦前，為了玩遊戲，甚至可以連日不睡。

那天一早，她眼皮不停跳，直覺有什麼事發生。她從六樓直奔八樓套房，打開門，只見澤澤全身蜷曲倒在地上。她又哭又叫，打電話叫救護車。救護人員拿著擔架上樓，把僵硬的澤澤搬上擔架，她一路跟著，含著淚撫摸他的手說：「不要怕，媽媽在這裡。」她記不起，這幾年來她來過多少次醫院。先是阿母，再是她自己，然後是如玄，現在是澤澤。醫院總是讓她失去所愛，蒼白得讓人害怕。

「腦血管爆裂，就是我們俗稱的中風。」醫生說：「左半邊癱瘓，需要長期復健。」

「會好嗎？」如月著急的問。他還那麼年輕啊。「我們希望能透過復健，讓肌肉不要太快萎縮。」醫生說：「他這種情況不太可能完全康復，只能透過復健讓情況不要惡化。」

如月望著躺在床上雙眼緊閉、一動也不動的兒子，在心裡責備自己，都是她的錯，忘了幫澤澤安太歲，他才會這樣。掛著點滴的手腕上，刺著黑色的死神。披著披風的骷顱頭，露出空洞的眼睛，牙齒裸露微張，像在嘲諷她。她不喜歡這個圖案，從來都沒有喜歡過。

澤澤身上布滿刺青，全是在西門町刺青街刺的。而這個死神符號，是他滿十五歲時，要求她帶他去刺的。她不忍心拒絕這孩子的任何要求。他剛剛成熟的身體，四肢像他老爸一樣細瘦，但個子高上許多。他們一起走進位在漢中街上的刺青街，她不知道這裡何時聚集這麼多刺青店？每天，她來回在獅子林和萬年大樓之間，很少去其他地方。比起西寧南路，刺青街小多了，兩側全是各種顏色的大型招牌，螢光粉紅紫色白色，把整條街點得的像彩虹般。除了刺青店，還有掛滿各式耳環的穿耳洞專門店、變色隱形眼鏡專賣店。走一趟刺青街，可以從頭到腳變一個人。

澤澤選了一間叫做「神龍」的刺青店，刺青師綽號就叫神龍，他是個光頭，頭顱後方延伸到頸部，一路蜿蜒到右手臂，刺著動漫《七龍珠》的神龍和七顆龍珠。《七龍珠》是她少數認識的動漫，孫啟倫常帶著孩子看。澤澤指著牆上的死神頭顱，再指著自己的右手腕，說：「我要這個，刺在這裡。」神龍瞇起眼，看著澤澤手腕，似乎在確認是否能把如此複雜的圖形刺在那纖瘦手腕上。過了一會兒，神龍不發一語的點點頭。要澤澤坐在一張椅子上，將手腕放在一個皮製的方形枕頭上。她看見神龍握著刺青筆，一點一點刻鑿他的手臂，留下血痕。神龍用衛生紙擦去血痕，一個死神的頭顱就這樣長在他的手腕上。

點滴一點一滴經由死神的口進入澤澤的身體中，恍惚間，她看見死神嘴角露出得意的笑容，似乎在說是他又贏得一個生命。至少，贏了一半。一個半癱的男孩未來還有什麼指望？跟死了有什麼兩樣？如月不敢再往下想。他還這麼年輕，不可能，絕對不可能就這樣了。她望著澤澤纖瘦的四肢和蒼白的臉。她想起他剛出生時，濃眉大眼，又白又胖，他的阿公、阿嬤和周遭所有人都搶著抱他。她愛憐的揉捏澤澤的左腳，他一點反應也沒有。

老了

萬年大樓

今天是如月六十歲生日。如果她沒記錯的話。一如往常，她還是待在店裡。不同的是，所有記得她生日的人，都一一離開她。有的是彼此斷了聯繫，有的是離開這個世界。過不過生日，似乎不再重要。

「我去廁所，妳顧一下。」如月對坐在角落滑手機的麗娜說。麗娜點點頭，比出ok的手勢。麗娜是她幫澤澤申請的印尼看護。皮膚黝黑、身材豐厚肥滿，撐得住身高一百七十公分的澤澤。她屬豬，比可樂小一歲，已有三個孩子。最大的十歲、最小的五歲。賺的錢幾乎全寄回印尼，自己身上沒留什麼錢。老公沒工作，還嫌她寄回的錢太少。「台灣、印尼的男人都差不多！」如月聽完麗娜的故事後下了這個結論。

麗娜喊如月老闆娘，來這裡前，她照顧的是一對八十歲老夫妻。「不能睡覺，一個起來，睡著了，另一個又起來。好累。」麗娜向她抱怨。澤澤半癱後的日子，多虧有麗娜，陪她撐住這傾斜的家。

如月日益依賴麗娜，她發覺，麗娜照顧的不只是澤澤，還包括她。白天，麗娜帶澤澤到店裡，澤澤坐在木椅上滑手機，沉浸在自己的世界中。麗娜幫忙如月顧店，陪她說話。這幾年，印尼移工數量不少，特別到假日，萬年大樓出現許多穿著新潮的移工，大量採購物品寄回家鄉。因為麗娜可以用家鄉話和他們溝通，好幾個印尼人來萬年都指名要找36度C的麗娜。他們最愛耐用閃亮的金卡西歐，有時一人一次買十幾支寄回家鄉。

比起剛來時老穿連身運動裝，現在的麗娜融入西門町，越來越會打扮。不規則剪裁的上衣，搭配黑色緊身褲，遮掩略顯粗壯的胳膊，露出較細的小腿。倘若不開口，沒人知道她來自印尼。起初，如月請麗娜幫忙顧店時，麗娜顯得十分害羞，尤其遇到台灣客人，不太敢跟他們說話。慢慢的，麗娜漸漸熟練，換電池、調錶帶，最近甚至敢跟客人討價還價，拒絕客人無理的要求。只見麗娜用不標準的國語對客人說：「你去比比看，一定會回來跟我買。」有麗娜在，她放心不少。

如月看著麗娜坐在櫃檯的老練姿態，轉身抽幾張衛生紙，小跑步去一樓轉角的女廁。她變得頻尿，是更年期的原因嗎？她蹲在中式廁所上，抓住長裙的裙襬，解放憋太久的尿意。她站在鏡子前，捧起清水拍拍臉，凝望著自己。她看見的不是「萬年第一美人」，而是一個體態臃腫，眼角魚尾紋明顯的老女人。

這兩年，陸客大幅減少，生意盪到谷底，房租卻不減反升。她無力負擔小弟每月五萬的薪資，不得已辭退他。小弟向她討「資遣費」，如月氣得大罵：「頭擺你欠卡債，麼誰替你付錢？你全家出國搞，麼誰出機票錢？這下佢無錢，兩間屋全部貸款，無法度請你，你還要和佢討錢？你係人無？」兩人鬧翻，不相往來。

若不是麗娜適時出現，她不知道自己撐不撐得下去？只是，憑現在的收入，她也沒把握還能聘僱麗娜多久？如月從廁所台階走下，那些比她資深的錶店已經收了好幾家，包括曾是萬年最大鐘錶行的歐洲鐘錶。她從來不曾見過萬年大樓掛了這麼多招租的廣告。

歐洲鐘錶的當家是莫老闆，除了日產和國產錶外，專營高價歐洲錶。他經常獨自去瑞士批錶，總能找出與市面不同的錶款，吸引一票死忠顧客追隨。去年，他一次下單上千萬的高價瑞士錶，評估兩個月就能賣完，卻遇上景氣低谷，勉強賣掉三分之一。現金全押在這批錶上的他，周轉不靈，不得不向地下錢莊借錢，利滾利，最後落得收店賠錢的下場。

如月幾次在西門町街頭撞見失魂落魄的莫老闆，仍舊穿著那一席髒舊的灰色西裝，全白頭髮披散著，神情迷惘，在西門町的大街小巷漫無目的走著，不見半分過去意氣風發的樣子。

「莫老闆。」如月喊。莫老闆轉頭看如月，一臉茫然。「多保重。」如月望著他孤單的背影說。

莫老闆的錶店隔了幾個月好不容易租了出去，變成一間扭蛋店。整間店擺滿一台一台扭蛋機，價格從六十元到兩百元都有。角落還放著自動兌換機，可以把百元鈔換成硬幣。除了扭蛋機，西寧南路上還出現許多夾娃娃機，現在恐怕只剩這種不需人事成本的店，才能生存下去。

如月繞一圈走回36度C。櫃檯前沒有客人，麗娜撐著下巴望著走道上零星的行人發呆。「麗娜，挑支錶，我送妳。」如月說。「送我？」麗娜用誇張的表情，指著自己向如月確認。如月點頭。「謝謝老闆娘！」麗娜蹦蹦跳跳走到右邊櫥窗，打開玻璃櫃，拿出一支精工玫瑰金機械女錶，看來早就喜歡那支錶很久了。定價一萬三，屬於店裡高價位手錶。

「很會挑耶，給我挑那麼貴的！」如月輕推麗娜一下。麗娜伸出舌頭，兩手捏了捏如月的肩膀，作勢幫她按摩。「很痛耶，小力點啦。」如月拿出槌子，幫麗娜調整錶帶。麗娜把新錶戴上手腕，笑得露出淺淺的酒窩，說：「謝謝老闆娘！」「這錶，自己收好，回去以後，不要給妳老公看到，聽到沒有？」如月叮嚀她。

「ok，ok，謝謝老闆娘。」麗娜拿出手機，窩在角落，和大女兒視訊，不時秀出新錶。如月雖然聽不懂印尼話，但從她動作、語氣判斷，她是在告訴女兒，她過得很好，很快就會回家，不用擔心她。如月羨慕的看著麗娜與女兒的互動，坐在旁邊的澤澤一來到店裡，就一屁股坐在木椅上，盯著手機，不曾抬頭看她一眼。

澤澤的雙眼皮深邃，眼皮皺褶處泛著不自然的深紅線條。他三歲時經常揉眼睛，回娘家時，她帶澤澤去湖鄉的眼科診所。為什麼不在台北大醫院就診，偏偏去湖鄉小診所看呢？說來是她的私心。那間診所開在王保麟家樓下，楓林牛排館收掉後，公公把一樓轉租給人開眼科診所。

如月想帶澤澤去那看醫生，一來可以看看可樂，二來說不定會遇見王保麟。聽可樂說，他再婚又離婚。她很矛盾，有時希望他過得好，找個對可樂也好的女人；有時，又希望他永遠找不到更愛的人。兩個人她都沒遇見，反而遇上小叔。小叔說，可樂上輔導課，王保麟在山上度假村工作，很少回家。「沒關係！我只是帶兒子來看眼睛。」如月解釋。

當年的牛排館牆面貼滿楓樹皮，現在則是用裝潢貼皮做出連排的櫃子。前面是就診區，後面是眼鏡行。連原來花磚的地面，也蓋上灰色的貼磚。她熟悉的一切早已失去蹤影。長相斯文的醫生有耐心的解釋，澤澤是睫毛倒插：「小手術，很快就好。」如月相信他，沒想到割成這副模樣。如月看著澤澤割失敗的眼睛，和垂下萎縮的左手，覺得十分內疚。她應該帶澤澤到大醫院的。她應該，聽青暝仙的話，聽可樂的話，不要再生了。生多，都是磨難。以前如玄還在的時候，老是說她偏心，只愛兒子。也許如玄說得沒錯，是她的偏心害慘她最愛的孩子。

「澤。」如月喊他。「幹嘛？」澤澤露出不耐煩的表情。「等一下想吃什麼？」如月問。「隨便。」澤澤低頭繼續滑手機。「麗娜，妳呢？」「臭豆腐。」麗娜說。以前麗娜老是嫌臭豆腐很臭、不敢吃，吃過後天天喊著想吃。「好，收一收吧，我們早點打烊，去買臭豆腐。」如月說。反正今天看起來不會再有更多人潮，不如提前休息。

收拾得差不多，麗娜走到店外，把輪椅拉開，在後頭穩著。澤澤用力起身，一拐一拐走到輪椅前，右手扶著把手，一屁股坐上去。如月拉下鐵門。麗娜推著輪椅走在前頭，如月跟在他們身後，一行人緩緩往西寧門走去。這時，費玉清清亮的嗓音，一如往常準時響起，迴盪在走道上：

應該忘記的　莫再留戀
值得懷念的　請你珍藏
送走這匆匆的一天
讓我們互道一聲晚安

對她而言，人世間已經沒有什麼值得留戀。唯一叫她掛心的，就是眼前坐在輪椅上的孩子，她帶來的生命。她的餘命殘年，就是拖著逐漸衰老的身體、生意始終不見起色的老店，為他活著。她不禁想起最初從湖鄉逃來台北，她多想從此好好為自己活一遍，卻沒想過是這樣的結局。

走出大樓到對街，如月回望萬年，「萬年商業大樓」紅色霓虹燈在夜裡依舊閃亮。萬年儘管比從前蕭條許多，賣的東西仍是最新最流行的。是她老了，老得跟不上這瞬息萬變的時代。智慧型手機出現，沒人再買鬧鐘，戴錶的人也沒有從前多。有人勸她，現在是網路時代，除了實體店面，還得靠網路行銷。可是，她偏偏連最簡單的臉書也不想用。她不得不承認，她已經被時代遠遠拋棄在後頭。但她偏偏又不甘心，自己努力在台北爭得的一小塊立足之地，難道就要這樣放棄？

向來不愛甜食的她，突然想吃塊蛋糕。這天可是她的生日啊。她又老一歲的日子。

警察局

賣臭豆腐的攤子夾在獅子林和誠品武昌店之間的人行道上。這裡有不少攤家，像沙威瑪、香雞排和熱炒店，都是誠品武昌店還是來來百貨時就有的，一直存活到現在。孩子還小時，她常帶他們下樓來這裡買宵夜。孩子長大後，她反而就少去了。有次偶然經過，聞到一股香味，尋味走去，是一台掛著兩盞紅燈籠的攤車。他們外帶三份臭豆腐，不是炸得金黃酥脆配泡菜的那種，而是湯豆腐，可以搭配鴨血、冬粉或麵條，還可以自由選擇辣度。

「老闆，三碗臭豆腐，大辣、中辣、小辣。」麗娜用流利的中文說。嗜辣的麗娜難得遇上夠辣的辣椒醬，一試成主顧。大辣是她的，中辣是如月的，小辣是澤澤的。澤澤生病後，因為飲食規律、少動的關係，反倒長了不少肉。比起從前一副骷髏頭的模樣，現在的樣子「正常」許多。

「麗娜，妳先帶澤澤回去。我去便利商店買個蛋糕。」如月說。麗娜比ok。其實家就在樓上，澤澤自己走也沒問題，但如月就是放心不下他。「我自己會走，不用她帶！」澤澤突然生起氣來，把輪椅掉頭，用力往前滑行。麗娜手款一袋臭豆腐，追上去喊：「弟弟，等我。」

如月走進獅子林對面大樓轉角的便利超商。開放式冷藏櫃裡，有黑巧克力蛋糕、當季草莓鮮奶油蛋糕，它們被裝在塑膠透明盒裡。如月各拿一塊，結帳前，看到擺在櫃子最前端的小瓶威士忌。醫生警告過，盡量不要碰酒。但她好久沒喝了，伸手拿了一瓶。今天可是她的生日啊。

澤澤半癱後，女友離開他，為了就近照顧，澤澤搬回六樓和她同住，換成小女兒小魚搬去八樓。打開貼著米老鼠貼紙的鐵門，麗娜正端著臭豆腐，邊看電視邊吃著。坐在沙發上的澤澤，碗放在桌面，用右手舀起熬得軟爛的臭豆腐塞進嘴裡。

「媽媽買了蛋糕，有巧克力的，還有草莓奶油蛋糕，你想吃哪一種？」如月坐到澤澤身邊，拿出袋子裡的小盒裝的蛋糕問。澤澤沒回應，繼續低頭吃臭豆腐配手機。如月對兒子的相應不理習慣了，拿蛋糕看著麗娜。麗娜趕緊搖搖手，指著微凸的小腹說：「太胖了，不能吃。」「好，你們都不吃，我吃。」如月靠在沙發上，打開塑膠盒，一口蛋糕一口威士忌。

澤澤吃完臭豆腐，右手拿手機，眼睛緊盯著螢幕，彷彿真正的他不是眼前的這個活生生的人，而是四方螢幕裡的角色。他的左手垂落，變得更纖細，肌肉消失的速度遠比她想像的快。

「明天還是去醫院復健吧。不然左手……」如月念。「復健根本沒有用！幹嘛浪費時間？」澤澤打斷她，聲音裡帶著一股怨怒。「至少不要變更糟，不然以後，媽媽如果怎樣了，你要怎麼辦？」醫生告訴她，像澤澤這樣年輕就發病，會有段自我否認、放棄的階段，家人要從旁鼓勵他繼續復健。澤澤冷笑一聲，回：「那我就在這裡等死啊。」

如月看著他，想著一生努力工作，為了父母、丈夫和眼前的孩子而活，到頭來卻是一場空。她指著陽台大聲罵道：「你如果想死，現在就給我跳下去。」澤澤抬頭看她一眼，低頭滑手機。如月十分懊悔剛剛脫口而出的話，他那麼年輕變成這樣，心裡的痛苦、自卑誰能明白？如月想說什麼安慰的話，腦袋卻一片空白。她走到窗台，拿起桌上白色菸盒，中間有一塊藍色標誌，裡頭反白寫著 MM。她抽不起大衛杜夫，勉強找到還算合口味的牌子。她點起菸，邊抽邊配上剛買的威士忌。如果可以，她真想大哭一場，卻連一滴淚都擠不出。

抽完菸，她坐在沙發上，把剩餘的威士忌一飲而盡。酒意甚濃的她連回房間睡覺的力氣也沒有，整個人癱在沙發上睡著。夜越來越深，寒風從窗縫間灌入，她感覺冷，環抱雙臂，如蝦米般蜷曲著身體。夜裡，不知是誰拿毯子蓋在她的身上，但她連睜開眼的力氣都沒有。

隔天清晨，半睡半醒間，她聽見澤澤拄著枴杖一拖一拐的腳步聲，接著是取鑰匙的聲音。澤澤愛飆車，跟孫啟倫簡直一個樣。即使半癱後，也不改開車的習慣。那輛二手黑色喜美是如月送他十八歲生日禮物。如月幾次想勸他身體這樣，不要再開了。卻發現坐在車裡的他，臉上有生病前的神采。唯有坐在車裡，不會被人看出殘缺。因此，她始終沒有阻止他。

「你回來打給我，我叫麗娜接你去店裡。」躺在沙發上的如月揉著眼說。「我自己會走。」澤澤說完，用力關上門。清晨的風穿過窗台縫隙，往客廳襲來。如月躲進毯子裡，想要尋找一絲溫暖。

那天生意出奇的好，一開門，客人絡繹不絕，連抽根菸的時間都沒有。如月不記得上次有這種盛況是多久前的事了？澤澤沒有來電，如月難免擔心，雖然這種情況也不是第一次發生。就在上個月，澤澤跑出去一整天。問他去哪裡，他說跟朋友去唱歌。朋友？如月懷疑澤澤還剩什麼朋友？他生病後，從沒見過有朋友來探望他。

也許待會就打來了。如月安慰自己。

鈴鈴鈴～店裡電話響起。如月立刻接起電話說：「喂，澤啊？」「您好，請問是陳如月小姐嗎？」是一個中年男人的低沉嗓音。不是澤澤。「我在忙，如果是銀行貸款，我不需要，謝謝。」如月正要掛上電話，卻聽見話筒傳來：「這裡是警察局。」她的心跳漏了一拍，隱約有不祥的預感，該不會是澤澤出了什麼事？她把話筒重新靠近耳邊說：「我是。」「妳的車停在延平南路的巷子，已經堵住車道，請趕快把車開走。」警察的聲音嚴肅而急促。

「不好意思，是我兒子開的。我馬上聯絡他。」如月掛掉電話，趕緊拿出手機打給「兒子澤」，手機傳來嘟嘟嘟的聲響。接著是語音信箱機械式女聲：「您撥的電話沒有回應，請稍候再撥。」如月反覆打了幾遍，結果全一樣。幾分鐘後，警察再次來電。

「不好意思，我現在聯絡不到我兒子，麻煩您直接把車吊走，我再去拖吊場領，好嗎？」如月用頹喪的語氣說。「那條巷子吊車進不去。後面已經塞了好幾台車，請您趕快來把車開走。」警察越說越大聲，聲音中夾雜著怒氣和不容拒絕的嚴肅。「是，是。」如月掛掉電話，念：「就會給我惹麻煩。」

她不會開車，麗娜沒有台灣駕照，唯一可以把車開走的，只剩女兒小魚。她滑著手機通話紀錄，尋找小魚的電話。終於，在上個月的通聯紀錄裡，找到「女兒魚」。

第七章　不散的夢

已讀

我醒來時，已經中午，耳機還掛在耳朵上。我花了一整晚才聽完所有的錄音帶。阿姨口中媽媽的故事，大部分是我出生以前的事，媽媽從來沒提過。我有印象時，媽媽已經是現在這個樣子了。當然，比現在更年輕更美一些。但我的意思是，媽媽一直是媽媽。我沒想過她的童年、她從前的那段婚姻，還有，她有過夢想。是的，夢想。即使那個夢想在很早以前就被迫結束。但媽媽還是比我強，至少她有過，並且努力過。不像我，從來不知道自己要什麼？

我躺在床上，一邊想著錄音帶裡的媽媽，一邊想著昨晚的夢。以前都是一躺下就睡著的我，懷孕後很常做夢。夢做到一半，我就因為尿意驚醒，然後衝去上廁所。昨晚也是，我做了兩個夢。也許不只兩個，但我只記得那兩個。

一個是關於哥哥的。我夢見一個年輕的男孩從高樓跳下來。好多好多警察包圍我，逼問我躺在地上的是不是孫子澤？我看著那血肉模糊的身體，拚命搖頭。但是，我又看見他左手臂上奄奄一息的孫悟空，還有手腕上的死神刺青，正得意的笑。我嚇醒了。上完廁所，再次躺下，卻怎樣也睡不著。後來，因為拉簾外傳來媽媽均勻的呼吸聲，我才睡著。

第二個夢好一些。我夢見哥哥和我回到小時候，坐在爸爸改裝後的計程車上。媽媽不是坐在前座抱著哥哥，而是坐後座的中間，一手抱我，一手抱哥哥。爸爸的車上放著張學友的〈吻別〉，哥哥大聲唱著。我知道爸爸要開去植物園。只是，那條路變得好長好長，過了好久都還沒到。但無所謂，我喜歡坐爸爸的車子，坐在媽媽的身邊，還有哥哥。突然，爸爸緊急煞車。夢醒了。

我打開拉簾，媽媽不在，應該是去開店了吧。房子裡一片安靜，只有我一個人。我把錄音帶和阿姨的信放回木盒子裡，媽媽聽過這些錄音帶嗎？我的肚子突然傳來咕嚕嚕的聲音，是「他」在告訴我，他也聽見了嗎？如果……我是說如果，我想留下他，這可能嗎？我有辦法養活他嗎？有了孩子，我還能為自己活嗎？我不知道答案。但心裡浮現一個地方，我得去一趟。

我在歷史博物館前下車，經過荷葉池、台灣原生物種森林，一路走往我們的祕密基地，實驗菜園。可能是我長大了，菜園和稻田變得更迷你。一陣窸窸窣窣的聲音，只見一隻小老鼠攀著一株水稻，大口啃著。我不敢靠太近，怕把牠嚇跑。小心拿出手機錄一小段，才輕手輕腳走進涼亭，坐在石椅上休息。

涼亭有四根柱子，酒紅色油漆有些剝落，有人會在柱子上塗鴉。反正一個人無聊，我靠過去看看柱子上寫什麼。「志明❤春嬌」天啊！世界上真的有叫志明和春嬌的人嗎？「幹你娘」、「靠你爸」，哈！最多的果然是髒話。我蠻同情這四根柱子，得背負大家的愛恨情仇。

這時，一句用立可白塗鴉的字吸引我的注意，它寫在比我的頭高一點的地方。那句話寫著「孫悟空到此一遊」，「孫」還少一撇。靠！孫子澤你也來過啊！

我認得那個字跡，哥哥的佔有慾強，小時候用立可白在衣櫃上、電視櫃旁，全都寫上「孫悟空到此一遊」，媽媽看到也沒罵他，只是溫柔的說：「『孫』上面還有一撇啦！」我的眼淚不停掉，最後坐在石椅上大哭。我恨死哥了！但是，就算他這樣一無是處的人，也有令人想念的地方。就算我們一起長大，他也有很多我不知道的故事吧。我把哥哥的「留言」拍下來，傳給媽媽。

媽媽已讀不回。

渴筆

我去媽媽的店幫忙，已經七個月。我們還是沒有哥哥的消息，但我們也不放棄希望。即使彼此很少談到哥哥，每天都還是固定買報紙仔仔細細看過。對了！我把小悟空模型放在店裡櫃檯旁，他駕著觔斗雲，朝氣十足望著遠方，實在很萌。這個小悟空有招財貓的功能，很多人一開始是被他吸引，才停下腳步走進來看錶。

現在，我的肚子大得像籃球，雙腳腫脹。媽為我買了一個有扶手和靠背的高腳椅，讓我坐得舒服些。我去顧店後，據媽媽說，生意有稍微好一點。不過，只能算勉勉強強撐著。馮伯叫我「萬年最美孕婦」，因為放眼萬年，只有我這一個孕婦。聽說媽媽當年的稱號是「萬年第一美人」，我看過媽年輕的照片，敗給媽媽，我沒有怨言。藍霓經常傳嬰兒裝的圖片給我，不是淡紫色就是粉紅色，她問我覺得哪一套好，要送給寶寶當禮物。她巴不得我這胎是個女兒，好讓她可以當乾媽，把「她」當洋娃娃打扮。每次她問我：「男的還女的？」「不告訴妳！」我故意不說。「一定是女的！」藍霓斬釘截鐵說。「妳又知道？」我回。本來我也希望「他」是個女孩，但是超音波把他的生殖器官照得那麼明顯，醫生特地把那根東西圈起來，用不容懷疑的語氣說：「是個男孩。」不管男孩還是女孩，我只希望他健康平安。

那小子腳力驚人，好幾次天還沒亮，就把我踹醒。懷孕到後期，因為肚子太大，洗澡時，根本碰不到腳趾，也沒辦法自己綁鞋帶。懷孕真的很不容易，老媽居然能生三個，我不得不佩服她！有幾次，我真的很想放棄，想說老娘不生可以吧！但看著超音波，聽見他的心跳，心又軟了，決定繼續撐下去。

生產那天，我精神很好，還去店裡幫忙。馮伯看到我就說：「好降了啦！」我不會說客家話，但聽得懂。我無奈聳聳肩說：「他就不出來，我有什麼辦法？」下午三、四點，我覺得怪怪的，有什麼東西從下面流出來。我的羊水破了。「媽！」我大叫正在跟客人討價還價的媽媽。媽媽反應比我大，尖叫一聲，跑去對面叫馮伯來幫忙關店。帶著我匆匆攔下計程車，去附近的聯合醫院。

到醫院時，已開三指，三小時後，那小子就出來了。護士把他抱給我，讓他碰碰我的乳房。這皺巴巴的小子一點都不知道，他差點就沒辦法誕生在這世上。我靠在他耳邊說：「歡迎來地球。」

後來，因為太累，我睡著了。醒來時，我躺在病床上，寶寶躺在我身邊。媽媽坐在靠窗的地方，拿筆在一張紙上，不知道在寫些什麼？「媽！」我喊她。「醒啦？來，妳看！」媽媽把紙張拿給我看，上面竟然是寶寶和我。她用藍色原子筆，畫他豎起的頭髮、圓嘟嘟的小臉，就像放在櫃台上的小悟空。畫裡的我側躺在他的身邊，頭髮散落在枕頭上。我們都睡得很甜。

「媽，妳畫得真好！」我說。媽媽聽了似乎很開心，薄薄的嘴彎彎上揚，像新生的月亮。

後記

逐夢之城

《海市》是我的第五本書，第二本小說。而且，又是一本長篇。我不是刻意寫長篇，是故事角色帶我經歷這趟旅程。在途中，我一度想放棄，追尋過往足跡或寫小說本身，都不是容易的事。被捨棄的總是比留下得多。

我終究把它完成了。謝謝第一讀者、安古的陪伴，以及一路堅持到最後的自己。

每次搭火車到台北車站，心裡總會浮現，當年那個一心只想到台北找媽媽的小女孩。那樣小，那樣膽怯，卻又無比堅定。這本書在現實中有對應的原型，但筆下角色早已走出完全不同的路。

這是我的版本的西門町故事。以客家小鎮成長的女孩如月為主角，描繪八零年代，台灣客家女性離開故鄉，到城市逐夢營生。城市如海，倏忽間吞噬一切。即使充滿無奈與危險，仍試圖抓住一點點希望，努力活下去。為故事所需，書中提及許多真實地名，然情節純屬虛構。

最後，要謝謝拿起這本書的你，希望這本書也能陪你度過一些艱難的時刻。

張郅忻　於二〇二〇年八月

九歌文庫 1339

海市

國家圖書館出版品預行編目（CIP）資料

海市 / 張郅忻著 . -- 初版 .
-- 臺北市 : 九歌 , 2020.10
面； 公分 . -- (九歌文庫 ; 1339)
ISBN 978-986-450-310-0(平裝)
863.57 109013366

作　　者——張郅忻
責任編輯——鍾欣純
創 辦 人——蔡文甫
發 行 人——蔡澤玉
出　　版——九歌出版社有限公司
台北市 105 八德路 3 段 12 巷 57 弄 40 號
電話／02-25776564・傳真／02-25789205
郵政劃撥／0112295-1

九歌文學網 www.chiuko.com.tw

印　　刷——晨捷印製股份有限公司
法律顧問——龍躍天律師 ・ 蕭雄淋律師 ・ 董安丹律師
初　　版——2020 年 10 月
定　　價——380 元
書　　號——F1339
I S B N——978-986-450-310-0

本書獲 文化部 MINISTRY OF CULTURE 獎勵創作